ENGLEN
FRA
RIGET

Flemming Klint Harkjær

ENGLEN
FRA
RIGET

Tidligere udgivet

Menneskesmuglerne

Hævnen

www.klints-books.dk

1.

Region Hovedstaden
Rigshospitalet

Hun lå på Plastikkirurgisk Afdeling på Rigshospitalet, og skulle gøres klar til en kønsskifte operation. Det var lige efter påske, den 5 april. Sygeplejersken, Ulla, der gjorde hende klar, var sød, livlig og empatisk og meget smuk. Kunne jeg bare blive så smuk som hende, tænkte Jane. De talte om, hvad der havde fået hende til at ønske skiftet fra mand til kvinde.

”Hvornår blev du egentlig klar over, at du ville være kvinde?” spurgte Ulla, mens hun lagde an til at lægge et PVK, perifert venekateter, populært kaldet et drop, ind i en vene i håndryggen. Jane gav sig lidt, da hun stak igennem huden, men nålen gled fint ind i åren, og Jane kunne se blodet løbe ind i det gennemsigtige rør.

”Det var allerede da jeg blev seks år,” svarede Jane. Ulla spærrede øjnene op. ”Så tidligt!”

”Ja, jeg havde været til fødselsdag hos en pige, Ida, som boede tæt på os. Og det var der jeg første gang sådan rigtig blev klar over det.”

”Okay. Nu skal jeg lige tage et par blodprøver, og bagefter får du noget saltvand. Og så skal du barberes.” Jane kiggede spørgende på hende. ”Ja, altså forneden,” sagde hun med et drillende smil om hendes pæne læber. Hun hængte en klar pose op i et stativ, og satte slangen fast på PKVet. Jane fulgte nysgerrigt med i det hele.

”Ja, så er det barberingen.” hun slog dynen til side, trak bukserne af hende og kørte en rullevogn med barberskraber og vand hen. Hun barberede hende omhyggeligt og professionelt, det var hurtigt overstået.

"Så er du klar til at blive kørt ned på operationsstuen, der kommer en portør om lidt og henter dig. Kan du have det godt. Og held og lykke med det hele." Ulla forlod smilende rummet, og efterlod Jane med sine tanker.

Hun havde, en time tidligere, haft en samtale med kirurgen, Mette Thomsen, som havde sikret sig at hun havde fastet. De havde talt operationen igennem, hvor hun havde forklaret, og vist hende en animeret video af en kønsskifte operation. Mette havde sagt, "nu skal du ikke blive forskrækket. Jeg viser dig nu en animations film af operationen. Så ved du hvad der skal ske, den viser operationen i detaljer, men uden at vise blod eller andre ubehagelige ting. Okay?"

"Ja, det er ok. Hvilke andre ubehagelige ting mener du?" spurgte Jane.

"Altså, vi kasserer jo noget væv, blodigt væv, men det behøver du jo ikke spekulerer på," svarede kirurgen, og satte videoen i gang. Jane kiggede nysgerrigt med. Det så voldsomt ud, men som Mette havde lovet, viste den ingen blod. Jane havde været igennem psykolog behandling på Sexologisk Klinik, som står for udredning og observation. Derefter til behandling på Gynækologisk Klinik, som havde stået for behandling med kønshormoner.
Navnet var ændret fra Jannik, til Jane, og hun kunne få nyt person nummer, når hun var blevet opereret.
Nu var tiden inde til at få fjernet penis og testikler, og få lavet kvindelig lignende ydre og indre kønsorganer. Om ca. 8 timer er jeg juridisk en rigtig kvinde, tænkte hun med et smil, og faldt i en let søvn, hun havde også fået noget beroligende.

Hun havde arbejdet hen imod det her i de sidste ti

år. Og det havde været nogle svære og hårde år. Men de foregående 12 år havde været værre. Dengang, for længe siden, da hun fyldte 6 år, havde hun for første gang, rigtig følt at hun var i den forkerte krop. Nu var hun næsten 23 år gammel, og nu var tiden endelig inde til, at hun kunne ændre sit liv. Hvilket liv hun gik i møde, ja det kunne hun ikke engang drømme om nu.

Hun vågnede ved at der stod en og var ved at slå bremsen på sengen fra. Hun hørte langt væk en stemme som sagde. "Hej, jeg hedder Jesper, og er portør. Nu kører jeg dig ned til operationsstuen." Sengen satte sig i bevægelse, og Jane kiggede søvnigt på en mandsperson, som skubbede hende hen ad gangen. Hun vågnede helt op og så hans ansigt tydeligt. Han så hen over hende og koncentrerede sig om at styre uden om diverse forhindringer på gangen. Han var middelhøj, almindelig af bygning, og havde halvlangt lyst pjusket hår. Hans ansigt var skarptskåret, med smalle øjne, som hun ikke kunne se farven på. Han havde nogle ret store og spidse ører de lignede små ulve ører, syntes hun, og kom til at grine højt. Han kiggede et kort øjeblik på hende, og det blik gav hende kuldegysninger. De smalle øjne gnistrede ondskabsfuldt, og han gav hende et grumt smil. Lige i det øjeblik lignede han en ulv, tænkte hun. Hun lukkede øjnene, og åbnede dem først da Ulven kørte hende ind på operationsstuen og sagde, "Så er der et nyt offer." Operationssygeplejersken så misbilligende på ham, rystede på hovedet, og han fortrak omgående. Derefter kiggede hun på Jane og sagde blidt.

"Hej, jeg hedder Signe."

"Og jeg hedder Ninna," sagde den anden, mens de løftede de hende over på operationsbordet.

2.

Kronprinsensvej
Frederiksberg

Jannik havde holdt fødselsdag med børnene fra hans børnehave i hjemmet på Frederiksberg, som ikke lå særlig langt fra børnehaven. Børn og pædagoger var gået derhen.

Hans mor havde bagt boller og lavet lagkage, hvor der stod; JANNIK 6 år, og der var selvfølgelig stukket 6 blå lys ned flødeskummet på kagen. Ugen før havde deres nabos datter Ida, haft 5 års fødselsdag, og hun havde haft røde lys i lagkagen, og dem syntes Jannik var meget flottere. Så da det blev hans fødselsdag havde han spurgt sin mor, om ikke han også kunne få røde lys i sin lagkage. Hun havde bare smilende sagt. "Nej Jannik. Drenge skal have blå lys. Jeg giver dig da heller ikke lyserøde trøjer på, vel?" og så var den sag uddebateret. Jannik følte et stik i hjertet. Hvad var der galt med ham? Han elskede at lege ovre hos Ida. Hendes mor sagde ikke noget til, at han klædte sig ud som pige, legede med dukker og andre pigelege, som han og Ida elskede at lege.

I børnehaven, skulle han altid lege med de andre drenge, og klatre i træer, spille fodbold, eller slås. Det var selvfølgelig ikke forbudt, at lege med pigerne. Nogle piger yndede da også at lege drengelege, men de var som regel ikke så voldsomme som drengene. Men de andre drenge drillede ham, hvis han legede med pigerne, og kaldte ham for en tøsedreng. Så i børnehaven legede han med drengene, eller rettere, han foretrak at sidde for sig selv og læse i

7

en bog. Nå ja, han kunne jo ikke læse rigtigt mens han gik i børnehave, men kigge billeder det kunne han, og mange af bøgerne kunne han udenad. De voksne havde læst dem mange gange for ham, og ellers digtede han historier ud fra billederne, mens han drømte om, hvordan det måtte være at være en pige.

Hans mor var meget opsat på at han skulle være en ordentlig, velopdraget, og velklædt dreng.

Hun ejede en modebutik på strøget, og var altid selv over-ordentlig velklædt, og hun kunne ikke drømme om, at bevæge sig uden for hjemmet uden sminke og sat hår.

HENRIETTE MODE OG DESIGN, hed hendes butik, som handlede med damemodetøj.

Hun hed Henriette Willis Hansson, hans far hed Henrik Hansson, og var forsvars advokat.

Familien Hansson boede i en stor villa på Frederiksberg, og hørte til det bedre borgerskab. De tjente over 5 millioner kroner tilsammen om året, og havde desuden et sommerhus i Nordsjælland.

Villaen var ejet af et aktieselskab, som de begge var medejere af, og som begge deres forretninger var registreret i. Så de boede til leje i selskabets villa. Begge havde de et kontor i kælderen, så det var blandet bolig og erhverv, skattemæssigt korrekt og fornuftigt. Det var noget deres revisor havde foreslået.

Alt det anede Jannik intet om som 6 årig, men han følte det. Hans forældre havde prøvet at få et barn mere, det var ikke lykkedes, og de brugte derfor alt deres sparsomme tid på Jannik. Det var både godt og ondt. Han var, selvfølgelig af den grund møg forkælet, men de stillede også store krav til ham. Deres forventninger til hans uddannelse og fremtid, var skyhøje. Hans far var konstant efter Jannik, da han begyndte i Frederiksberg Friskole. Hvad skolearbejdet angik kunne det ikke blive godt nok. Kun de bedste karakterer var hans far tilfredse med. Hans mor var konstant efter ham, hvad påklædning og opførsel angik, så Jannik levede under et konstant pres. Pres fra forældre, pres fra lærere, som blev presset af forældrene, pres fra klassekammeraterne, som naturligt nok behandlede ham som en dreng, og forventede at han agerede som sådan.

Det eneste sted, han følte sig fri for pres, var hos naboen. Idas forældre pressede aldrig Ida til noget, og alligevel var hun dygtig og vellidt. Derfor kunne Jannik heller ikke forstå, at hans forældre altid var sådan efter ham. Hvis bare han fik lidt frirum, så kunne han da selv klare sine forpligtelser, og blive lige så god som Ida.

Derfor følte han, at han som dreng, blev behandlet anderledes, end piger blev. Dette var selvfølgelig ikke rigtigt, men det var sådan han følte. Han boede i den forkerte krop. Han ville være ligesom Ida, og se ud som Ida.

En dag han kom hjem fra Ida, hvor de havde leget doktor, spurgte han sin mor. "Mor, kan jeg ikke få min tissemand skåret af, og få en tissekone lige som Ida?"
Hans mor blev helt mærkelig i ansigtet, rynkede brynene og sagde med en skarp stemme, som forskrækkede Jannik.

"Sikke noget sludder! Hvorfor i alverden vil du det? Hvad er det for en skør ide?"

"Det er meget pænere. Jeg kan ikke lide min tissemand. Så kunne jeg også gå i kjoler, og lade være med at lege med drengene," sagde han bestemt, og kiggede op på hende med sin blå uskyldige øjne.

"Sikke noget vrøvl!" bed hun ham af. "Nu snakker vi ikke mere om det." Hun vendte sig om og gik i gang med at lægge det tøj sammen som lå på spisebordet. Men hun kunne alligevel ikke glemme hvad Jannik havde sagt. Det gjorde hende både bange og ked af det. Hun havde jo godt kunnet mærke på drengen, at han ikke altid havde det godt med sig selv. Det var bare svært at forstå hvad der var galt. Drengen havde alt hvad hjertet kunne begære og var sund og rask. Hun og Henrik ofrede al deres fritid på at tage Jannik med ud til forskellige ting. Hun tog ham gerne med på museum, men det var Henrik ikke så meget til. Han ville hellere have Jannik med til fodbold. Men hun kunne godt mærke, at det ikke lige var drengens kop te. Sammen gik de i teatret med ham. Det kunne de alle tre godt lide. Nå, mon ikke bare det var en fiks ide Jannik havde. At få skåret sin tissemand af! Sikke noget at sige. Hun forstod det ikke. Måske hun skulle prøve at tale med en psykolog. Henrik turde hun i hvert fald ikke fortælle det til. Han ville blive stik tosset, var hun sikker på. Hun rystede på hovedet, og tænkte at det nok gik over med tiden. Alle teenagere havde vel en identitets krise på et tidspunkt. Men Jannik var jo ikke teenager endnu. Hun slog det ud af hovedet, og fortsatte dagens gerninger.

Men Jannik kunne ikke ignorerer hvad han følte. Men han turde slet ikke gå til sin far med sine frustrationer. Han var godt klar over, at faren ville være meget svær at overbevise. Han syntes at Jannik skulle gå til fodbold, spille tennis, og i det hele taget være en rigtig dreng. Faren var begyndt at tale om piger, altså kærester til Jannik.

"Er du blevet forelsket?" kunne han finde på at spørge Jannik om ved aftensmaden, når Jannik sad og stirrede ud i luften og tænkte på helt andre ting. Jannik rystede blot på hovedet Hans far grinede af sin egne bemærkninger og kiggede på Henriette, blinkede til hende, som om han kendte til en hemmelighed, som hun ikke vidste noget om. Sådanne næsten daglige optrin irriterede Jannik grænseløst. Næste dag kunne det være faren sagde. "Hvad har du tænkt dig at studerer, når du er færdig med skolen?"

”Det ved jeg da ikke endnu,” svarede Jannik altid, og så fik han ellers en formaning om, hvor vigtigt det var at være fokuseret på ens vej gennem livet. Og så fik han for hundrede og syttende gang historien om hvordan hans far vidste at han ville være advokat, lige fra han begyndte i skolen. Både Jannik og hans mor vidste det var løgn.

I skolen løb han dagligt ind i problemer med de andre drenge. Han kunne ikke slås, han ville heller ikke, og i idrætstimerne var han altid den, som blev valgt sidst, når der skulle spilles holdspil. Men han blev faktisk ret god til tennis. Det var ikke sådan, at han var doven og slap, nej han var atletisk og stærk. Det kunne piger jo også godt være. Men han var trods alt stadig en dreng, biologisk, med alt hvad det indebærer.

Skolerne havde idrætsdag en gang om året, og det skulle Jannik selvfølgelig også være med til. Tennis var dog ikke på programmet, men 100 m løb var en af de discipliner Jannik også var god til. Så det stillede han op i, og kom til at løbe mod en dreng en klasse over ham, i finalen. Jannik blev nr. to, og den anden dreng kom hen og lykønskede ham med anden pladsen.

”Du var rigtig god,” sagde han.

”Tak,” stammede Jannik. ”Hvad hedder du?”

”Tobias,” svarede drengen og gav Jannik hånden. Der gik et stød igennem Jannik ved berøringen. Tobias sendte ham et kejtet smil og holdt ham længe i hånden. Jannik syntes han var flink, ja ligefrem sød. Han havde aldrig haft den følelse for et andet barn før, ikke engang Ida, som han ikke så ret meget mere. Hun havde udviklet sig til en rigtig teenagerpige, som mest tænkte på drenge, tøj og Instagram. Jannik var ikke ven med hende på de sociale medier, men han kunne jo godt se hendes billeder på Instagram. Og det var mest selvfies enten af hende alene, eller sammen med en af veninderne.

”Skal vi mødes?” spurgte Tobias. Janniks hjerte begyndte at banke hurtigere.

”Ja, det kan vi godt. Hvor og hvornår?”

”Vi kunne jo gå hjem til mig her efter skoletid. Jeg bor ikke ret langt væk, og min mor kommer ikke hjem før klokken seks.” Han kiggede Jannik dybt i øjnene mens han sagde det. Jannik nikke bare, han var helt tør i halsen og kunne næsten ikke sige noget. Hans hjerte bankede hurtigt. Han rakte ud efter sin drikkedunk og satte den for munden, og drak begærligt.

”Jamen så siger vi det. Vi mødes ude foran skolen klokken halv tre. Så har vi et par timer alene.” Det sagde han med en stemme som gjorde Jannik blød i knæene. Jannik kunne slet ikke tænke på andet end Tobias. Han forestillede sig selv som kvinde og Tobias som mand, og at de var kærester. Han var helt varm i kroppen, da de mødtes foran skolen lidt i tre. Han var blevet lidt forsinket.

”Jeg troede du havde fortrudt,” sagde Tobias drillende, og skråede over Dronningensvej, og begyndte at gå hen ad fortovet.

”Nej, nej, slet ikke. Vores lærer var bare længe om at gøre dagens resultater op.” Jannik skævede til Tobias.

”Jeg bor lige om rundt hjørnet der.” Tobias pegede frem for sig. De drejede ned ad Kongens Tværvej og gik ind ad en havelåge og op ad en betontrappe til en stor rødstens villa, som så ud til at bestå af seks lejligheder. ”Vi bor på 1. sal.” Tobias gik op ad en lidt slidt trætrappe. Jannik fulgte efter og tænkte på hvad de skulle lave. Tobias stak nøglen i låsen og åbnede døren ind til en smal gang.

”Kom ind og lad som om de er hjemme.” Jannik gik ind og stod i en lille, men hyggelig stue. ”Vil du have noget at drikke?” Jannik nikkede. ”Cola eller vand?”

"Cola, tak," fik Jannik fremstammet, og sank sit mundvand. Han var helt tør i munden. Tobias åbnede døren til sit værelse. "Slå dig ned, så henter jeg lige vores drikkelse," sagde han og pegede på sengen. Jannik satte sig på den yderste kant af sengen. Et øjeblik efter kom Tobias ind med to colaer, låste døren og satte sig ved siden af Jannik. "Her." Han rakte Jannik den ene dåse, og igen gjorde berøringen Jannik helt varm. Tobias åbnede sin cola og tog en slurk. "Ah, det trængte jeg sgu til," sagde han og lagde den ene hånd på Janniks lår. "Hvad skal vi lave," spurgte han, og lod hånden glide lidt opad. Jannik begyndte at trække vejret hurtigere, og mærkede en ild i underlivet. Hans lem blev stiv og det flimrede lidt for øjnene.

"Det ve...det ved jeg ikke," hviskede han, og kiggede Tobias i øjnene. De øjne var underligt smilende, men også drillende, måske ligefrem kærlige. Det hele var meget nyt og forvirrende for Jannik. Tobias lynede Janniks jeans op, og tog Janniks hånd og lagde på sin gylp. Jannik kunne tydelig mærke hans stive lem under stoffet, og trak også hans lynlås ned. De rejste sig som på tælling og kom hurtigt af med bukserne. Tobias trak Janniks boxershorts ned, og Janniks lem strittede strunk lige op i luften. Det dunkede voldsomt i den, og han var bange for at komme før de var kommet rigtig i gang. Han trak Tobias underbukser ned, og tog om hans stive lem. Tobias stønnede og lagde sig på ryggen og trak Jannik med ned. Tobias begyndte nu at trække forhuden på Janniks lem frem og tilbage, Jannik krympede sig, udstødte et gisp, og kom efter få gange. Tobias havde det meste af hans sperm i hånden, resten lå på dynen. Han rakte ud efter en køkkenrulle som stod på hans skrivebord, og tørrede hænderne.

"Var det godt? Er det første gang du er sammen med

en på den måde?" spurgte Tobias og kiggede igen drillende på ham. Jannik nikkede. "Ja. Ja til begge dele. Jeg er altså ikke bøsse," sagde han bestemt. Tobias grinede højt. "Nej, det ved jeg godt. Det er jeg heller ikke." Jannik var om muligt endnu mere forvirret.

"Jamen hvad er du så?"

"Det samme som du. Kan du ikke se det. Vi føler os begge som piger og derfor vil vi gerne være sammen med en dreng, ikke?" Det gav pludselig mening for Jannik. Han bøjede sig ned og tog Tobias i munden og han kom med det samme. Det blev den bedste eftermiddag Jannik havde haft i årevis. Da han gik hjem, var han lykkelig og afklaret med hvordan hans liv skulle blive. Han besluttede på vej hjem, at snakke med sine forældre om fremtiden.

Han havde læst på nettet, at man kunne få østrogen behandling, noget som gjorde en mere kvindelig. Man fik bryster, og kropsbehåringen blev mindre. Han var så småt begyndt at kunne ane et dunet overskæg. Nogle af drengene i hans klasse havde pralet med, at de var begyndt at barberer sig. Men det kostede penge at få østrogenbehandling, og han kunne ikke så godt bede sine forældre om penge til det, så han begyndte at se sig om efter et fritidsjob. Det ville hans far sikkert ikke have noget imod. Han yndede da ofte at prale med, at han selv havde tjent sine egne penge fra han var 14 år, at han selv havde tjent til sine studier. Men det vidste Jannik godt var pral. Hans farfar havde fortalt en anden historie, men Jannik og hans mor lod som om de slugte hans udlægning råt. Hans far var glad at dyrke sit ego.

Han syntes nu at det hastede med at komme i gang med behandling. Men hvordan? Han måtte tale med sine forældre. Hans mor måtte i det mindste kunne forstå ham. Det var jo hende, han gerne ville ligne. Åh, hun var så smuk, med sit lange lyse hår, som hun flettede, eller satte op i forskellige flotte frisurer. Hendes smarte tøj, og de højhælede sko. Han elskede sin mor, og så op til hende. Selv om det forventedes, at det var faren, han så op til. Han elskede da også sin far. Men han brød sig ikke om at gå til fodbold kamp sammen med ham, når FCK spillede mod Brøndby. Folk var helt vilde, drak bajere, og sloges.

Han hadede fodboldkampe, og mandehørm. Hans far havde en drøm om, at han, lige som ham selv, blev advokat og overtog firmaet, som han havde gjort, efter sin far.

Egentlig tror jeg, at farfar godt vidste, at jeg ikke er en helt almindelig dreng, tænkte han. Farfar havde aldrig taget det for givet, at Jannik skulle være som sin far.

Han finder sine egne veje, sagde han altid. Jannik kunne godt lide sin farfar. Han anså ham for at være en vis mand. Hans farmor var død, før Jannik blev født, hun døde af brystkræft, havde man fortalt ham.

Hans morfar og mormor, boede i Nordjylland, hvor de havde en gård. De var mælkebønder, og kom stort set aldrig til København. Køerne malker ikke sig selv, sagde morfar, og så var den sag afgjort. Så det var Jannik og hans mor, som rejste med tog til Nordjylland. Hans far tog sjældent med, han var københavner, med stort K, og forlod helst ikke Hovedstaden. Jeg trives ikke ret godt på landet. Jeg tror faktisk jeg er allergisk over for klovdyr, plejede han at sige, når Henriette spurgte om han ikke syntes han burde tage med. Så var det uddebatteret, og Jannik og hans mor rejste igen alene til Nordjylland.

En søndag morgen, da de sad og spiste morgenmad, kiggede hans far op fra BTs sportsside, og spurgte. ”Vil du ikke med til kamp i Parken i dag? FCK spiller mod Liverpool, Champions League, du ved.”
Jannik rystede på hovedet. ”Nej tak. Jeg skal ind til byen,

og købe noget nyt tøj.”

Henrik så med bister mine på ham. ”Hvorfor kan du ikke være som andre drenge?”

Nu skal det fandme være, besluttede Jannik, og svarede med en lidt spag stemme, og rystende knæ. ”Det er fordi jeg ikke er som de andre drenge. Jeg føler mig ikke som en dreng.”

” Hvad føler du dig så som? Bøsse, eller hvad,” sagde hans far, og grinede dumt.

Jannik fik en tåre i det ene øje, og rystede bare på hovedet. Hans far rejste sig så brat at stolen væltede.

”Nu tuder han sgu også! Sikke en tøsedreng!” råbte han, gik ud af køkkenet og smækkende døren efter sig.

Janniks mor havde siddet, og hørt på dem uden at sige noget. Jannik vendte hovedet mod hende, i håb om forståelse, og med tårer i øjnene. Han opdagede til sin forbavselse, at hun faktisk også sad og græd. Han blev forvirret. Var hun ked af det? Og var det på hans vegne, eller på hendes egne vegne? Nu da han havde meldt ud.

Hun rakte armene hen mod ham. ”Kom her skat,” hviskede hun, og gav ham en ordentlig krammer.

”Jeg har vel egentlig altid vidst det, men har fortrængt det, og håbet på at det gik over. Jeg skammer mig. Undskyld,” sagde hun blidt.

Hun holdt ham lidt ud fra sig, og kiggede nøje på ham.

”Du skal vide, at både far og jeg elsker dig, og vi vil støtte dig, ligemeget hvad du vælger.”

”Jamen, hvad med far, vil han accepterer det? Han virker ikke som om,” spurgte Jannik, tvivlende.

”Jeg skal nok tale med ham, og få ham til at forstå.”

Jannik smilede, og følte pludselig en enorm lettelse.

”Jeg har surfet lidt på nettet, og fundet ud af at jeg er det man kalder; en kvindelig transseksuel,” sagde han.

"Okay. Men hvordan skal det så foregå? Altså, jeg er helt forvirret nu. Det er et område som jeg ikke aner noget om. Jeg gik faktisk og troede du var bøsse," svarede hans mor, og kiggede underligt på ham.

"Jeg har set noget om, at man skal gå til psykolog, og så starter man med hormonbehandling. Men det koster."

"Hormonbehandling? Hvad er det for noget, hvad skal du blive til?"

"Til en pige selvfølgelig." Jannik rynkede panden og så på sin mor. Han havde lige troet at hun forstod ham, men nu vidste han ikke rigtig.

"Jeg har været ulykkelig, siden jeg var 5 år," fortsatte han, med bedrøvet stemme.

Henriette fik et forvirret og lidt hårdt udtryk i ansigtet. Hun rejste sig pludselig og sagde. "Ja, vi må se." Så gik hun.

Jannik vidste ikke hvad han skulle gøre, gik op på sit værelse og smed sig udmattet på sengen. Han forstod at han selv måtte tjene penge til sin hormonbehandling. Men det var ikke gjort med pengene. Han skulle have sine forældres underskrift, hvis han skulle i gang før han fyldte 18 år.

Henriette var både bekymret og frustreret omkring sin søns udmelding. Pige; hvad skulle hun sige til det? Hun havde født en dreng og havde altid været glad og stolt af sin søn. Jo, der havde da været situationer hvor hun havde tænkt, at han havde nogle underlige ideer, men hun havde altid slået det hen som noget forbigående. Nu vidste hun ikke rigtigt. Det lød som om han mente hvad han sagde. Hvad skulle hun sige til Henrik? Han ville blive stik tosset og nægte at betale for den hormonbehandling, som Jannik talte om. Desuden var hun og hendes mand ved at glide fra hinanden, følte hun. Hun var sikker på, at han havde en el-skerinde. De havde ikke haft sex i over et halvt år. Henrik havde, hvergang hun prøvede på noget, undskyldt sig med at han var træt, eller at han havde en stor sag som tog alle hans kræfter. Han arbejdede også ofte sent på kontoret. Så deres liv var blevet meget med arbejde, Henriette var også selv meget i butikken. Nu hvor Jannik var blevet 14 år og for det meste kunne klare sig selv, arbejdede hun også me-get mere end før. Et egentlig familieliv havde de næsten ikke mere. Hormonbehandling; det måtte hun prøve at slå op på Google. Hvordan foregik alt det, og hvorhenne?

Efter den lille seance ved bordet, var Henrik kørt hen på kontoret, selv om det var søndag. Han havde en stor sag som krævede alt hans tid og han kunne ikke forholde sig til en forvirret drengs tåbeligheder nu. Henrik var begyndt at se en anden og yngre kvinde, Linda hed hun, og de var ved at blive meget glade for hinanden. Henriette var fem år ældre end Henrik, men så yngre ud. Men Linda var kun 30 år og meget sexet, syntes han, og i sengen var hun en vulkan og han kunne slet ikke holde sig fra hende. Henri-ette var mere gammeldags, feks. havde hun aldrig suttet ham, det gjorde Linda gerne, i det hele taget var hun til det hele. En aften havde hun bedt ham om at binde hende til sengestolperne med en flagsnor, som hun havde købt ude-lukkende til det formål. Det blev den mest erotiske fore-stilling han nogen sinde havde oplevet. De havde talt om at lade sig skille fra deres ægtefæller, og flytte sammen. Det var jo et alvorligt skridt at tage. På en måde elskede han jo stadig sin kone, men de var ved at glide fra hinan-den, og hvis det skulle være, ja, så var det nu. Og alt den tåbelige snak fra Janniks side om, hvad var det han havde sagt; at han ikke følte sig som en dreng, ja, det var det han sagde. Hvad betød det så? At han følte sig som en pige?

Det måtte det vel være. Og derfor var han gået sin vej i vrede. Han havde haft så mange planer med den dreng. Og nu røg det hele sandsynligvis i vasken. Han kunne ikke bo sammen med ham mere, for han var ret sikker på at Henriette ville støtte drengen. Hun havde altid forgudet og forkælet ham. Det var nok derfor han var blevet sådan.

Om aftenen, da de skulle i seng, stod Henriette ude på badeværelset, og gjorde sig klar til natten. Hun var ved at smøre sin natcreme i ansigtet, og tænkte på hvordan, hun skulle få sagt til Henrik, hvad Jannik havde fortalt hende. Hun tog lidt parfume på, Channel no.5, den havde hun brugt dengang de mødtes, og det var som om Henrik troede de stadig var 20, når hun tog den på. Hun skulle nok få ham overtalt. Hun betragtede sit spejlbillede. Hun så stadig godt ud, trods sine 45 år. Men der var ved at komme rynker, især mellem øjenbrynene. Hun syntes, at kunne se antydningen af et 11 tal. Var hun nået Botox alderen? Hun slukkede lyset i badeværelset, og gik ind i soveværelset, med blonde trusser på, men uden BH.
Henrik kiggede op fra den bog, han læste i, noget med afdeling Q, af en berømt dansk forfatter, krimi, selv læste hun mest noveller, og magasiner. Hun slog dynen til side, og lagde sig på siden, vendt mod Henrik, rakte en arm over og strøg ham let på brystet.

”Vi skal tale sammen om Jannik. Jeg mener, om jeres lille skænderi i dag.”

”Nå, så det mener du. Den dreng er da helt skør. Du hørte selv hvad han sagde,” svarede Henrik vredt, og læste videre uden at se på hende.

”Læg så den bog og lyt til mig! Det er alvorligt det her,” sagde hun skarpt. Han lagde bogen, og kiggede forundret på hende.

”Okay. Jeg lytter.”

"Jannik var rigtig ked af det, da du var gået, og sagde noget som vi skal snakke om, noget han betroede mig."

"Ja. Det kan jeg forestille mig. I har altid været pot og pande. Hvad sagde han så?"

"Du hørte selv, at han sagde han ikke følte sig som en dreng, ikke?"

Henrik åbnede munden for at sige noget, men Henriettes blik fik ham til at klappe i. "Han fortalte mig, at han føler sig som en pige indeni, og føler sig helt forkert. Han havde surfet på nettet, og mente at han var transseksuel," sluttede hun, og betragtede hans ansigts udtryk. Han havde rynket brynene, og virkede forbavset, som om han ikke helt forstod hvad hun sagde.

"Transseksuel. Hvad fanden er det? Det lyder som noget bøsseagtig noget, eller som de der der mænd, der går i kvindetøj," sagde han foragteligt.

Hun trak vejret dybt, og rykkede lidt tættere på. Men han holdt hende lidt på afstand, og kiggede hende vredt i øjnene. Hun forklarede.

"Hør her. Transseksuel er når man er født i den forkerte krop. Jannik er født som biologisk dreng, men hans hjerne tænker som en pige. Og det har ikke noget med de ting at gøre, som du lige refererede til," sagde hun indtrængende.

"Det var satans! Har du aldrig lagt mærke til det? Jeg har altid syntes, at der var noget underligt ved ham. Men sådan noget der trans, -- det havde jeg godt nok ikke tænkt på."

Nu begyndte der at ske noget, kunne hun mærke. Han virkede slet ikke vred mere, snarere bekymret.

"Jo da. Nu hvor jeg ved det, ja så har jeg vel, lige siden han som 5 årig, kom hjem ovre fra Ida, og spurgte om ikke man kunne skære hans tissemand af, vidst det. Men

jeg har ignoreret det, og regnede vel med, at det bare var en overgang. Herre gud! Børn siger så meget, ikke?"
Henrik sukkede dybt, og tog hende om begge skuldre. Nu skulle det være, tænkte han og sagde uden vrede i stemmen.

"Jeg vil skilles. Jeg har mødt en anden kvinde."
Henriette måbede, hun troede ikke sine egne ører. Her prøvede hun at fortælle sin mand, far til deres søn, at drengen havde brug for deres støtte, og så sagde han, at han ville skilles. Hun blev rasende og råbte. "Hvad fanden er du for en far? Tænker du kun på dig selv. Tænker du udelukkende med pikken. Det er sgu dig der er en tøsedreng. Føj for helvede. Du kan sove i stuen. Du skal i hvert fald ikke ligge her. Store idiot!
Det begyndte at regne, regnen trommede sådan på ruden, at den overdøvede alle lyde.

Inde på sit værelse var Jannik faldet i søvn, og drømte at han var blevet en smuk ung pige, at hans far fulgte ham op ad kirkegulvet, hvor Tobias stod ventede på sin hvide brud.

Henrik flyttede ud af soveværelset, og sov den nat på sofaen i stuen. Næste nat sov han på kontoret, og Linda overnattede også af og til på kontoret sammen med ham. Men det var ikke særlig rart og efter kort tid lejede Henrik en mindre lejlighed på Frederiksberg.

Henriette indså at bruddet var uundgåeligt, og hun søgte skilsmisse. Den fik hun med det samme og et nyt og anderledes liv lå foran hende. Hun blev boende i huset, Henrik indvilligede at betale halvdelen af udgifterne på huset, så længe Jannik boede hjemme. De var trods alt enige om at sønnen ikke skulle bøde mere end højest nødvendig for deres beslutning.

Men Henrik ville overhovedet ikke høre tale om

hormonbehandling. Han ville hverken betale eller skrive under. Så resultatet blev at Jannik måtte vente til han blev 18 år gammel, troede han, hvilket gjorde ham meget vred på sin far, og især på farens kæreste, Linda.

Jannik og Tobias sås jævnligt og udforskede sexlivet sammen. Heller ikke Tobias kunne komme i behandling før han blev 18 år. Hans mor kunne heller ikke selv betale.

Men en ny lov som blev indført i 2017, før begge drengene var fyldt 18 år, gjorde at de kunne komme i medicinsk behandling ved eget informeret samtykke. Der skulle dog et længere udredningsforløb til af sundhedsfagligt personale på Rigshospitalets Gynækologisk Klinik. Behandling sker i tæt samarbejde med Center for Kønsidentitet, Plastikkirurgisk Klinik og Klinik for Vækst og Reproduktion. Derimod kunne de ikke få foretaget kirurgisk indgreb og få juridisk kønsskifte, altså nyt CPR nr. før de var fyldt 18 år.

Det betød at de efter at være fyldt 15 år, kunne gå i gang. Tobias startede først, da han var et år ældre end Jannik. Det var en meget spændende tid de to drenge gik i møde, men også meget hårdt. De blev sendt til speciallæge i børne og ungdomspsykolog, speciallæger med kompetencer pædiatrisk endokrinologi, vækst og reproduktion samt kønsidentitesforhold.

Det betød at Tobias var klar til kønsskifteoperation da han var 20 år. Inden da havde Tobias fået bryster og skægvæksten var helt forsvundet. Han havde gået i kvindetøj i et år på det tidspunkt. Jannik var vildt misundelig, og kunne næsten ikke vente til det blev hans tur. Tobias havde fået nyt CPR nr. og hed nu Tonja. Det var sjovt som de begge beholdt en del af deres gamle navn. Jannik ville hedde Jane. De var stadig gode venner, men de var ikke sammen som sexpartnere mere. Det virkede helt forkert nu. De følte sig endnu mere som piger, eller kvinder. Jannik gik nu også i kvindetøj og de elskede at gå i butikker for at shoppe.

En dag var de gået ind i Henriettes butik på Strøget. Hun havde nær fået et chok, da hun så dem, men kom sig dog hurtigt og fik også hurtigt sympati for Tonja.

"Nej hvor hyggeligt. Du må være Tobi....æh, jeg mener Tonja. Jannik har talt en del om dig. Hvordan er det gået med operationen, du ved? Jannik glæder sig til det bliver hans tur." Henriette ventede slet ikke på svar, men sludrede hele tiden mens de prøvede tøj.

"Mor! Slap nu af," sagde Jannik på et tidspunkt til hende. "Vi skal bare købe tøj, og Tonja er glad for sin forandring. Og det bliver jeg også." Henriette rødmede lidt.

"Ja, ja, selvfølgelig," svarede hun, mens hun scannede deres indkøb ind.

"Farvel mor," sluttede han.

"Farvel fru Hansson," istemte Tonja.

"Farvel dreng....piger, kom snart igen."

De grinede lidt da de kom ud på gaden, og gik mod bussen.

"Skal vi tage en tår at drikke et sted? Jeg er sgu tørstig," sagde Jannik.

"God ide. Og jeg kunne godt spise en pizza," svarede Tonja og skråede over gaden hen mod et pizzaria.

Da de sad og spiste, ringede Janniks telefon. Det var Rigshospitalet, kunne han se, og svarede med lidt dirren i stemmen.

"Det er Jannik." pause.

"Ja, okay. Fedt, på mandag." pause.

"Ja, det kan jeg godt."

Han lagde mobilen og kiggede på Tonja med et stort smil.

"Fuck mand! Jeg skal opereres på mandag! Det er

helt vildt, ikke?"

"Jo, for fanden, stort tillykke. Skål du. Så varer det ikke længe før vi to tøser kan gå i byen sammen." Tonja hævede glasset. Jannik lo. "Nej, det bliver så fedt.

3.

Narkoselægen, Hanne Severin, giver Jane en injektion med et muskel-afslappende middel. Narkosesygeplejersken stod klar med masken. Hun ser helt truende ud, som hun står der, og tårner sig op over hende. I det hele taget virker det noget uvirkeligt det hele. Operationssygeplejerske, Ninna Touborg, kaldet *Englen*, af sine kollegaer, fordi hun besidder en engels tålmodighed over for patienterne, har indsmurt Jane forneden med jod.

Når operationen er overstået, er trans-formationen endelig. Så er Jane en rigtig kvinde, ikke kun af sind, men også af skind.

"Du skal bare tage nogle dybe indåndinger," siger narkosesygeplejersken, Helle, med rolig stemme, og smiler venligt til hende.

"Sov godt," er det sidste hun hører. Så bliver alt mørkt.

Kirurgen står for enden af operationsbordet, og kigger på narkose holdet. Narkoselægen nikker til hende.

"Ok. så går vi i gang," siger hun, og foretager det første snit i pungen. Hun skærer pungen op, og tager testiklerne ud, en for en, og ligger dem i beholderen. De skal ikke bruges mere. Dernæst skærer hun hele vejen rundt om penishovedet, for at frigøre forhuden, så den kan trækkes helt ned. Sygeplejerskerne ser på hinanden og smiler lidt. De bliver aldrig helt vant til at se en mand forvandle sig til kvinde. De er lige fascinerede hver gang. De taler ikke til kirurgen, da hun skal være meget fokuseret, men de taler lidt sammen, sygeplejerskerne, under operationen.

"Hvad skal du lave i weekenden, Signe." det er Ninna der udfritter hende. De er begge singler og er altid nysgerrige efter at få slibrige historier om hinandens eskapader.

"Åh, formentlig det samme som dig, Ninna, score en lækker fyr," svarer hun mens hun rækker kirurgen en sårhage. "Og få en super orgasme," tilføjer hun. De andre ler lidt anstrengt. De har hørt det før. Den med superorgasmen. Ninna er en køn, lidt alvorlig brunette, mens Signe er lyshåret, med et drenget frækt blik og let til smil.

Det er på det tidspunkt, Jane vågner, og skriger som en sindssyg. Neeeej,nej, åhhhhhh, neeeej, åh, gud. Men ingen høre hende. Det muskel-afslappende middel hun har fået, gør at hun ikke kan røre så meget som en lillefinger. Hun kan ikke skrige, ikke åbne øjnene.

Nu frigør kirurgen penishovedet, så det kun sidder fast på den side af penis, som vender mod maven, den skal bruges til at lave klitoris af. Her besvimer Jane, det føles som om hun bliver brændt med hvidglødende jern.

Hun vågner igen. Hun hører mumlende stemmer,

hun prøver at sparke, at slå med armene, og råbe. Lige meget hjælper det. Det hele foregår kun i hendes hjerne, kroppen er totalt lammet.

Kirurgen skær, Jane hyler og skriger inde i sig selv, hun skiftevis besvimer, vågner, hun prøver at vride og vende sig i ulidelig smerte, dog uden at kunne røre sig. Ingen ser det, ingen hører hende. De fortsætter med at torturerer hende i over 6 timer.

Den største værste, mest umenneskelige smerte sker, da kirurgen deler hendes penishoved, for at forme det til en klitoris.

Hun besvimer mindst ti gange, når smerterne bliver helt ubeskrivelige og umenneskelige. Det er stort set kun, når kirurgen syr hende, at hun er vågen. Hver gang hun foreager et ny snit, føler hun den hvidglødende, brændende smerte i nogle sekunder, og besvimer derefter.

"Hallo, hallo, kan du høre mig," siger en stemme langt væk. Jane åbner øjnene, og kigger sig forvirret omkring. Er det virkelig overstået? Det hele føles så uvirkeligt. Har hendes hjerne spillet hende et puds? Nej hun havde følt smerte, ulidelig smerte. Og hun havde hørt stemmer. Hun havde været vågen, uden at kunne røre sig, og gøre opmærksom på det.

"Jeg var ikke bedøvet," mumler hun mat.

"Hvad siger du," svarer sygeplejersken fraværende, mens hun tager det grønne klæde af hende.

"Jeg siger, at jeg var vågen," skriger hun hysterisk.

Det giver et ryk i dem, kirurgen, narkoselægen, og alle tre sygeplejersker, står bomstille, og stirrer vantro på ham. Mette Thomsen, kommer hen ved hendes hovedgære, og klapper hende beroligende på armen, og siger, "det er ikke ualmindeligt, at nogle tror, at de var vågne. Jeg skulle måske ikke have vist dig den video. Den kan godt have sat noget i gang i din hjerne.”

”Lad være med dit pis! Jeg kunne mærke det hele, undtagen når jeg besvimede, hvilket jeg heldigvis gjorde mange gange,” siger hun hidsigt.

Kirurgen kigger på narkoselægen, hun nikker, og de går ud. Sygeplejerskerne gør hende færdig, og kalder en portør til operationsstuen, som skal køre hende til opvågningstuen. Det er ikke Ulven, men en anden ung mand. Jane lægger ikke rigtig mærke til ham. ”Mette kommer ind på opvågningen og snakker med dig senere,” lover Signe Degard, med en meget bekymret mine. Ninna siger ikke noget, men skuler vredt til Mette Thomsen, som dog ikke bemærker det. Hun er ved at trække af dragten. Nu skal det blive godt med en kop kaffe, siger hun og forlader operationsstuen. Ninna kigger hadefuldt efter hende.

”Vil du have noget at spise og drikke?” spørger sygeplejersken hende, på opvågningen. Det er en anden sygeplejerske end hende som havde gjort Jane i stand før operationen. Nå ja, der har vel været vagtskifte, imens nazibødlerne har tortureret mig, tænker Jane bittert.

”Ja. Noget at drikke,” svarer Jane med vrede i stemmen. Sygeplejersken rynker øjenbrynene og kigger forundret på hende. Hvad er hun sur over, tænker hun. Men henter en kop vand, juice, og en sandwich.

”Tak,” siger Jane arrigt.

”Er der noget galt? Du lyder så vred.”

”Jeg var ikke ordentlig bedøvet. Det var forfærdelig og helt umenneskeligt,” siger hun og tager en tår juice. ”Det var den rene tortur,” tilføjer Jane vredt.

”Men gode Gud,” siger sygeplejersken rystet. Og fortsætter, ”Mette kommer om lidt og snakker med dig.” Så går hun hastigt ud af rummet.

Jane ligger i sengen og spiser og drikker, mens hun

tænker situationen igennem. Nu er det overstået, og hun er rigtig kvinde nu. Ikke sådan, at hun ville komme til at kunne føde børn, men dem kan man jo adopterer. Men jeg ligner en kvinde, også uden tøj på.

Hun glæder sig til at se det færdige resultat. Hun havde kæmpet for at komme her til, og det havde været en lang sej kamp. Og hun havde kæmpet alene.

Mette Thomsen og Hanne Severin Wilke, kom begge ind, og sætter sig på hver sin side af sengen. Mette lægger en hånd på Janes arm.

"Først vil jeg sige at operationen forløb planmæssigt. Du skal nok blive glad for det, det er jeg sikker på," begynder Mette.

Jane skær en grimasse, og siger hidsigt. "Forløb planmæssigt! Hvordan kan du sige det? Det var måske meningen, at pine og torturerer mig?" Mette kigger hen på Hanne, som rømmer sig og tager over. "Er du sikker på, at det ikke er din hjerne, som har spillet dig et puds? Som Mette fortalte, så havde hun vist dig en animeret video af sådan en operation, og det kan godt have lagret sig i hjernen, så du troede, at du mærkede noget."

"I kan godt spare Jer. Jeg ved hvad jeg oplevede, og det var ren tortur. Jeg vil klage, vil jeg."

"Hvis det er rigtig, så er vi selvfølgelig umådelig kede af det, og giver dig vores største undskyldning," siger Hanne medfølende. Mette tilføjer. "Men det er faktisk umuligt at opklare. Vi har kun dine ord for det. Man kan ikke bevise sådan noget." Hun virker lidt usikker på om det er det rigtige at sige i situationen. Hanne krymper sig og ser bekymret ud. Hun forudser en masse presseomtale, hvis det her kommer ud. Ja, måske står hun til en fyring.

"Jeg er lige glad med hvad I siger, jeg klager. Nogen skal bøde for det der er sket. Det var uhyrligt. Nazisterne kunne ikke have gjort det bedre!” råber Jane bittert, og begynder at græde.

Hanne lægger trøstende en hånd på hendes arm, som Jane dog ryster af. Mette stryger hende blidt over håret.

”Nu skal du hvile dig,” siger hun, og stryger Jane endnu en gang over håret. ”Vi beholder dig et par dage til observation. Vi skal være sikker på at der ikke går infektion i såret, før vi sender dig hjem. Du får også noget smertestillende,” tilføjede hun, og rejste sig. Hanne nikkede bare og så forlod de stuen.

Et par minutter kommer en sygeplejerske ind med et medicinglas, fyldt med piller.

”Her er noget smertestillende. Det kan godt være, at du bliver søvnig og føler dig lidt mærkelig. Det er fordi der er et morfin præparat i blandt dem,” siger hun, og rækker hende et glas vand til. Jane sluger pillerne, læner sig tilbage på puden, og falder i dyb søvn.

Da hun ligger mellem vågen og søvn, kommer hele seancen tilbage, i en uklar tåge. Mette Thomsen står med en kæmpe kniv, og hiver i hendes penis for at skærer den af. Hun mærker smerterne igen, men vågner nu helt op med et lille skrig. Hun ser sig forvildet omkring, og bliver klar over hvor hun er, og hvorfor. Hun synker tilbage på puden, og græder stille.

4.

Dirch Passer Alle
Frederiksberg

Jane havde fået sin egen lejlighed på Frederiksberg, med lidt økonomisk hjælp fra forældrene. Det var en 2 værelses andelsbolig, som hendes forældre havde købt, og lejede ud til hende. Hun arbejdede i morens butik, det var hun rigtig glad for. Hendes forældrene, havde været helt utrolige, da de endelig havde accepteret hendes valg, og hjulpet hende med kommune, psykolog, osv. Hele forløbet fra mand til kvinde havde taget næsten 10 år, fra den dag, hvor hun havde lagt kortene på bordet.

Hun havde skiftet navn til Jane, det lå lige for, og fået nyt person nummer. Så hun var registreret som kvinde i alle offentlige institutioner. Og nu var hun opereret, og kommet hjem, og skulle begynde sit nye liv, som fuldgyldig kvinde.

Jane havde den fordel, i modsætning til mange andre, som havde transformeret sig fra mand til kvinde, at hun ikke var særlig høj, og kun brugte nr 41 i sko. Hun havde været en køn dreng, og nu var hun blevet en smuk ung kvinde. Når hun så sig selv i spejlet, med sit korte lyse hår, det havde hun arvet fra sin mor, og med makeup på, ja, så var hun ganske godt tilfreds. Hun havde et smalt ansigt, blå øjne, og en lige næse. Hun var pænest forfra, i profil var hun lidt mere drenget at se på. Men hun kunne få gjort noget ved næsen. En lille bue, ville gøre meget. Og hagen var lidt stor og mandig, men den kunne gøres mindre. Hvis hun turde lægge sig under kniven igen. Hun havde ikke glemt operationen på Rigshospitalet, selv om det var 3 uger siden, og hun havde været hjemme nu i godt 14 dage. Hun havde fortalt sine forældre om oplevelsen, og hendes far havde foranlediget en klage til patientklagenævnet.

Men der kunne gå op til et halvt år, før der kom nogen afgørelse. Nu måtte hun videre, og prøve at glemme. I morgen skulle hun ud på Rigshospitalet, og have taget de sidste sting, så håbede hun bare, at alt var som det skulle være. Hun var stadig meget øm, forståeligt nok, og hun syntes, at hun de sidste par dage havde fået mere ondt. Men hun tilskrev det den tiltagende aktivitet, hun udviste.

I aften skulle hun ud med nogle venner, og fejre det. Det var første gang siden operationen, og hun glædede sig helt vildt til at vise sig i byen. Bare det at selvtilliden var højnet efter operationen, gjorde at hun lignede en kvinde endnu mere, og hun følte sig også mere kvindelig. Det gav udstråling. Ja hun syntes selv, at hun var blevet smuk.

Der kom et jag i underlivet, og det bekymrede hende, disse smerter, som var tiltagende, men kortvarige. Nå, det skulle ikke tage glæden fra hende. I aften skulle den have gas.

Hun tog en lys jakke på, hun ville gå en tur i Frederiksberg Have, hun elskede den park, med det smukke gamle slot fra Kristian d. 4. tid, som lå der på bakken, med udsigt over Haven. Nu fungerede det som officersskole.

Vejret var fint, sol på en blå himmel, og omkring 20 gr. foråret var kommet tidligt til Danmark i år. Midt i april, og sådan et vejr. Bare det fortsatte i hvert fald indtil hun skulle begynde at arbejde igen. Det var meningen at hun skulle begynde at arbejde efter en måned, det havde Mette Thomsen sagt god for.

Hun var nede i Haven i løbet af 10 minutter, havde taget et tæppe med, hun ville finde en solrig plet, og ligge og få lidt kulør, det trængte hun til, oven på en trist vinter. Men hvem gjorde ikke det? Opholdet på hospitalet havde gjort nu hende mere bleg, end hun normalt var.

Græsset var allerede blevet grønt og forårsblomsterne var kommet frem, erantis, tulipaner og påskeliljer, prægede græsplænen og bedene. Træerne havde ikke rigtig foldet deres blade ud endnu, men de stod med lysegrønne knopper. Jane fandt et solrigt sted, bredte tæppet ud, og tog tøjet af, så hun kun lå i shorts og BH. Det var skønt at mærke solen og varmen brede sig på kroppen, mærke vinden kærtegne hendes krop. Efter lidt tid faldt hun i en let søvn, men vågnede med et sæt, da en mand talte til hende. Hun åbnede øjnene, satte sig op, mens hun missede med øjnene mod solen, for bedre at se ham.

"Undskyld, hvis jeg forskrækkede dig," sagde han smilende. Han stod med et sammenrullet tæppe under armen. Han så sød ud, syntes hun.

Hun slog afværgende ud med hånden, og smilede igen, selv om hun, lige nu, følte sig intimideret.

"Det er ok. Jeg var vist faldet i søvn, og blev lidt overrasket," sagde hun.

"Må jeg slå mig ned her?" spurgte han.

"Det er en offentlig park," svarede hun, og gjorde samtidig tegn mod jorden, som indikerede at han bare kunne lægge sig. Han virkede sympatisk, og så godt ud, så det var måske en måde at afprøve sig på, tænkte hun.

"Vil du have noget at drikke?" spurgte han, og krængede en lille rygsæk af, som hun ikke havde lagt mærke til før. Han satte sig på sit eget tæppe.

Hun nikkede. "Ja tak."

Han tog en flaske hvidvin og to plastikkrus frem,

skænkede op, og rakte hende det ene.

"Skål! Jeg hedder Thomas," sagde han, og klinkede sit krus mod hendes.

"Skål! Jane." Hun kom til at grine. Hun tog en tår, den var dejlig kølig, og hun var faktisk også tørstig.

"Hvad er det der er så morsomt?"
 Hun vendte sig mod ham.

"Går du altid rundt med en kold flaske hvidvin i ryg-sækken?" spurgte hun.

Han lo, og sagde, "Ja. Man ved jo aldrig, om man møder en smuk kvinde, som jeg kan byde et glas, vel?"

De lo begge to, og drak igen, Thomas skænkede mere op til dem, og lidt efter lidt, gik snakken let og muntert. Jane følte nu, at hendes tranformation til kvinde, var nået. På intet tidspunkt lod Thomas skinne igennem, at han havde mistanke om, at hun havde været mand. Han behandlede, og talte til hende, som til enhver anden kvinde. Hun følte sig lykkelig den dag i Frederiksberg Have.

Efter et par timer i selskab med Thomas, og lettere beruset, de havde delt hele flasken, kom hun op i lejligheden. Hun følte sig lidt svimmel, og lagde sig på sofaen for at hvile lidt. Igen faldt hun i søvn, men vågnede med et sæt, da en brændende smerte, fyldte hendes underliv. Hun satte sig forskrækket op i sofaen, men måtte lægge sig igen. Endnu engang bredte smerten sig, den kom og gik med jævne mellemrum den næste time. Hun tog et par Panodil, de hjalp, og hun gik i bad. Hun tørrede sit hår, og lagde sminke. Hun gjorde meget ud af, at fremhæve øjne-ne. Hun havde fra naturens hånd røde læber, så de fik kun lidt lipgloss. Det gjaldt om, at fremhæve det som var pænt, og på hende var det især øjne og mund og hendes hår. Så var det det, folk lagde mærke til, og ikke hende næse og lidt kraftige hage.

Brysterne var en mellemting mellem A og B, hun brugte en B skål, med lidt fyld i. Hun tog en sort skjortebluse på, og en cremefarvet nederdel. Mørkt tøj foroven, gjorde skuldrene smallere. Tøj med skulderpuder, var no go. Den lyse nederdel, gjorde hofterne bredere, også her satte hun en lille siliconepude på. Hun betragtede sit spejlbillede, og nikkede tilfreds. Hun var klar, og tog et par sorte sko med en kun 3 cm høj hæl på.

Hun gik ned på gaden, og ventede på den taxa, som hun havde bestilt til at køre sig ind til Kvindehuset i Gothersgade, hvor hun skulle mødes med veninderne.

5.

Region Hovedstaden
Rigshospitalet

Hun vågnede op, og så sig forvirret omkring. Hvorfor lå hun i en seng på hospitalet? Hun skulle jo i byen med veninderne. Hun havde siddet i en taxa, og så huskede hun ikke mere. Hvad fanden var der sket?

En sygeplejerske kommer ind på stuen, og går smilende hen til hendes seng.

”Nå du er vågnet,” konstater hun.

”Hvorfor ligger jeg her? Hvad er der sket?”

”Du blev bragt ind med en taxa i aftes, chaufføren

sagde, at du var besvimet i bilen," fortalte sygeplejersken.

"Besvimet! Det husker jeg slet ikke, men hvad er der galt?" spørger hun bekymret.

"Du har fået en infektion, i operationssåret, og får nu antibiotika," svarer hun, og peger på stativet, hvor der hænger en gennemsigtig pose, med en væske, og en slange monteret på en venflon, som sidder i Janes højre hånd. Hun har ikke lagt mærke til den, før nu.

"En infektion. Er det farligt?" Hun lyder bekymret.

"En infektion er altid potentiel farlig, men rolig, vi skal nok få bugt med den," svarer hun beroligende, og klapper hende blidt på venstre hånd. "Nu skal du bare hvile dig, jeg stiller et glas vand, og nogle smertestillende piller på natbordet, så kan du tage efter behov," siger hun og går.

Jane sover uroligt resten af natten. Det er som om kroppen udkæmper et drabeligt slag mod bakterierne. Om morgenen har hun spist alle pillerne, men smerterne har ikke fortaget sig. Tværtimod bliver de værre. Og ved otte tiden, trækker hun i snoren, for at tilkalde en sygeplejerske.

Det er en anden sygeplejerske, end hende der havde været der om natten. Hende her er ældre, fed, og virker mere barsk, ja nærmest truende i sin fremtoning, synes Jane.

"Ja. Hvad er der? Morgenmaden kommer om en halv time," siger hun irriteret, og vender sig væk fra hende. Jane kigger forbavset op på hende. Hun bliver gal.

"Jeg har fucking ondt! Kan jeg ikke få noget mere smertestillende?"

"Du har ondt. Nå ja. Vi har sgu alle ondt, et eller andet sted." næsten snerrer hun og vil gå igen.

"Hvad mener du? Går du bare?" Jane er målløs. "Jeg

vil tale med en læge." insisterer hun.

"Han kommer først klokken ti. Og det er slet ikke sikkert, at du står først på listen," svarer Fedesen nærmest triumferende.

"Så må du da give mig noget smertestillende. Nu!" råber Jane skingert.

"Hids dig lige lidt ned. Der er andre syge patienter end dig, min pige, eller dreng," svarer hun spydigt, og griner dumt.

Jane er chokeret. Er denne sygeplejerske modstander af transkønnede? Det virker sådan. Hvorfor fanden arbejder hun så her? Hun kigger på navneskiltet. Berit Hallandsen, står der. Det navn indprinter sig i Janes hukommelse. Berit skulle komme til at fortryde sin fjendtlige attitude, senere. Hun kom ikke med nogen smertestillende piller til Jane, som ligger og lider.

Klokken 10.10, kommer en læge, og en anden sygeplejerske ind på hendes stue.

"Goddag. Jeg hedder Jens, og er overlæge her på afdelingen," siger han, og giver hånd. Han virker rar. "Du har en grim infektion, som vi prøver at slå ned med bredspektret antibiotika," fortsatte han. "Men hvis ikke det hjælper inden for det næste døgn, må vi opererer."

Det sortner for Janes blik. Opererer! Det er som om hele seancen fra sidst vælter ind over hende. Hun ryster på hovedet, og siger med bange og spag stemme, "nej, nej, det tør jeg ikke, ikke en operation igen."

Lægen kigger de forbavset på hende, og siger, "hvis ikke antibiotikaen virker, og vi ikke opererer, så dør du af blodforgiftning."

Hun siger ikke noget, men stirrer bare lige ud i luften. Lægen og sygeplejersken går ud. Sygeplejersken har dog efterladt et glas piller på hendes bord, som hun sluger med det samme.

Pillerne begynder at virke, og hun falder i en urolig søvn, med drømme om læger der skærer i hende, og vrede onde sygeplejersker, som skælder hende ud. Da hun vågner, er det mørkt, og hun ryster af kulde. Lige i første omgang, er hun forvirret, hun føler sig svag, og hendes syn er sløret. Hun falder i søvn igen, denne gang uden drømme.

Hun vågner ved, at hun bliver skubbet afsted i sengen af en portør. Hun stirrer forvildet rundt og spørger. ”Hvad sker der? Hvor er jeg?”

”Du er på vej til operations stuen,” svarer han. Det er ikke Ulven, mens de fortsætter ind i en elevator.

”Hun forsøger at rejse sig op, men er for svag. ”Nej, nej!” råber hun. Portøren kigger på hende, og ryster på hovedet, elevatordøren går op, og han kører hende lidt hen ad gangen, og drejer ind på operationens stuen.

”Her står Mette Thomsen, og tager i mod hende. De samme sygeplejersker som sidst, er der også, men det er en anden narkoselæge.

”God dag Jane. Vi bliver nød til at opererer, hvor meget ved vi først, når vi får lukket op. Men antibiotikaen, har ikke kunnet få bugt med infektionen, der er tale om resistente stafylokok bakterier,” sagde hun.

”Jeg tør ikke,” hvisker Jane, med tårer i øjnene.

”Hvis ikke vi gør det, dør du,” svarer Mette, og klapper hende beroligende på hånden. ”Bare rolig, vi skal nok sørge for, at du sover rigtigt denne gang.” tilføjer hun.

Det er næsten en indrømmelse, tænker Jane, og nikker, som tegn på, at de må gå i gang.

Narkoselægen giver hende det muskel-afslappende medicin, og sygeplejersken holder masken ned over hendes mund. I løbet af et minut, sover hun sødt, og vågner først, da det hele er overstået. Hun kigger lidt fortumlet rundt.

"Så er det overstået. Hvordan har du det?" spørger Mette hende.

"Åh, ok, tror jeg." svarer Jane.

"Nu bliver du kørt ned på opvågningen, så kommer jeg om lidt, og snakker med dig, ikke?"

Jane nikker, og en portør kommer ind efter hende, og kører hende ud fra operations stuen. Lidt efter ligger hun på opvågningen, og en sygeplejerske kommer med mad og noget at drikke.

En halv times tid efter, kommer Mette Thomsen ind, og sætter sig ved hendes seng, tager blidt hende hånd.

"Vi måtte desværre fjerne noget væv, og det indebærer, at du ikke mere har nogen klitoris. Det var der infektionen sad." siger hun medfølende.

Jane ligger lidt uden at sige noget, og tænker at det var dog ligegodt fandens. Først gennemgår jeg en frygtelig operationen, for at blive kvinde, og nu har de fjernet min kvindelighed. Først bliver hun ked af det, så bliver hun vred, og til sidst rasende. Rasende på kirurgen, rasende på narkoselægen, og rasende på resten af de som havde været med. Ja, hun er rasende på hele hospitalet, og på hele verden. Så mange kræfter havde hun brugt på at nå hertil, og nu er det hele ødelagt. Hun tager sig sammen, og spørger roligt. "Hvorfor fik jeg den infektion? Har I sløset med hygiejnen eller hvad?"

Mette ryster på hovedet, og siger, "det er ikke til at vide, det sker bare nogle gange."

Jane tørrer en tåre væk fra øjenkrogen. Hun vil ikke tude, ikke her foran Mette. Hun gør sig hård, kigger Mette direkte i øjnene og siger med en overbevisende tone, som gør Mette helt forskrækket. "Det her kommer I til at bøde for." Og så vender hun ryggen til hende. Mette Thomsen stirrer et øjeblik forundret på hendes ryg, så rejser hun sig og går ud, men med en uhyggelig fornemmelse i maven. Det blik, Jane lige havde sendt hende virkede ildevarslende. Hun var meget ked af det på Janes vegne, og en smule bange på egne vegne.

6.

Dirch Passers Alle
Frederiksberg

Hjemme i lejligheden lå Jane på sofaen, og stirrede tomt op i loftet. Det havde hun gjort i en uge nu. Hendes mor havde været og besøgt hende et par gange. Hendes far havde hun ikke set noget til. Men hun orkede heller ikke nogen. Hun ville bare være sig selv. Hun var frustreret, vred, og deprimeret. Hun havde ligget en hel uge på hospitalet til observation, og blev udskrevet, da man var sikker på at infektionen var bekæmpet.

Nu skulle der gå yderligere to uger, før forbindingen kunne fjernes, så skulle såret være lægt. Hun havde ikke selv set resultatet endnu. Hun frygtede også for det. Hendes mor havde lovet, at presset faren til at skrive en klage til Rigshospitalet. De skulle ikke slippe godt fra det her. Hvis hun ikke fik medhold, vidste hun ikke hvad hun skulle gøre. Hun havde tænkt på at tage sit eget liv, og skrive

39

et afskeds brev, henvendt til teamet på Rigshospitalet. Men hun havde faktisk ikke, hverken kræfterne, eller modet til det. Hun kiggede ud ad vinduet. Fuglene kvidrede, solen skinnede, og træerne var sprunget ud. Det var starten af maj. Hun skulle jo ligge i haven, og slikke solskin, drikke kold hvidvin, og flirte med unge mænd. Hun kom til at tænke på ham, hvad var det nu han hed? Det føltes som en evighed siden. Nå jo, Thomas. Gad vide om han huskede hende? Lå han lige nu og ventede på, at hun skulle dukke op? De havde talt så godt sammen. Pludselig savnede hun ham. Hun begyndte at græde, hun gennemrystedes af en hulken, som hun næsten ikke kunne stoppe.

Fire uger efter operationen blev forbindingen fjernet, og lægen konstaterede, at infektionen var bekæmpet og såret helet. Men ikke noget sex endnu, havde Mette sagt. Hun ville se hende igen om fire uger, og der tage stilling.

Hjemme i lejligheden, stillede Jane sig foran spejlet, trak sine jeans og trusser ned, og løftede spændt blikket.

Hun fik et chok. Det hun havde glædet sig til og kæmpet så hårdt for, lignede mest af alt, en død torsk med åben mund.

Hun begyndte at græde, og skyndte sig at trække bukserne op. Hun smed sig hulkende på sengen. Det her kunne hun sgu da aldrig vise til et andet menneske. Hun ville aldrig få en kæreste, endsige et sexliv. De personer, som havde behandlet hende på hospitalet, havde ganske enkelt ødelagt hendes liv. Det skulle de komme til at bøde for, lovede hun sig selv. Hun stoppede tuderiet, og begyndte i stedet at planlægge sin hævn. Først måtte hun prioriterer, og finde ud af hvor de boede. Hun tog et stykke papir, og lavede en liste.

Hanne Severin Wilke:

Mette Thomsen:

Helle Dam:

Berit Hallandsen:

Hun prøvede at søge via Krak, Google, og Facebook. Hun fandt hurtigt Hanne, sikkert pga. hende efternavn. Hun boede i Hellerup, på Annasvej 33, lige ud til vandet. Det var sværere med Mette, det navn var for almindeligt. Hun måtte simpelthen følge efter hende fra hospitalet en dag. Hun fandt en Helle Dam, bosiddende i Mimersgade, ikke langt fra Nørrebrohallen.
Berit Hallandsen, var der ingen af på Krak, eller Facebook. Hun havde nok heller ikke regnet med at den halvgamle heks, var på Facebook. Hende måtte hun også følge efter fra hospitalet. Sagen var klar. Narkoselægen først.

Nu skulle hun prøve at finde en metode til at bedøve dem, de skulle prøve samme behandling, som de havde givet hende. Hun slog muskel-afslappende medicin op på nettet, og fandt flere midler. Suxamethon et hurtigvirkende, men kortvarig virkende præparat, mivacurium, et langsomvirkende, men længervarende præparat. Hun havde brug for noget hurtigvirkende, så det måtte blive suxamethon. Men hvordan skulle hun få fat i det? Hun blev nød til, at stjæle det, men hvor? Og hvordan. Hun søgte lidt mere på nettet, men fandt hurtigt ud af, at det var midler, som man ikke kunne købe som privatperson. Kun hospitaler, og dyrlæger, havde adgang til disse midler. Okay tænkte hun, jeg må en tur på hospitalet igen. Men ikke for at blive tortureret, nej for at stjæle. Hun blev helt høj ved tanken. Bare tanken om hævn fyldte hende med andre tanker. Positive tanker. Det var næsten som at ryge en joint.

7.

Annasvej
Hellerup

Hanne Severin Wilke, var netop kommet hjem fra arbejde. Hun smed skoene, og satte sig i hendes yndlings lænestol, Ægget, som hun havde ønsket sig længe, og sparet sammen til, ved at tage ekstra vagter.

Hun kunne ikke slippe sagen om Jane Hansson. Havde hun begået en fejl, så kvinden vitterlig havde mærket operationen? Hvis det var tilfældet, så var det jo ganske forfærdelig. Hun havde haft en del ekstra vagter i den periode, og havde måske været lidt for træt, og så skete fejlene jo. De havde gjort, sygehus ledelsen, opmærksom på at der manglede folk. Men svaret var altid, at det var et politisk krav at der skulle spares. For tredje år i træk. Det var som at slå i en dyne. Hun orkede snart ikke det danske sundhedsvæsen mere. Hun overvejede at tage til Norge. Der kunne hun tjene de samme penge, på den halve tid, hvis hun tog vagter, især i weekenderne. Det var fristende, og hun var alene, så hun kunne gøre som hun ville. Men hun følte også, at hun så svigtede de danske patienter og hendes kollegaer.

Hun skænkede af den flaske hvidvin, som hun havde taget i køleskabet. En halv flaske om dagen var det efterhånden blevet til. Var det for meget? Det syntes hun ikke selv, men når lægerne talte med patienterne, om alkohol forbrug, ja, så brugte de altid sundhedsstyrelsens anbefalinger, som lød på maximum 7 genstande om ugen for kvinder, altså svarende til en flaske vin om ugen og hun drak mindst tre.

Hun tog fjernbetjeningen til HI-FI anlægget, og tændte for radioen, P5 yndede hun at høre. Hun tog et sip, lukkede øjnene, og lyttede til musikken der strømmede blidt ud af højttalerne. Hun måtte være faldet i søvn, for pludselig tabte hun glasset, og spildte vin ned af sig.

"Åh, satans," mumlede hun, og rejste sig for at hente en køkkenrulle i køkkenet.

Pludselig syntes hun, at hun anede en skygge gå forbi vinduet, men solen skinnede også ind af vinduet, så hun kunne faktisk kun se stærkt lys, da hun kiggede igen. Hun gik helt hen til vinduet, kiggede ud til begge sider, det var mod vand siden, men det eneste hun så var det blanke glitrende vand på Øresund. Hun tørrede stolen og lidt på gulvet, gik tilbage til køkkenet, og smed papiret i skraldespanden. Da hun rejste sig op, så hun skyggen igen. Nu gik hun helt ud i haven, og kiggede sig omkring, men igen, ingenting. Hendes bukser var blevet våde af den spildte vin, og hun gik op i soveværelset, for at skifte. Da hun nu havde taget bukserne af, besluttede hun at tage et bad, smed alt tøjet til vask, og stillede sig ind under bruseren, og lod det varme vand strømme ned over sin krop. Hun kiggede ned over sig selv. Hun var begyndt at få mave. Det er vinen, tænkte hun. Men ellers så hun ganske godt ud, af en 55 årig at være. Hende hår var stadig mørkt, med nogle få stænk af gråt, hende vægt var ok. 68 kg. til hendes 170 cm, det kunne ikke være bedre. Det skortede da heller ikke på tilbud, på Dating Dk, som hun havde en profil på. Det havde hun gjort et halvt år efter hun var blevet skilt. Hun følte sig ensom. Hun havde ingen børn, hun kunne ikke få børn. Var det mon derfor han havde forladt hende? til fordel for en 15 år yngre kvinde, som arbejdede sammen med ham på tegnestuen. Hun var en forholdsvis nyuddannet arkitekt, og ganske smuk. Hanne havde set hende et par gange, til firmafester. Det var efter en sådan fest at han meddelte hende, at han ville skilles, efter 20 år. Det havde været hårdt, men nu var hun kommet videre, hun havde beholdt huset, det var hun glad for, hun elskede det sted her, som lå lige ud til Øresund.

Hun stod ud af badet, og tørrede sig, og skulle lige til at tørre sit hår, da hun syntes hun hørte noget. Hun lod være med at starte hårtørreren, og gik i stedet ud af badeværelset, for at se, hvad det var hun havde hørt. Det var sikkert bare en fugl, eller en kat, tænkte hun. Men alligevel, to gange havde hun set skygger, og nu den her lyd. Var hun ved at blive paranoid? Hun blev sig pludselig bevidst, at hun var nøgen, og følte sig enormt sårbar. Hun skyndte sig at tage et par bukser og en bluse på, og gik en runde i huset, uden at finde noget mistænkeligt. Nå, det var ikke noget, det er bare mig, som ser syner, tænkte hun, og gik tilbage til badeværelset, og tørrede sit hår.

Bagefter gik hun ned i køkkenet, og lavede aftensmad. En lille porretærte. Det elskede hun. Og lige et glas til maden, nu hvor hun havde spildt det ene glas her i eftermiddags. Da hun havde ryddet til side, satte hun sig ind i Ægget, og tændte for fjernsynet. Nyhederne klokken syv, på TV2, så hun altid når hun var hjemme. Åh, de samme nyheder, nedskæringer, og skattelettelser, det tonede sig frem på skærmen hver aften i denne tid. Nå nu blev det snart sommerferie på Christiansborg, så blev der vel lidt fred. Efter nyhederne og Lorry, så hun Hammerslag, og faldt i søvn.

Hun vågnede ved en lyd. Igen gik hun en tur i huset, og tjekkede om alle døre og vinduer var lukket og låst. Nej, have døren stod lidt på klem. Hun huskede godt, at hun havde åbnet den, da hun kom hjem. Der havde være så indelukket og varmt. Hun havde glemt det, og den måtte være blæst i, så hun ikke havde bemærket det, før hun gik i bad. Hun lukkede den, og gik ud og lavede sig en kop kaffe, bare en, ellers kunne hun ikke sove i nat, og hun skulle møde klokken syv næste morgen. Der var planlagt tre operationer, og der kunne nemt komme noget akut. Et trafikuheld eller en arbejdsulykke. Metrobyggeriet affødte en del ulykker. Så det kunne sagtens blive en lang dag. Da hun havde drukket kaffen, satte hun koppen i opvaskemaskinen, gik op i soveværelset, smed tøjet, tog en chemise på, og gik i seng.

Hun faldt hurtigt i søvn, og sov tungt, på grund af den flaske hvidvin, det trods alt var blevet til, selv om hun havde sat sig selv på ration.

Hun vågnede ved en lyd! Der stod en ved hendes seng.

8.

Region Hovedstaden
Rigshospitalet

Jane stod foran oversigtskortet i hovedindgangen. Hun skulle finde en afdeling, hvor man lavede store operationer, og hvor hun ikke selv havde været, hvor de ikke kendte hende.

Kirurgisk Gastroenterologisk Klinik, som lå på 12 sal, måtte være et sted, hvor man lavede store mave operationer. Der kunne hun finde hvad hun søgte, håbede hun på. Hun skulle bruge muskel-afslappende medicin, kanyler og skalpel. Hun skulle også bruge hurtigvirkende bedøvelses middel, og havde fundet frem til at æter, var det bedste. Det havde hun købt i Matas. Det skulle bruges til at bedøve ofrene hurtigt, så hun kunne nå at give dem sprøjten med det muskel-afslappende medicin. Hun tog elevatoren op til tolvte etage, og åbnede forsigtigt døren til afdelingen.

Hun så ingen mennesker på gangen, og gik ind. Hun gik stille og roligt hen ad gangen, og så på alle skilte, som angav, hvad der gemte sig bag døren. Hun nåede til sygeplejerskernes vagtlokale, og kastede et hurtigt blik derind, der sad fem kvinder i hvide uniformer, alle kiggede på computer skærme, og ænsede hende ikke. Hun gik hurtigt forbi, og nåede medicin rummet. Låst, ja selvfølgelig, men det havde hun forberedt sig på. Hun havde købt et dirke sæt på nettet, og downloadet en video, som viste hvordan man brugte det. Utroligt, hvad der lå på nettet, som viste,

46

hvordan man lavede kriminalitet. Hun trak hurtigt dirken op af lommen, og satte den i låsen. Et øjeblik efter, havde hun åbnet døren, og smuttede indenfor. Hun låste døren indefra, og trak det mørkeblå rullegardin ned for glasruden i døren. Hurtigt afsøgte hun skabene, og fandt hvad hun søgte, mivacurium, det langsomtvirkende, men langtidsvirkende stof. Bingo, hun dirkede også den dør op, det var nemt, så manglede hun kun kanyler og skalpel, de lå et andet sted, hun vidste ikke helt hvor, det måtte hun finde ud af.

Hun trak rullegardinet lidt op, og kiggede ud, der var ingen, hun åbnede døren, og skyndte sig ud, og lukkede døren efter sig. Hun nåede et skridt væk, da en sygeplejerske kom ud fra vagtlokalet, men hun gik den modsatte vej, og Jane kunne uden problemer gå ud fra afdelingen. piece of cake, tænkte hun, da hun trådte ind i elevatoren, og kørte ned. Hun kunne købe kanyler og skalpel på nettet. Nettomedical solgte engangs skalpeller for 45 kr. for 10 styk, kanyler og sprøjter havde de også. Hun tog bussen hjem til lejligheden på Frederiksberg. Nu havde hun hvad hun skulle brug, det var bare lige at få bestilt det sidste på Nettomedical, så var hun klar til at gå i gang.

9.

Dirch Passer Alle
Frederiksberg

Først måtte hun finde Hannes hus, og afsøge området. Hun skulle også være sikker på, at hun var hjemme, når hun dukkede op. Det skulle være om natten, hun skulle bryde ind i huset. Hun ville overraske hende mens hun sov. Lidt æter på en klud, og holde den hen over Hannes mund og næse, sprøjten skulle være klar, så hun kunne give hende den, så snart hun var bedøvet. Hvor meget æter skulle der mon til, for at bedøve et menneske? Hun kunne jo prøve på sig selv, det tog man vel ingen skade af. Hun havde læst på nettet, om nogle unge, som havde taget æter, som en slags narko, det var nærmest som at sniffe lim, skrev en.

Hun tog en bomuldsklud, og hældte nogle dråber på den, og holdt den op for næsen. Føj for den lede, hvor det lugtede fælt, men hun holdt ud, og pludselig tabte hun kluden. Hun var ikke bedøvet, men meget fortumlet, og kunne ikke rejse sig. Det var jo så ikke mærkeligt, at hun ikke nåede at blive bedøvet, før hun tabte kluden. Men nu havde hun da en indikation, af hvor meget der skulle til. Hun måtte lægge sig en times tid, inden hun følte sig helt op på dupperne igen. Det var begyndt at støvregne og himlen var grå af regntunge skyer.

Næste dag tog hun bussen ud til Hellerup Station. Herfra tog hun bybussen til stoppestedet lige efter Annasvej, og gik ned mod vandet. Huset lå helt ned mod Øresund, et smukt gammelt hus, i Patricer stil, dog med en tilbygning mod vandet, en slags vinterhave. Hun gik forbi huset, mens hun kiggede ind i haven, uden at det virkede alt for mistænkeligt, hvis nogen skulle se hende. Det så ikke ud til, at der var nogen hjemme, heller ikke i de nærmeste huse. Nej det var selvfølgelig travle mennesker, der boede her, i disse smukke dyre huse og disse omgivelser. De var nødt til at arbejde meget, og tjene mange penge.

Det regnede ikke, men de grå skyer hang stadig ude over Øresund.

Hun gik helt ned til vandet, og kiggede op mod huset derfra. Stadig ingen mennesker at se. Hun kunne se en udestue, eller vinterhave som vendte mod vandet. Der var store vinduespartier mod vandsiden, og hun kunne ikke se nogen derinde. Hun vågede sig ind på grunden, og ind i haven, hvor hun gik en runde, ingen antastede hende. Hun gik om til havestuen igen, og tog sit dirke grej op af lommen. På få sekunder fik hun dirket låsen op, og smuttede ind. Døren fra havestuen, og ind til den oprindelige stue, var ikke låst, og hun gik helt ind i huset. Der var helt stille, Hanne var på arbejde, ingen tvivl om det. Jane gik en runde i huset, og konstaterede, at tredje trappetrin knirkede. Hun kom op på første salen, et stort soveværelse, med en dobbelt seng, et stort skydedørs skab, en kommode, og en gammel rokoko stol. En dør førte ud til badeværelset. Hun gik ned igen, og undlod at træde på det knirkende trin, hun gik næsten lydløst ned af trappen. Så langt, så godt, så var hun forberedt, hun kunne let komme ind og op i soveværelse, uden at Hanne hørte hende. Hun besluttede at hun ville slå til, så snart hun havde modtaget varerne fra Nettomedicin.

Hun tog bussen hjem. Pludselig syntes hun at hun så Ulven stå på bussen. Han kiggede ikke på hende, men satte sig helt oppe foran. Fulgte han efter hende? Nej, det var sgu for absurd. Nu må du altså tage dig sammen, ikke blive paranoid, sagde hun til sig selv.

Da hun kom hjem lavede hun sig et solidt måltid mad, som hun indtog i køkkenet. Utroligt så sulten man blev af at researche, tænkte hun da telefonen ringede. Det gav et gib i hende, hun var helt i sine egne tanker. Hvem fanden var det mon?

"Det er Jane," sagde hun.

"Hej skat, det er mor. Hvad laver du? Jeg har prøvet at ringe til dig mindst fem gange i løbet af dagen."

"Åh, min telefon har været uden strøm, og jeg har været lidt rundt i byen," løj hun. Hun havde slukket den med vilje, mens hun var i huset på Annasvej, hun ville jo ikke risikerer, at den ringede mens hun var der, og hun havde først tænkt på at tænde den, da hun var hjemme.

"Har du ikke lyst til at komme over og spise i morgen? Det er snart længe siden." Hun mor lød bekymret.

"Jeg ved ikke rigtig, kan jeg ikke give besked i morgen. Jeg skal måske ud med en veninde," løj hun igen.

"Jo, jo, det er ok. Og du har det godt?"

"Ja, ja, jeg har det fint. Vi ses mor, - og hils far."

"Det skal jeg nok. Og ha` det godt," hendes lagde modstræbende røret på.

Jane håbede på, at varerne kom næste dag. Hvis de gjorde, så skulle hun ud til Hellerup om natten. Hun tjekkede den taske, som hun skulle have med. Lommelygte, dirken, den muskel-afslappende medicin, æter og klud, og en dolk, for en sikkerheds skyld. Nu manglede hun kun sprøjter og skalpel. Hun lagde også to plastik poser i tasken, til affald.

Klokken ni næste morgen, ringede budet på. Han havde en pakke til hende. Det var fra NettoMedicin.

Spændt åbnede hun den, så snart hun kom op i lejligheden. Der var hvad der skulle være, konstaterede hun tilfreds. Hun var klar. I nat skulle Hanne Severin Wilke dø.

10.

Annasvej
Hellerup

Hanne spærrer øjnene op, og kigger forskrækket på den person, som står bøjet over hende ved hendes seng. Hun mærker noget mod sin næse og mund, og kan genkende lugten af æter. Hun prøver at holde vejret, og forsøger at rejse sig, men hun bliver brutalt holdt nede. Hun tager fat i armen som holder kluden med æteren, som dog er alt for stærk. Hun behøver ilt, hvis hun skal kunne kæmpe imod, men det betyder også, at hun vil indånde mere æter. Det er håbløst, indser hun, og glider stille over i søvnen. Hun opfatter ikke lyset blive tændt. Hun mærker heller ikke nålen bliver ført ind i en blodåre i armen, og den muskelafslappende væske blive sprøjtet ind i hendes krop.

Hanne vågner langsomt op af bedøvelsen. Hun forsøger at åbne øjnene men kan ikke, hun prøver at rejse sig, men hendes muskler vil ikke lystre. Hun kan ikke se hvem det er som er trængt ind i hendes hus, og har overmandet hende. Hun kan ikke tale, hun kan ikke spørge hvorfor. Hun kan mærke, at hendes trusser bliver taget af hende, og chemisen smøget op mod brystet. Panikken begynder at indfinde sig. Min gode Gud, tænker hun, nu bliver jeg sgu da voldtaget. Han var meget stille lige nu. Pludselig hører hun en stemme, en stemme hun syntes hun havde hørt før, men hvor? Den forekom at være meget langt væk. Hun var stadig groggy af æteren.

"Hanne, kan du høre mig? Det tror jeg du kan. Nu skal du prøve at blive opereret uden bedøvelse. Ligesom d I gjorde, dig og Mette Thomsen, på en ung kvinde for nogle måneder siden. Kan du huske det Hanne? Det var Jane Willis Hansson. Husker du hende, Hanne?

Hanne er lamslået, og dødsens angst. En ting er at blive opereret på et hospital, hvor fagfolk står parat med alt moderne udstyr, hvis noget skulle gå galt. Men her i hendes egen seng, og en vanvittig person som kirurg, det vil helt sikkert betyde døden. Men først skal hun lide, lide som hun aldrig havde lidt før. Hun prøver desperat at skrige alt hvad hun kan, men der kommer ingen lyd. Hun forsøger at sparke, men benene vil ikke lystre. Hun samler alle sine kræfter og slår vildt omkring sig. Men det er kun i hendes tanker. Armene er låst, som om de er spændt fast i en skruestik. Aldrig i sit liv har hun været så bange. Hun ved hun skal dø nu.

Hun mærker det første snit. En ubeskrivelig brændende smerte jager gennem hendes underliv. Hun besvimer. Langsomt kommer hun tilbage til bevidstheden. En ny og endnu mere ubeskrivelig smerte, fylder hendes krop, hun er sikker på, at det er hendes klitoris som bliver skåret væk. Igen besvimer hun. Denne gang varer det lidt længere, før hun kommer tilbage, og nu kan hun begynde at mærke blodtabet. Hun bliver mindre bevidst om hvad der sker. Hun kan ikke tænke mere. Hun mærker heller ikke smerterne så tydeligt mere. Om der bliver skåret mere i hende, ved hun ikke, og mørket sænker sig langsomt omkring hende. Hendes hjerne lukker langsomt ned. Hjertet slår langsommere. Kort tid efter dør hun af blodtabet.

11.

Dirch Passers Alle
Frederiksberg

Jane var helt oppe at køre, da hun havde fået varerne, og åbnede kassen fra NettoMedical. Det var yderst spændende. I nat skulle Hanne dø. I nat skulle hun, Jane have sin første hævn. Hun havde lyst til at fejre det. Hun tog en flaske vodka i skabet, og skænkede sig en drink med bitter lemon, det var hvad hun havde. Hun drak begærligt, hun var faktisk tørstig, opdagede hun, og tømte glasset i en lang slurk. Hun skænkede en ny, og en til, - og blev ved til flasken var tom. Hun faldt derefter i en dyb drømmeløs søvn på sofaen.

Hun vågnede næste morgen med tømmermænd. Hun vaklede ud i køkkenet, og tog en flaske vand i køleskabet, samt to Panodiler, og skyllede dem ned. Derefter gik i bad. Mens hun stod der under bruseren, ædru, begyndte hun at ryste, ikke af kulde, men følelserne tog ganske simpelt kontrollen over hendes krop. Hun sank hulkende sammen på gulvet, med vandet plaskende ned over sig. Der sad hun en halv time. Omsider tog hun sig sammen, rejste sig op, trådte ud af brusenichen, tørrede sig, og tog rent tøj på.

Hun var blevet fuld, var faldet i søvn, og var ikke taget ud til Hanne Severin. Hvad fanden tænkte hun på? Hun kunne jo ikke slå ihjel. Hun var ikke morder. Hun vaklede ud i køkkenet, hvor kassen med remedierne fra NettoMedical stod. Hun kiggede forfærdet på indholdet. Hvad havde hun tænkt på? Idiot! Sagde hun til sig selv, og lukkede kassen med tape. Hun ville smide den i en skraldespand senere. Ikke lige her hvor hun boede, men henne ved Centret.

Vejret havde ændret sig, skyerne var væk, og solen skinnede. Hun fik lyst til at gå en tur i Haven, som hun kaldte Frederiksberg Have. Hun håbede på at møde Thomas. Hun havde brug for lidt kærlig omsorg, og måske fik hun også lyst til sex. Hun syntes det var på tide, at prøve udstyret. Hun havde stået og kigget på sig selv i spejlet i badeværelset, og der var blot et lidt grimt ar, der hvor klitoris skulle have været. Men skeden var intakt, og hun havde prøvet, forsigtigt, for første gang, at stikke to fingre op. Hun havde følt ikke noget, men med lidt glidecreme, kunne en mand måske ikke mærke forskel, og kunne godt få en udløsning oppe i hende. Den intime kontakt, med en anden person, længtes hun efter. Hun var hudsulten. Hendes psykolog Birgit Svendsen, havde sagt, at selv om hun ikke kunne få orgasme, som andre kvinder, så kunne hun lære at få en psykisk- orgasme. Det var et spørgsmål om, at lade følelserne styre. Nogle kvinder fik skedeorgasme, andre skulle pirres på klitoris, og da hun ikke havde nogen klitoris mere, og hendes skede og skamlæber var lavet af henholdsvis pungens hud og huden fra penis, ja så var der

ikke særlig mange nerver at gøre godt med. Brysterne hav-
de hun følelser i, men om det var nok til en orgasme, vid-
ste hun ikke. Men samværet og den intime kontakt til et
andet menneske, var også det vigtigste. Om så hun og
Thomas kunne finde ud af det sammen, ja det måtte tiden
vise. Hun var parat til at prøve, give det en chance.

Hun gik ned ad trapperne og åbnede hoveddøren. En
sort kat med hvid plet i panden, sad og vaskede sig i hove-
det med en slikket pote. I Haven, hvor en hel del unge
mennesker hyggede sig, fandt hun det samme sted som
sidst, bredte sit tæppe ud, og lagde sig i solen. I dag havde
hun taget en bog med, som hun ville læse i, S.E.C.R.E.T,
af Marie Adeline. Bogen handler om en kvinde, som efter
sin alkoholiserede mands død, møder en kvinde fra et
hemmeligt selskab, som har specialiseret sig i at hjælpe
kvinder, med at finde ind til deres seksualitet igen. Hun
var godt fordybet i læsningen, da en mandsstemme pludse-
lig spurgte. ” Er den god? Bogen.”

Jane lukkede forskrækket bogen, kiggede op på Tho-
mas, som stod og smilede til hende. I dag har han ikke vin
med, bemærkede hun.

”Ja,” svarede hun, og klappede på tæppet, som tegn
til at han skulle sætte sig, hvilket han gjorde.

”Beklager, men jeg har glemt vinen,” sagde han og
lo, mens han rettede på et hjørne af tæppet, som vinden
havde krøllet.

”Det er ok. Jeg har en flaske derhjemme, den kunne
vi jo gå hjem og smage på,” foreslog hun, og sendte ham
et skælmsk blik. ”Det er faktisk lidt køligt her.”

”Det lyder da ikke så dårligt. Skal det være nu?”
spurgte han, og rejste sig. Hun nikkede og pakkede tæppet
sammen. De gik hen til hendes boligblok, og tog elevato-
ren op til hendes andelsbolig.

"Her bor du sgu da meget godt," sagde Thomas , da de er kommet ind. Han lød lidt overrasket. Han gik lidt rundt og kiggede, tog en lille glasfigur op og beundrede, mens hun fandt en kold flaske hvidvin og to glas frem.

"Skal vi sætte os i sofaen?" Hun satte flasken, og glassene på sofabordet. Thomas nikkede, satte sig ned, ved siden af hende, og skænkede vin i glassene.

"Skål." Han vendte sig mod hende.

"Skål," Hun kiggede ham dybt i øjnene. De drak, og snakkede lidt om ligegyldige ting. Jane havde tænkt på at få ham med ind i soveværelset, så hurtigt som muligt. Men nu blev hun alligevel i tvivl. Var det det hun ville med Thomas? Have sex? Eller ville hun hellere have ham som ven? Da de var nået halvt ned i flasken, lænede han sig pludselig hen, og gav hende et kys på munden. Hun gengældte tøvende kysset, og syntes at det føltes vidunderligt. Bare tanken om at en mand kyssede hende, ja, det var jo den drøm hun havde haft i årevis. De kyssede flere gange.

Jane rejste sig, gik ind i soveværelset, og vinkede med pegefingeren ad ham. Nu var hun ikke i tvivl mere. Thomas havde selv lagt ud, ved at kysse hende. De klædte langsomt hinanden af, han kiggede anerkendende på hende, og kærtegnede blidt hendes bryster, og jo, der var følelser i dem, mærkede hun tydeligt. Det føltes rigtig dejligt, især når han suttede på brystvorterne og på areola. Hun lagde sig på ryggen, med spredte ben, klar til at tage imod hans stive lem, som hun syntes var helt forrygende flot. Hun havde mærket på den, trukket forhuden tilbage, og hørt hans stønnen. Han lagde sig ned over hende, og fremstammede, "jeg har ikke noget kondom med. Jeg havde ikke lige regnet med det her."

"Det skal du ikke tænke på," hviskede hun, og smurte en klat glidecreme på skamlæberne, og på hans penishoved, hvilket afstedkom et behageligt suk fra ham, hvorefter han forsigtigt penetrerede hende. Der gik ikke ret lang tid, før han kom inde i hende, en skøn fornemmelse, syntes hun. Men orgasme fik hun ikke. Nå, jeg skal bare lære det, tænkte hun. Det var nu dejligt alligevel, men der manglede noget, og hun kom igen til at tænke på Mette Thomsen, rejste sig hurtigt fra sengen, og tog sit tøj på.

Thomas lå stadig på sengen, og kiggede forbavset på hende. Hendes ansigts udtryk havde fuldstændigt forandret sig, og havde skiftet fra blidt, imødekommende og tillidsfuldt, til at være hårdt og ja, næsten skræmmende. Han kom til at tænke på kamæleonen, som kan skifte farve fra det ene øjeblik til det andet.

"Er der noget i vejen? Har jeg gjort noget forkert?" spurgte han bekymret. "Jeg var vel ikke for hård ved dig?"

Hun rystede på hovedet. "Nej! Det har ikke noget med dig at gøre. Men du må gå nu," sagde hun, og tilføjede, "der er noget jeg skal." Hun gik ud hurtigt ud af soveværelset, ud i køkkenet og tog et glas vand. Thomas kom også på benene og i tøjet, fulgte efter, og stod lidt og kiggede på hende. Han ventede på, at hun skulle sige noget, forklare den pludselige kovending, det gjorde hun ikke. Hun sad bare og så ned i bordet, og han gik uden at sige farvel. Da døren smækkede bag ham, hamrede hun hånden ned i bordet, så hårdt at den hævede op. Hun at græde, så tårerne dryppede ned på bordpladen. Hun tørrede dem væk med den anden hånd, og lagde sig ind på sofaen og gloede op i loftet, uden at se noget.

12.

Mette Thomsen ringede for tredje gang til Hanne Severin, som ikke var mødt på arbejde. Det lignede ikke Hanne, hun plejede altid at komme i god tid, før en operation. Hanne var en ansvarsfuld narkoselæge, og forberedte sig altid godt. Men hun havde godt nok været lidt ved siden af sig selv, siden den episode med hende pigen som påstod, at hun ikke var blevet bedøvet ordentligt. Hvad var det nu hun hed? Nå jo, Jannik. Jane, efter forvandlingen. Hun havde også fået den forfærdelige infektion. Åh ja, stakkels pigebarn, tænkte hun og ringede en gang mere.

Og i dag havde de tre store operationer. Fandens osse! Hun måtte få fat i en anden narkoselæge. Hvad kunne der være galt? Hvis Hanne var syg, ville hun sgu da ringe, og melde sig syg, det havde hun da altid gjort. Ikke at Hanne havde mange sygedage. Kun dengang hun blev skilt, havde hun sygemeldt sig en hel uge. Men det havde man forståelse for på afdelingen.

Narkosesygeplejersken, Helle Dam, var der heldigvis, og de lånte en narkoselæge fra en anden afdeling. Men det medførte forsinkelser, og de måtte aflyse den sidste operationen, som ellers ville være blevet om aftenen, og det havde ingen af dem lyst til. Det var kun i akutte tilfælde, som ved ulykker, at de opererede om aftenen. Det var alt for dyrt at opererer om aftenen, som medførte overarbejdstimer, havde ledelsen gang på gang pointeret.

Efter den første operation, holdt de frokost, og gik ned i kantinen. Der kom hun til at overhøre en samtale, mellem nogle folk fra Kirurgisk Gastroenterologisk Klinik. I første omgang troede hun, at hun havde hørt forkert men den var god nok. Nogen var brudt ind i medicinrummet, og havde stjålet mivacurium, tre flasker, hvad i alverden skulle nogen bruge det til? De havde meldt det til ledelsen, som var gået videre med en anmeldelse til politiet. Man regnede med det var en narkoman, som troede at det var morfin, eller lignende. Det var ikke første gang, at sådan noget var blevet stjålet, og det blev sjældent fundet. Men hvordan kunne en fremmed komme afsted med, at bryde ind i et medicinrum? Det måtte da larme, med mindre vedkommende havde haft en nøgle. Hun kunne ikke dy sig for at spørge. Overlægen fra afdelingen kiggede uvenligt på hende, men svarede alligevel. Hun var trods alt en kollega.

”Jo, ser du. Politiet regner med. at han har dirket låsen op. Først troede de selvfølgelig, at vi havde glemt at låse, hvilket vi bestemt afviste. Så undersøgte de låsen nærmere, og kunne konstaterer, at der var brugt en dirk,” forklarede han tålmodigt.

”Okay. Hvad kan vi så gøre for at det ikke gentager sig? spurgte Mette bekymret. ”Jeg mener, hvis det er en narkoman, så opdager han det vel, og vender måske tilbage for at tage det rigtige morfin, ikke?” tilføjede hun.

”Jo, måske. Vi er meget påpasselige fremover, men vi kan ikke helt garderer os. Vi har jo ikke ligefrem vagter gående på danske hospitaler, vel?”

”Nej, nej. Og der er jo også flere afdelinger, at vælge

imellem," påpegede Mette Thomsen, rejste sig, og gik tilbage til arbejdet. Hun havde en stor operationen i eftermiddag. Det skulle blive så godt at holde weekend. Hun skulle til middag hos sin søster og svoger i aften, så hun havde lidt travlt. De boede i Roskilde, og hun havde ikke bilen, den havde hendes mand, han var på messe i Herning, og kom først hjem sent søndag, havde han sagt.

De havde det ikke for godt sammen, hun og Morten. Hun havde ham mistænkt for at være utro. Han solgte luksus både, og havde sin sekretær Lene med, en kvinde på 35, slank og flot, lige i Mortens smag. De ligger garenteret og knepper i nat, tænkte hun. Morten og Mette havde været kærester i gymnasiet, og var blevet gift mens hun studerede. Morten var dengang den som tjente pengene, nu var det omvendt, i dag tjente hun dobbelt så meget som ham. Salget af luksusbåde var styrtdykket efter finans krisen. Han var provisions lønnet, og sidste år havde han kun tjent 300.000 kr. Mette havde tjent godt 1.000.000 kr. Alligevel opførte han sig, som om han ejede det hele. Han brugte mange lommepenge, mens hun sparede. Hun ville gerne rejse. Hun kunne godt tænke sig at komme en tur til USA, Sydamerika og Asien, især Kina stod på hendes ønskeliste. Men Morten havde slet ikke lyst til det. Nej han rejste så meget i sit arbejde, sagde han. Han ville helst være hjemme i ferierne. Han havde selvfølgelig selv en stor motorbåd, som han elskede at sejle rundt på Øresund i. Den lå i Vedbæk Havn, så der tog han ofte op. Mette kunne ikke li` at sejle, så hun blev som regel hjemme i lejligheden på Grønningen i København, og gik på museer i bigrafen, i teatret og på cafe. Morten muntrede sig på bølgen blå, med Lene, var hun sikker på. Hun havde tænkt på skilsmisse, men på en måde elskede hun ham stadig, selv om de ikke havde sex mere. Det havde de ikke haft de sidste 3 år, ikke siden han nærmest havde voldtaget hende i en brandert.

Hendes telefon vibrerede i hendes kittellomme, hun tog den op, og så at det var et ukendt nr. hun besvarede den.

” Mette Thomsen,” sagde hun.

” Ja, hej, det er Lars fra de Grønne Bude, jeg har en pakke til dig, men adressen er utydelig,-- så hvis du kunne fortælle mig?” Mette afbrød ham irriteret.

”Jeg venter ikke nogen pakke. Hvor er det fra?” spurgte hun lidt mistænkeligt.

”Måske er det til din mand. Der står bare M Thomsen, og så er resten utydeligt. Printeren er nok løbet tør for blæk,” sagde han friskt.

”Åh ja, Morten, det må være ham. Men jeg er ikke hjemme, og det er min mand heller ikke. Jeg har først fri nu, så jeg er ikke hjemme før om en halv time.”

”Det gør ikke noget. Jeg gemmer bare dig til sidst på ruten.”

”Nå. Ja, men adressen er; Grønningen 24, 2 TH,” sagde Mette, og lagde på. Hvad havde han nu købt? Hun ville tale med ham om det, når han kom tilbage på søndag. Han måtte stoppe med at bruge så mange penge, indtil han begyndte at tjene noget mere. Og så ville hun på ferie, til USA, hvad enten han ville med eller ej. Hun kunne inviterer sin søster med, de havde altid haft et godt forhold. Ja, det ville hun gøre.

<h1 style="text-align:center">13.</h1>

Dirch Passers Alle
Frederiksberg

Janes telefon ringede. Det var hendes mor, kunne hun se på displayet. "Hej mor. Hva` så?" Hun forsøgte at lyde som om hun var glad for at moren ringede.

"Hej skat. Jeg ville bare lige høre, hvordan du har det?" spurgte hun pligtskyldigt.

"Jo tak, jeg har det udmærket," svarede Jane, og tænkte. Hun er sgu da ligeglad med hvordan jeg har det.

"Jamen det er da dejligt. Kommer du så ikke snart på arbejde igen?" spurgte hun. Nå, det er derfor hun ringer. For at få mig på arbejde, ikke for at høre hvordan jeg har det. Jane smilede for sig selv.

"Jo. Jeg havde faktisk tænkt mig at begynde på mandag," løj hun. Hun havde faktisk ikke skænket arbejdet en tanke i lang tid.

"Hvad med i morgen? Jeg kunne faktisk godt bruge en fridag. Jeg har arbejdet hver dag, siden du blev sygemeldt." Hun lød selvmedlidende, syntes Jane.

"Nej! Det kan jeg altså ikke," svarede Jane panisk. Hun tænkte på kassen fra NettoMedical, som hun skulle skaffe sig af med. Og hun var også stadig skuffet over mødet med Thomas, og deres, eller især hendes, mislykkede seksuelle debut.

"Hvorfor? Du lyder så underlig. Er der noget i

vejen?” spurgte moren, og forsøgte at lyde bekymret.

”Nej! Men jeg kan bare ikke i morgen,” sagde Jane, og afbrød samtalen. Hun fortrød dog et par minutter efter, da hun havde tænkt sig om. Hun skulle for alt i verden, ikke gøre hendes mor mistænkelig, så ville hun komme rendende i tide og utide. Hun ringede op til hende. Hun tog røret med det samme. Havde hun ventet opkaldet?

”Jaa skat.” Nu lød hun faktisk gladere.

”Undskyld mor. Jeg skal nok komme i morgen.”

”Åh, det var dejligt. Far og jeg havde tænkt os, at tage en tur til London et par dage. Så hvis du vil passe butikken imens.” Nu lød hun sgu triumferende. Bitch!

14.

Grønningen
København

Mette Thomsen var hjemme i sin lejlighed en halv times tid efter, at hun havde talt med det Grønne Bud. Hun skulle egentlig i bad, men ville vente til han havde været der med pakken. Så hun gik lidt rundt i lejligheden, og vandede blomster, og støvede lidt af, mest for at få tiden til at gå. Hun elskede deres lejlighed, som lå med udsigt til Kastellet, og den lille havfrue. Lejligheden var på 4 værelser, stue, køkken, badeværelset, som de for nylig havde fået renoveret, soveværelse og et kontor. I alt 120 m2, som de betalte ca. 10.000 kr. for om måneden, inkl. varme. Det var ret billigt, i København. Hun var meget glad for designer møbler, og havde købt flere brugte Wegner og Børge Mogensen møbler. Det syntes hende mand var fuldstændig skørt, at bruge så mange penge på gamle møbler. Han ville hellere bruge pengene på sin båd, og sin sekretær. Hun stod lidt og kiggede over på Kastellet, så på sit ur. Det var da mærkeligt, han ikke kom med den pakke, tænkte hun. Nu ville hun gå i bad, og klæde om, hun skulle være i Roskilde kl. 18, så hun kunne ikke vente længere. Så måtte pakken vente til en anden dag, hvor Morten var hjemme til at tage imod den, det var jo trods alt ham som havde bestilt den.

Efter Mette havde taget bad og klædt sig på, gik hun ned på gaden og tog bussen ind til Hovedbanen, og steg på toget til Roskilde. Hun skulle nok nå det til tiden. Det skulle blive rart, at se søsteren, og smage hendes gode mad. Hun lavede altid god mad.

Mette var hjemme klokken halv to, og gik i seng med det samme. Det havde trods alt været en lang dag.

*

Hun har ikke sovet ret længe, da hun vågner ved en lyd. Gulvbrædderne i soveværelset knirker når man går på dem. Hun ser på uret med de selvlysende visere; fem minutter over to.

”Er det dig Thomas, skulle du ikke først komme hjem i morgen? Hvorfor står du.......?”

En klud bliver lagt over Mettes ansigt. Hun genkender omgående lugten af æter. Hendes hoved trykkes ned i puden. Hun slår med armene, og begynder at sparke. Hun kæmper voldsomt, for at komme fri. En person, ikke særlig tung, tænker hun, sætter sig overskrævs på hende, og holder hende nede. Nu bliver jeg voldtaget, er hendes første tanke. Mette river ham på den venstre kind, hun mærker at blodet løber ned af kinden. "Møgkælling," hører hun, og går ud som et lys.

14.

Natklubben RUST
København

Jane har lyst til at gå i byen, og ringer efter en taxa. Klokken var to, så natklubben havde kun åbent to timer mere, da Jane ankom. Musikken drønede derudaf. Folk dansede og snavede og ragede uhæmmet på hinanden. Jane kunne godt se, at de fleste, enten var berusede, eller mere sandsynligt, var påvirkede af stoffer.

Hun satte sig med det samme op på en barstol, og bestilte en drink. En Sex On The Beach, som bestod af vodka, ferskenlikør, crème de cassis, appelsinjuice og tranebærjuice. En klassisk drink, som hun syntes godt om. På hendes højre side, sad en mand med mange tatoveringer på armene, på hendes venstre side en lidt ældre mand i nobelt tøj, han faldt lidt uden for segmentet, men nikkede høfligt til hende, da hun satte sig.

”Skål,” sagde han, da hun havde fået sin drink. ”Jeg hedder Niels, hvad hedder du?”

”Skål! Jane,” svarede hun, og nippede til drinken, mens hun smugkiggede på ham. Han var vel omkring de fyrre år, formentlig skilt, siden han sad her. Pæn med mørkt kortklippet hår, og klædt i et dyrt men lidt gammeldags jakkesæt.

”Du kommer sent. Du har måske været til familie kom sammen, og syntes lige, at du skulle lidt i byen?”

” Noget i den retning,” nikkede hun, og tog en slurk mere, før hun fortsatte ”hvad med dig? Er du ikke lidt for gammel til det her sted?”

”Jo, det er jeg vel.Vil du danse?” spurgte han høfligt. Hun hoppede ned af barstolen. ”Gerne,” sagde hun, og gik ud på dansegulvet. Han fulgte efter, og tog et godt tag i hende. Han var stærk, kunne hun mærke. Og danse, det kunne han. De dansede til natklubben lukkede, nåede lige at få en drink mere, som han tilbød at betale. De gik udenfor, stod og snakkede lidt, mens han røg en cigaret og overvejede, hvad der skulle ske.

”Nå, men vi skal vel have en taxa hjem? Jeg skal i hvert fald. Jeg bor på Frederiksberg,” sagde Jane.

”Hvor sjovt. Det gør jeg også. Så kan vi ligeså godt deles om en,” lo Niels, og stak armen i vejret, da en taxa nærmede sig. ”Frederiksberg, Dirch Passers Alle 76,” sagde Jane til taxa chaufføren. De satte sig på bagsædet, tæt sammen. Hun vendte sit hoved mod ham, og han kyssede hende. Hun gengældte kysset. Hun ville gerne i seng med ham. Hvis han altså ville gå i seng med hende.

Solen var ved at stå op, mens de kørte hjem. Træerne stod med deres fine lysegrønne blade, og frugttræerne med deres smukke blomster. De japanske kirsebær træer stod også i fuldt flor. Tulipanerne i folks haver stod med blom-

sterhovederne lukkede, men ville åbne sig, når solen kom
op på himlen, og skinnede på dem. Det ville blive en smuk
dag, og en god nat, eller rettere morgen, følte hun, da de
kørte gennem byen.

15.

Dirch Passer Aller
Frederiksberg

"**S**kal vi lige snuppe en drink hos mig?" spurgte
hun, da de holdt foran blokken, hvor hun boede.

"Ja tak. Det kan vi godt. Jeg kan gå hjem herfra,"
svarede Niels hurtigt, og betalte taxaen. Jane tilbød ikke at
give noget til taxaen, den kunne og ville Niels gerne beta-
le, var hun sikker på. Han regnede nok med at få noget til
gengæld, og det ville han også. De gik op ad trappen, til
hendes lejlighed, hånd i hånd, og små kyssede lidt under
vejs. Så snart de var kommet ind, omfavnede han hende,
og kyssede hende helt vildt, og lidenskabeligt. Hun trak
sig hurtigt væk, og gik ind i stuen, Niels fulgte efter, virke-
de lidt forvirret og skuffet. Han var klar til at knalde, og
havde troet at Jane også var parat. Hun havde helt tydeligt
lagt op til det, syntes han.

"Sætter du lige noget musik på?" Hun pegede over

på bunken af CD´er der lå på reolen ved siden af stereoanlægget. "Så laver jeg os en drink imens. Hvad vil du ha`?"

"Æh, en rom og cola, hvis du ha........" Hun afbrød ham. "Det har jeg ikke, kun gin og tonic," lo hun og forsvandt ud i køkkenet. Niels fandt en CD med Kim Larsen; *Kvinde min.* og satte den på. Jane kom ind med deres drinks, og satte dem på sofabordet. Hun satte sig i sofaen, og klappede på pladsen ved siden af hende, som tegn til Niels om at sætte sig, hvilket han ikke var sen til.

"Skål!" Jane, hævede sit glas og sendte ham et indbydende smil. Niels rykkede helt hen til hende og lagde den ene arm over ryglænet bag nakken på Jane, og nussede hende lidt i håret. "Skål, og tak for en dejlig aften," sagde han, og tømte glasset i et drag. Han lænede sig ind over hende og kyssede hende lidenskabeligt. Hun gengældte hans kys, og tømte derefter også sit glas. Han begyndte at trække hende op af sofaen, og lod hænderne gå på opdagelse på hendes krop. Hun lod ham gøre det, mens hun gik baglæns ind i soveværelset, hvor de hurtigt klædte hinanden af. Han var virkelig liderlig, kunne hun mærke, hun lynede hans bukser ned og tog hans lem i hånden. Han stønnede, trak vejret hurtigere, stak en hånd ned i hendes trusser, og begyndte at masserer hendes skamlæber. Hun famlede i natbordsskuffen efter en tube glidecreme, fandt den og sagde, "så kører det lidt bedre," hun lo, smed sig på ryggen på sengen, trak trusserne helt af og hev kjolen op over hovedet. Hendes BH havde Niels trukket ned under brysterne. Den tog hun også helt af, så nu var hun helt nøgen, og lå med let spredte ben.

Niels rodede i sine lommer, og fiskede et kondom frem. "Jeg havde et," fik han fremstammet, "man skal jo passe på. Du ved, kønssygdomme, og den slags." Han fik hurtigt bukserne af, rullede kondomet på, lagde sig på knæ mellem hendes ben og trængte langsomt og nænsomt ind i hende. Det syntes hun var pænt af ham. En erfaren mand, som godt vidste, at kvinder ikke kan lide at blive penetrerede alt for hurtigt og voldsomt. Han kom i løbet af nogle få stød. Hun simulerede en orgasme. ”Var det godt?” spurgte Niels. Hun nikkede, rejste sig, og gik ud i badeværelset, hvor hun vaskede sig forneden. Hun gik tilbage til soveværelset, hvor han lå og kiggede forventningsfuldt på hende. ”Ja, det var lige hvad jeg trængte til, løj hun, ”men jeg er træt, så du bliver nødt til at gå nu. Jeg skal på arbejde i morgen tidlig, i min mors butik. Ja, det er faktisk mig som skal åbne butikken. Jeg åbner klokken ti, inde på Strøget, så jeg får ikke noget søvn,” sagde hun, mens hun trak ham i armen, for at få ham på højkant hurtigst muligt.

”Øv, jeg havde lige troet, at vi kunne sove lidt, og få et knald mere,” sagde han skuffet. ”Det var skide godt, synes du ikke?” spurgte han igen.

”Jo, jo, det var skam rigtig dejligt. Men det må blive en anden gang,” sagde hun, og smilede falskt til ham. Han tog sit tøj på, gav hende et hurtigt kys og gik slukøret ned ad trappen, mens han vinkede farvel til hende. Lige så snart han var ude af syne, lukkede hun entredøren, og gik i seng igen. Hun sov ikke godt. Igen drømte hun om den mislykkede operation, og igen fik hun lyst til at hævne sig på Mette Thomsen og alle de andre.

Om morgenen gik hun i bad, og klædte sig på. Morgenmad, var der ikke tid til. Hun halsede hen til Metro stationen, og mødte ind på arbejde, to minutter før åbningstid, ganske som hun havde lovet sin mor.

Det var faktisk dejligt, at komme hen i butikken igen. Hun kunne mærke, at hun havde savnet det. Det normale dagligliv.

Vejret var skønt. En rigtig flot maj sommerdag, med

mange mennesker på Strøget, og masser af kunder. Det blev en travl dag, med god omsætning. Hendes mor ville blive stolt af hende. Hun var en god sælger. Og hun havde helt glemt trætheden og hendes tanker om hævn. Hun blev enig med sig selv om, at hun ville fokuserer på det gode i livet, og lægge alt det dårlige bag sig.

16.

Grønningen
København

Søndag aften, klokken syv, låste Morten Thomsen sig ind i lejligheden. Han fornemmede straks at der var noget galt, lige så snart han trådte ind i gangen. Lugten! Der lugtede anderledes, end der plejede. Han smed sin taske på gulvet i entreen, og gik videre ind i stuen. Han kiggede ud i køkkenet.

"Mette! Er du hjemme?" råbte han, men fik ikke noget svar. Døren til soveværelset stod på klem, han åbnede den, og var ved at besvime ved det syn der mødte ham. Han for ud i køkkenet, og kastede op. Han turde næsten ikke gå tilbage til soveværelset, men hankede op i sig selv, gik der ind igen, samtidig med at han tog sin telefon frem, og trykkede 112.

Han havde aldrig set så meget blod, ja faktisk havde

han aldrig set et dødt menneske før, og den døde kvinde, var tilmed hans kone.

Han gik ind i stuen, skænkede sig en stor whisky, og satte sig med ryggen til soveværelset, så han ikke kunne se sengen med sin døde kone. Hvad fanden var der sket her, tænkte han. Han havde observeret at der var skåret i hende, derfor alt det blod. Men hvorfor? Mette, som ikke kunne gøre en kat fortræd. Mette, som havde to SOS børn, og altid var gavmild, når Røde Kors, eller andre velgørende organisationer ringede på døren. Mette som han elskede, og som elskede ham, var han sikker på. Lige nu fortrød han, at han havde bedraget hende med Lene. Men det var for sent nu. Hvem kunne gøre sådan noget? En sindssyg person? Ja, det måtte det være.

Klokken 19.45, indfandt Kommisær Jonas Phil Sørensen, hans assistent, Morten Bo Petersen, og retsmedicineren, Poul Berglund, sig på adressen Grønningen 25.

"Smukt indgangsparti," bemærkede Phil og kiggede op på gavlen af den smukke rødstensbygning fra 1910. Bo istemte denne betragtning og sagde "Ja. Især de buede vinduer." Retsmedicineren sagde ingenting, men skyndte sig ind og tog to trappetrin ad gangen. Bo og Phil halsede efter, mens Bo tænkte. Han har godt nok travlt. Døren til lejligheden stod åben. Morten stod i døråbningen for at tage imod dem, helt hvid i ansigtet.

"Godt I kom så hurtigt," sagde han, og vinkede dem ind i gangen. De iførte sig blå plastik overtræk på deres sko, og gik ind i lejligheden. Der lå en rejsetaske nærmest midt på gulvet i entreen, som de skrævede over, og fortsatte ind i stuen. Døren til soveværelset stod på klem. Morten gik foran og åbnede døren helt. "Hun ligger herinde," fremstammede han, og holdt hånden op for munden. De kunne alle lugte liget. Bo gik hen og åbnede et vindue.

Mens Berglund undersøgte liget nærmere, satte Phil sig foran Morten, og udspurgte ham. Hvor han havde været i weekenden, hvornår han kom hjem, og så videre. Alle de gængse spørgsmål, politiet stiller, en pårørende, til en død ægtefælle.

”Vi vender tilbage, hvis vi har fler spørgsmål, hvad vi sikkert har,” sluttede Phil af, og gik ind i soveværelset.

”Hvad finder du ud af, Berglund?”

”Jo. For det første er hun voldsomt skamferet. En stor luns kød er skåret væk, heriblandt hendes klitoris. Derfor det meget blod. Hun er formentligt død af blodtabet.” svarede retsmedicineren uden følelse i stemmen.

”Hun er ikke bundet,” konstaterede Phil. ”Er der mærker efter reb, håndjern, gaffertape, eller andet?” spurgte han ivrigt. Han ville have, så mange oplysninger som muligt, nu med det samme. Berglund rystede på hovedet.

”Ikke umiddelbart. Men jeg skal selvfølgelig undersøge hende grundigere på instituttet.”

”Det må have været meget smertefuldt. Så hun må have været bedøvet.” mente Phil. Berglund var enig.

”Jeg tester for bedøvelse, og toksiner. Hun kan jo være blevet forgiftet. Men hvis hun havde været død, før hun blev skamferet, ville der ikke have været så meget blod. Så en form for bedøvelse er sikkert det der er brugt.”

”Ja, for der er ikke tegn på kamp, vel?” spurgte Phil.

”Næ, ikke hvad jeg kan se, men, som sagt.....” Phil afbrød ham.

”Ja, ja, jeg ved det. Når du er færdig med obduktionen,” Phil færdiggjorde sætningen for ham.
Berglund nikkede. De havde arbejdet sammen i mange år, og vidste næsten, hvad den anden ville sige.

”Hvilken sindssyg person kan finde på sådan noget,”

udbrød Bo, som de altid kaldte kriminalassistenten, med væmmelse. Han var kommet derind, og stod ved siden af sin chef, med et lommetørklæde for næsen.

"Ja, det må du nok spørge om. Det ser voldsomt ud," sagde Phil. "Det kan enten være en sindssyg, eller det kan være hævn. Hvad tror du? Berglund. For det tyder ikke på voldtægt, vel?"

" Det er ikke mit bord. Det må I finde ud af. Og om hun er blevet voldtaget, det kan jeg ikke se nu, men det finder jeg ud af senere. Ok?" svarede han, og rettede sig op. "De må godt køre med hende."

"Lige et sidste spørgsmål, Berglund. Hvor længe tror du, hun har været død?"

"Mindst et døgn, men som sagt så....."
Phil vinkede til de to ambulance folk, som stod med en båre, og ventede ude i entreen.

"Vi spærrer af, så teknikerne kan arbejde i fred. Jeg tror ikke vi kan gøre mere nu," sagde Phil, og gik ind i stuen til Morten, som sad i en lænestol med hovedet i hænderne. Han kiggede spørgende op da Phil stod foran ham.

"Vi er nødt til at spærre lejligheden af. Har du et andet sted du kan sove? I nogle dage. Indtil vi er færdige?" spurgte Phil ham. Morten kiggede på ham med et tomt blik, nikkede, og rejste sig. Han gik ind i soveværelset, og hentede noget rent tøj, som han lagde i den taske, han havde smidt i entreen. Han forlod lejligheden, sammen med politifolkene, som satte en afspærrings tape for døren.

Tilbage på stationen, underrettede Phil sin overordnede, Politiinspektør Ulrik Krog Hansen.

"Tar` du dig af pressen?" spurgte Phil.

"Ja. I første omgang," svarede Krog. Han blev noget bekymret over det Phil havde fortalt ham. Sådan et mord havde han aldrig haft før. Hvem kunne dog finde på sådan noget? Skære i en kvinde på den måde. Det måtte da være en sindssyg person. Eller kunne det være noget religiøst? tænkte han, og gik tilbage til stuen og fjernsynet. Hans kone kiggede spørgende på ham, men han rystede på hovedet. Han havde ikke lyst til at ødelægge hendes aften med den grusomme historie. Hun vendte tilbage til den tv serie de sad og så. Men Krog kunne ikke koncentrerer sig om at se fjernsyn.

17.

Nordsjællands Politi
Lyngby

Det var en bekymret Holger Juul Eriksen, der som afdelingschef på Plastikkirurgisk Afdeling på Rigshospitalet, ringede til politiet i Lyngby. Han fortalte, at hans narkoselæge Hanne Severin Wilke, ikke var mødt ind på arbejde. Hanne havde heller ikke været på arbejde fredag, og de kunne ikke få fat på hende. Det lignede hende ikke. Hun var altid meget præsis, og ville ringe, hvis hun var syg, eller på anden måde forhindret.

"Okay, jeg forstår. Vi sender en patrulje ud til- var det Annasvej 33?" sagde en venlig betjent.

"Ja, tak, og du vender tilbage, når I har været derude, ikke?" bad Juul Eriksen om.

”Vi skal nok kontakte dig, når vi har oplysninger,” forsikrede betjenten, og afbrød forbindelsen, for at kalde en patruljevogn, som han vidste kørte i området. Det var politiassistent Maja Larsen og Henrik Frandsen, som fik opkaldet. De kørte nord for Hellerup, på Strandvejen, og var kun 5 km fra stedet.

”Vi kigger på det,” svarede Maja, og gav Henrik, som kørte, besked. Få minutter senere drejede de ind på Annasvej, og trillede stille og roligt ned mod vandet. De gjorde holdt ved huset, og steg ud. Maja gik hen til hoveddøren, og ringede på.

Henrik gik en tur rundt om huset, og kiggede ind af vinduerne. Da han kom om på vandsiden, så han en havedør stå lidt på klem. Han åbnede og kom ind i havestuen, døren til selve huset var ikke låst, han åbnede og råbte ind i stuen, om der var nogen. Han fik ikke noget svar, og gik helt ind, kaldte igen. Luften var tung og ubehagelig, og vidnede om, at der ikke havde været luftet ud i flere dage. Han gik længere ind i stuen, kaldte igen, men fik ikke noget svar. Maja, var i mellemtiden kommet ind til ham, og de gik videre ind i huset, som var foruroligende stille. Det virkede ikke som om, der var nogen hjemme. Men lugten af død ramte dem begge som en hammer, og de gik ovenpå. Det syn der mødte dem, fik Maja til at styrte ud på badeværelset, og kaste op.

”Føj for satan,” var Henriks første udbrud. Han havde aldrig set så meget blod før. Hele sengen var sort af indtørret blod, og luften tung af død. Han kunne se en nøgen kvinde, formentlig husets ejer ligge på sengen, nøgen, og skamferet. Hvad der nøjagtigt var sket, kunne han ikke umiddelbart se. Men død, og skamferet, var hun. Han åbnede et vindue. Lugten var ubeskrivelig. Der var varmt i rummet, og liget havde ligget der i nogle dage, ville han tro. Huden var så hvid, at den næsten var gennemsigtig.

Maja kom ud fra badeværelset, mens hun tørrede sig om munden med noget toiletpapir. De gik ned i stuen, og kaldte tilbage til stationen, og fortalte hvad de havde fundet. Herfra tog andre over, de skulle blot blive, indtil der kom nogen, fik de ordre på.

18.

Annasvej
Hellerup

Det var Gorm Hansen og Lars Lind Hansen, kaldet Gorm og Lind, som var de første på stedet. Lidt efter kom retsmedicineren Poul Berglund.

”Det var ligegodt satans,” udbrød Berglund. Jeg var ude til et lignende tilfælde i går, på Grønningen.”

”Hvad! En det en serie morder vi har med at gøre?” spurgte Gorm, og kiggede alvorligt på Berglund.

”Åh, mon dog. Det kræver vel flere end to lig, før man kan kalde det for serie mord,” svarede Berglund tørt.

”Hvor længe har hun været død?” spurgte Gorm.

”Længere end den anden, over to døgn, men det....”

”Ja, ja, det kan du først sige når du har haft hende inde i biksen,” som han kaldte retsmedicinsk institut. Berglund nikkede, og svarede, ”nemlig. Men det er udført på samme måde, efter hvad jeg umiddelbart kan se." Han undersøgte liget grundigt, mens Gorm sluttede sig til Lind, som gik rundt i huset, og ledte efter spor.

"Han har været omhyggelig med ikke at afsætte, i hvert fald tydelige spor," sagde Lind.

"Har du kigget udenfor?" spurgte Gorm.

"Nej ikke endnu. Og de to betjente som fandt dem, har jo vadet rundt udenfor, så der er sikkert mange aftryk," påpegede Lind irriteret.

"Ja, sikkert. Men lad os nu se efter alligevel," sagde Gorm, og gik hen mod havedøren. Lind fulgte efter.

"Der er flere spor herude. Vi må have teknikerne på banen hurtigst muligt. Hvor fanden bliver de af? Jeg har da ringet til dem," sagde Gorm irriteret. I det samme standsede en bil foran huset, kunne de høre. "Nå der kommer de. Så kan vi godt gå ind til Berglund igen," sagde Gorm, og gjorde omkring.

"Nå hvad siger du?" spurgte Gorm, Berglund, da de kom ind i soveværelset igen.

"Ingen tvivl om, at det er samme gerningsmand, som på Grønningen. Han har skåret en god luns af hende, heriblandt klitoris," sagde Berglund, og pegede.

"Føj for satan et uhyre," udbrød Lind, og kiggede væk med væmmelse.

"Ja, det må du nok sige. Se her," sagde Berglund, og viste dem stikmærket i albuebøjningen. "Han har sandsynligvis sprøjtet et muskel-lammende medikament ind i hende, så hun har været vågen, men ikke kunnet røre sig, men har kunnet mærke at han skar i hende. Enten en sindssyg, mand eller en form for hævn." påpegede han.

"Hvordan ved du det? Altså, at hun har været både lammet og vågen," spurgte Gorm.

"Hun har ikke været bundet, og ikke gjort modstand." forklarede Berglund.

"Men kan hun ikke bare have været bedøvet?" spurgte Lind.

"Jeg tror kun kortvarigt, sandsynligvis med æter, indtil det muskel-lammende medicin virkede. Hvis det forholder sig sådan, har hun været vågen, uden at kunne røre sig, mens han skar i hende. Det har været meningen, tror jeg. Derfor teorien om en eller anden form for hævn," svarede Berglund.

"Eller en skide sadist," mente Lind.

"Nej det tror jeg ikke. Så ville han have bundet og kneblet hende. En sadist vil kunne se sit offer være bange, se det i øjnene, det er en del af fornøjelsen. Men det ved en psykolog bedre end jeg," sagde Berglund tørt.

"Det lyder rigtigt. Men alligevel, for helvede, et svin!" brummede Gorm. "Nå men vi kommer nok ikke nærmere lige nu. Jeg hører fra dig, når du har rapporten, Okay?"

"Jep. Om et par dage," lovede Berglund.

"Orv forresten. Er hun blevet voldtaget?" spurgte Gorm. "Jeg mener, er der spor af sæd?" han lød forhåbningsfuld.

"Det vil stå i rapporten," svarede Berglund.

"Vi kører, og lader teknikerne om at finde spor," sagde Gorm til Lind. På vej ud gav han de to ambulance folk besked om at gå op og hente liget. Berglund kom også ned, og de fulgtes ud til bilerne.

"Hvad tror du, Berglund. Kommer der flere?" spurgte Gorm. Berglund trak på skuldrene. "Hvem ved."

Politiinspektør, Mogens Pedersen, stak hovedet ind til Gorm, da han var kommet tilbage til sit kontor.

"Må jeg så høre?" sagde Politiinspektøren.
Gorm berettede om mordet, og hvad de havde af spor, el-

ler mangel på samme.

"Hvad med pressen? De flipper sgu da helt ud over det her." sagde Gorm. Mogens Pedersen kunne lige se overskrifterne for sig.

"Dem skal jeg nok tage mig af," svarede Pedersen.

19.

Dirch Passers Alle
Frederiksberg

Jane brugte weekenden til at slappe af. Hun var godt træt efter arbejdet i butikken, og sov til langt oppe af søndag formiddag. Hun stod op, gik i bad, og tog bare sin morgenkåbe på, uden undertøj. Bagefter gik hun ud og lavede morgenmad.

Telefonen ringede. Det var hendes mor, kunne hun se på displayet.

"Hej mor," sagde hun glad.

"Hej skat, hvordan går det?"

"Godt. Der var mange kunder i går, en god dag. Er I kommet hjem?"

"Nej. Det var det jeg ville tale med dig om. Kan du tage et par dage mere? Din far vil gerne blive et par dage endnu. Han har haft meget travlt, længe - og det har jeg jo sådan set også, jeg mener mens du har været sygemeldt, og.....” Nu skulle den lige ud en gang til. Jane blev lettere irriteret og afbrød hende.

”Ja, ja, jeg ved hvad du vil sige. Men det er altså ikke min skyld, at de uduelige skiderikker på Riget ikke kan gøre deres arbejde ordentligt!” råbte hun hidsigt.

”Nej, selvfølgelig skat. Du har været hårdt ramt, det ved jeg godt. Men du må også se at komme videre, ikke? Og vi ville være taknemmelige hvis du....”

”Ja, ja, mor. Undskyld. Det er jo ikke jeres skyld. Jeg skal nok tage et par dage mere. Hils far, og nyd det,” sagde hun roligere, og brød af.

Hun tilbragte dagen med at se fjernsyn, spise og drikke te, og i det hele taget slappe af.

Hun så et indslag om mobning i skolerne, hvilket fik hendes tanker tilbage til hendes egen skoletid. Det havde ikke været lige sjovt altid. For at sige det mildt, havde det meste af hendes skoletid været en lang pine, hvor hun ofte havde følt sig ensom. Hun var måske ikke så ofte blevet mobbet, men mere holdt udenfor. Eller var det hende selv, som havde holdt sig udenfor? Måske, men alligevel havde det været en kedelig oplevelse, som hun gerne ville glemme, men det var nok ønsketænkning.

Hun huskede en episode, hvor klasselæren havde sagt noget grimt om hende, hvad var det nu helt præsis? Jo hun havde ladet håret gro et stykke tid, så hun havde skulderlangt hår. En morgen havde hun fået lyst til at lave hestehale og sminke sig. Det var vel for at signalerer, at han, som han var dengang, følte sig som en pige. Jannik havde taget øjenskygge og læbestift på, ikke meget, bare så han syntes at det så godt ud. Det var i sjette klasse, og nogle af pigerne var begyndt at bruge sminke. Et par havde endog begyndende bryster. Jannik var virkelig misundelig på dem. Derfor sminken, stramme jeans, og en flot T shirt, i en bordeauxrød farve. Dertil røde sneakers. Han håbede faktisk, at klassens piger ville tage godt i mod ham. Han ønskede at komme med i kliken af piger. Mange af dem, her iblandt Ida, vidste godt, at han følte, han var født i en forkert krop. Det lagde han ikke skjul på mere. Han havde følt sig rigtig godt tilpas, den morgen, på vej hen til skolen. Og han fik faktisk også anerkende nik, og komentarer fra fler af pigerne. Der var faktisk et par drenge der piftede af ham, mest for sjov, han grinede blot af det. Klasselæreren, Lea Mortensen kom ind, bærende på en stak stile, som de skulle have tilbage. Hun var ikke særlig køn, for at sige det mildt. Omkring en meter og tres høj, vejede firs kilo og prøvede at skjule det ved at gå i alt for store løstsiddende kjoler eller sweatere. Hun så altid ud som om hun hadede sit arbejde, og børnene. Måske fordi hun ikke selv havde børn. Desuden havde hun to forliste ægteskaber bag sig. Hun gik rundt og delte stilene ud, og stoppede ud for Jannik med et overlegent ondskabsfuldt udtryk i ansigtet. Hun smed hans stil, som mere var en novelle og som handlede om en dreng der hellere vil være en pige.

”Elendig stil,” spruttede hun arrigt. ”Og sig mig en gang, Jannik. Hvad skal der det forestille? Og pegede på hans ansigt. ”Du ligner jo en billig luder,” sagde hun bidende, og lo af sin egen vittighed. Det var der også et par af drengene der gjorde, ellers var der helt stille i lokalet. Jannik blev først ked af det, men så blev han vred. Hvad fanden bildte hun sig ind.

”Hvad rager det dig. Kender du måske nogen ludere?” sagde Jannik spydigt.

”Du skal ikke være fræk. Gå ud og vask det maling af ansigtet,” sagde hun vredt, vendte sig om, og gik op mod kateteret.

”Nej!”

"Hvad! Nægter du?" Hun vendte om, gik ned og stillede sig foran ham igen, og stirrede på ham, med en ubehagelig grimasse, som om hun havde set noget meget grimt. Øjnene havde et ondt udtryk, og læberne var klemt sammen til en tynd streg.

"Ja! Du skal ikke bestemme, hvordan jeg skal se ud." svarede Jannik trodsigt. Der var dødstille i klassen nu. Alle ventede spændt på hvem der vandt dette opgør.

"Du er en dreng, Jannik, og forventes at klæde dig som en dreng." Hun spyttede ordene ud, og Jannik troede et øjeblik, at hun ville slå ham.

"Du aner ikke en skid om hvad jeg er. Og hvad kender du til ludere? Du har måske besøgt en?" klassen grinede, og fr. Mortensen blev ildrød i hovedet.

Smask! Nu kunne hun ikke holde sin vrede i ave længere. Øretæven landede lige på den venstre kind, og sved som ind i helvede, syntes han, og han kunne ikke holde tårerne tilbage.

"Se nu tuder han sgu også, som en tøs," sagde hun hånligt, og gik op mod kateteret igen. Hun vendte sig om mod klassen, som øjeblikkelig blev stille, og sagde højt til Jannik.

"Gå så ud og vask det af, og stop med det pjat."

"Nej! Gu vil jeg ej," råbte Jannik stædigt, og rejste sig så hurtigt at stolen væltede. Han forlod hurtigt klasseværelset, på vej ud mødtes hans øjne Idas. Hun så på ham med respekt og anerkendelse. Det varmede hans hjerte. Han gik direkte hjem og smed sig på sengen. Han fortalte ikke sine forældre om episoden. Klasselæreren gjorde heller ikke mere ud af det. Hun var nok kommet til at tænke på, at det kunne have kostet hende stillingen.

Efter den tid, gik han klædt som pige, når det passede ham. Og det var også kort efter, at han konfronterede forældrene med sit dilemma.

Jane skulle lige til at slukke fjernsynet, da der kom et indslag om to mord, begået på to læger, som begge arbejdede på Rigshospitalet. Hun blev siddende, og så tv nyhederne færdig. Politiet kunne ikke fortælle så meget. Men de sagde hvor mordene var begået. Det første i Hellerup, og det andet i København. De nævnte ikke gadenavnene, eller hvordan mordene var begået. Foreløbig havde de ikke hverken spor eller mistænkte. Efterforskningen var lige begyndt, og de to politikredse, Københavs Politi og Nordsjællands Politi, ville arbejde sammen, da man troede at det var samme gerningsmand, fordi begge mord var udført på nøjagtig samme måde. Detaljerne omkring mordene, bla. hvordan de var begået, ville man ikke sige noget om lige nu. De sagde blot at det var nogle bestialske mord. Politiet holder kortene tæt ind til kroppen, og fortæller meget lidt, sagde kriminalreporteren.

Jane måbede, og tænkte, det er umuligt. Hun slukkede fjernsynet og gik i seng. Hun lå vågen længe, og tænkte på tv udsendelsen. Kunne det være? Nej umuligt. Hun havde jo kun tænkt tanken, og ingen vidste noget om hendes tanker. Og hvorfor skulle en anden slå hendes plageånder ihjel? Pludselig satte hun sig op i sengen. Var det sket før? Var en anden person blevet udsat for det samme som hende? Og af de samme mennesker. Nej, det var sgu for langt ude. Politiet holder kortene tæt ind til kroppen, fordi de ikke ved noget endnu. Det var meget almindeligt. Og de fortalte aldrig lige med det samme, hvordan folk blev dræbt. Kun når det var skudofre, og hvis der var vidner. Nå, men det ville komme i nyhederne de næste dage, var hun sikker på. At begge ofre boede i samme gade som Hanne Severin og Mette Thomsen, var nok bare en tilfældighed. Men alligevel..... Hun havde svært ved at falde i søvn, og da det endelig skete, drømte hun at hun stod og skar i ligene af Hanne og Mette, mens Ulven så på.

Hun vågnede med et lille skrig, badet i sved. Næste dag i butikken havde hun det ikke særlig godt. Hun kunne ikke slippe mordene. Det påvirkede hendes humør, og hun var uvenlig over for to besværlige kunder. Noget hun ellers aldrig gjorde. Henriettes motto var; Kunden har altid ret til en ordentlig personlig og professionel betjening.

20.

Politigården
København

Tirsdag morgen åbnede Phil sin computer, og tjekkede sin mail. Der lå en besked fra E-boks, som han åbnede. Her lå obduktionsrapporten fra Berglund. Men, og det var ligeså interessant, han skrev om et identisk mord, som havde fundet sted i Hellerup formentlig før det på Grønningen. Begge var skamferet på samme måde, begge døde af blodtabet. Som det fremgår af obduktions rapporten, er Hellerup mordet begået af samme person, tilsyneladende, men det er selvfølgelig op til politiet at fastslå. Men min foreløbige undersøgelse tyder på, at det er samme morder. Jeg fandt hår fra en person, på begge lig, og hudrester under neglene på Mette Thomsen. Det er sendt til DNA

analyse. Obduktions rapporten på Hanne Severin Wilke, som det første offer hedder, er sendt til din kollega på Nordsjællands Politi, Gorm Hansen.
Detaljerne må du læse i rapporten. Fil vedhæftet.

Phil åbnede obduktions rapporten, og læste den igennem. Det var grum læsning.

OBDUKTIONSRAPPORT

Sags nr.

12452367-0123

Mette Thomsen
Grønningen 25
København K

Personnummer

261073-8998

CT scanning viser ingen tegn på at Mette Thomsen, herefter benævnt M T havde indre kvæstelser, eller sygdom.

Et snit er lagt fra midt på Labium Majus op over Prepuce of clitoris, en del af Mons Pubis, ned på den anden side af skeden til ca. midt på Labium majus. Der var skåret helt ned til skambenet.

Snittet er foretaget med et meget skarpt instrument, formentlig med en ragekniv eller skalpel.

M T har været paralyseret med miavacurium, et stof som bruges af narkoselæger ved store operationer, for at patienten skal ligge helt stille.

Da der ikke er tegn på at M T har været bundet eller slået bevidstløs, har offeret sandsynligvis været midlertidigt bedøvet med æter, eller lignende. Dette kan dog ikke påvises, da disse stoffer er meget flygtige.

M T havde hud under neglene på højre hånd. Det er sendt til DNA analyse.

Phil sad lidt og sundede sig oven på den læsning. Okay. Hvad har vi? To identiske mord, et i Hellerup, et i København. Sandsynligvis samme morder. Hvad har disse to kvinder tilfælles? Er det det sidste mord, eller skal vi forvente flere af samme kaliber? spurgte han tænksom sig selv, mens han gned sig på siden af hovedet. Fandens! Nu kom den hovedpine igen. Det var en tilbagevendende tilstand, når han følte sig presset. Han måtte nok en tur til lægen, noget hans kone havde sagt til ham længe. Men indtil videre havde han ignoreret hendes formaninger.

Mette Thomsen var ansat på Rigshospitalet. Han ringede Gorm op, de kendte hinanden ret godt. Røret blev taget med det samme.

"Goddag Gorm, det er Phil. Jeg har lige modtaget rapport fra Berglund, jeg kan forstå, at du også har fået en obduktions rapport."

"Goddag Phil. Ja. Det er sgu grufuld læsning. Hvad mener du? Har du nogen teorier?" spurgte Gorm.

"Ikke endnu. Men vi kunne muligvis finde en sammenhæng mellem de to kvinder, og drabsmanden, eller hvad tror du?"

"Jeg ved ikke noget endnu. Men vi to bliver nødt til at koordinerer vores efterforskning. Det er jo ikke sikkert, at det er det sidste offer, vel?"

"Jeg er enig. Ved du hvor hun arbejdede?" spurgte Phil.

"Ja, på Rigshospitalet. På Plastikkirurgisk Afdeling, som narkoselæge," svarede Gorm.

"Okay, der har vi sammenhængen. Det gjorde vores offer også, som kirurg," sagde Phil, med en anelse af triumf i stemmen. Det var da altid noget. Begge ofre havde arbejdet sammen. Der måtte de starte. Phil havde sat to af sine opdagere til at afhøre naboer i huset på Grønningen. De ville vende tilbage til stationen senere på dagen.

"Har I fundet spor på adressen?" spurgte Phil, Gorm.

"Ja, det tror vi, fodspor, men der var også fodspor fra de to betjente, som fandt liget, og fra beboeren sandsynligvis, så teknikerne skal lige have dem adskilt. Men alt tyder på, at morderen brugte nr. 43 i sko. Der var i hvert fald fodspor fra et par kondisko, nr. 43. Så må vi se om teknikerne kan finde modellen," svarede Gorm.

"Okay, det er da en begyndelse. Mit offer havde hud under neglene, og fremmede hår på sig, det er sendt til DNA analyse. Jeg kunne forstå, at dit offer også havde fremmed hår på sig. Korrekt?"

"Ja, det er korrekt. Men sandsynligheden for, at hårene giver noget, er lille."

"Enig. Hår uden hårsæk, er ikke noget værd. Så hvis morderen blot har fældet, kan det ikke vise noget."

"Nej, ofrene skal have revet håret ud med rod, og det er der nok ikke stor sandsynlighed for, når nu de var lammet. Men vi holder kontakt, og udveksler oplysninger, når der er noget nyt, okay?" sluttede Gorm. Phil samtykkede.

"Øh, for øvrigt," sagde Phil hurtigt, inden Gorm lagde på, "vi må vel hellere koordinerer vores udtalelser til pressen. Jeg vil ikke så gerne have ud, hvordan de er skamferet, ikke endnu."

"Ja. Lad os gøre det. Det er vigtigt. Vores chefer må blive enige om, hvem der siger hvad. Det må vi to sørge for at tale med dem om," svarede Gorm, og nikkede, som om Phil kunne se ham.

"Helt enig. Vi snakkes ved," sagde Phil, sluttede af, og kiggede endnu en gang på rapporten.

21.

Dirch Passers Alle
Frederiksberg

Telefonen ringede, Jane tog den. Det var Thomas. Hvad fanden vil han? tænkte hun. Hun havde ikke lyst til at snakke med ham nu. Hun var træt efter en lang arbejdsdag i butikken, og nattens dårlige søvn.

"Hej Thomas. Hvad så?" lykkedes det hende at svare med lidt glæde i stemmen.

"Jeg tænkte, om vi kunne ses en dag. Det er snart længe siden," sagde han, og lød oprigtig.

"Ja, måske, men ikke lige de første par dage. Jeg har travlt lige for tiden," svarede hun undvigende.

”Okay. Ringer du så når du har tid?” spurgte han.

”Ja, det skal jeg nok,” sagde hun, og lagde på.

Telefonen ringede igen. Det var hendes mor. Åh, for helvede da også! tænkte hun. Kan man dog ikke få bare lidt fred. Først Thomas, og nu hende. Men hun tog den.

”Hej mor. Jeg har altså lidt travlt,” sagde Jane.

”Hej skat. Men jeg skal gøre det kort. Har du ikke lyst til at komme over og spise på lørdag. Moster og Karsten kommer. Det er længe siden at I har set hinanden.”

”Jo, tak. Det tror jeg godt jeg kan. Hvad mon de vil sige til min tranformation, tror du? Ved de det i det hele taget?”

”Ja, selvfølgelig ved de det. Det er da længe side jeg har fortalt moster det,” svarede hendes mor.

”Nå, men så siger vi det. Klokken seks?”

”Ja, de kommer klokken seks. Men du må gerne komme før, hvis du har lyst.”

”Okay. Vi ses, hej, hej,” sagde Jane, og brød af.

Hun gik ud i køkkenet og åbnede det skab, hvor hun havde sat kassen fra NettoMedical. Nu skulle den altså smides ud. Hun havde gemt den alt for længe. Hun stirrede ind i skabet. Hvor var kassen? Huskede hun forkert? Havde hun alligevel smidt den ud? Nej! Så senil var hun altså ikke, at hun ikke kunne huske det, hvis hun havde smidt den ud. Det havde hun bestemt ikke. Men hvor fanden var den så? Hun åbnede alle skabslågerne og kiggede ind i alle skabene. Væk var kassen. Nu blev hun pludselig i tvivl om sig selv. Gik hun rundt og gjorde ting, som hun ikke kunne huske bagefter? Havde hun sat den i kælderen? Det havde hun nemlig tænkt på, men var blevet enig med sig selv om at det var en dårlig ide. Alligevel styrtede hun ned i kælderen og hen til sit lille kælderrum, låste hængelåsen op og rodede alt i gennem. Ingen kasse. Hun stod målløs og kiggede rundt i rummet. Hun gik op i køkkenet igen, satte sig på en stol og tænkte. Hvem havde været i lejligheden, efter hun havde fået leveret kassen? Thomas og Niels. Var det en af de to som havde stjålet den? Hun kunne næsten ikke tro det. Niels havde ikke været der ret længe. Han var blevet varpet ud lige efter de havde kneppet. Ham kunne det ikke være. Thomas? Hvad skulle han stjæle den for? Det gav ingen mening. Hun forstod det simpelt hen ikke. Havde hun haft indbrud, uden at hun havde opdaget det? Kunne det lade sig gøre? Tja. Hun havde jo selv planlagt at dirke låse op, så hvorfor ikke. Hun gik ud i gangen og undersøgte låsen. Gammel. Den ville ikke være svær at dirke op. Sådan måtte det være foregået. En narkoman, som havde kigget i køkkenskabene først, set kassen, og tænkt; hurra! Medicin. Og ikke ledt efter andet, skyndt sig ud med kassen, og smækket døren efter sig. Ja. Det må være svaret. Hun kunne ikke komme en løsning nærmere.

Hun var sulten, tog sin pung, gik ned på gaden, og styrede mod Frederiksberg Centret. Det var blevet varmt, så hun havde taget et par shorts på, en hvid top som gik til lige over navlen, og et par sandaler. Bilosen rev hende i næsen. De skide politikere kunne godt se at få fingeren ud, og forbyde diselbiler i byerne, tænkte hun, og gav en billist fingeren, som kom langsomt kørende med åbne sideruder og musikken dunkende fra store højttalere. De var to unge i bilen, og den ene råbte ud af ruden. ”Hej smukke. Vil du ha den i aften!” Idioter!

22.

Vedbæk Havn

Kriminalassistenterne Morten Bo og Berit Bang, kaldet Bo og BB, var sendt til Vedbæk, for at afhøre Mette Thomsens mand, Morten, og hans sekretær Lene.

De havde truffet dem på Mortens båd i Vedbæk havn, hvor Morten boede, mens lejligheden på Grønningen var spærret af. Det var ved middagstid betjentene var ankommet til Vedbæk. Morten og Lene havde været ude at sejle, havde Morten sagt, da de ringede for at aftale afhøringen, og de kunne ikke nå tilbage før.

Parret, som Bo omtalte dem, sad og spiste frokost om bord på båden. Sild og snaps, stod der på bordet, og parret virkede ikke synderlig mærket af Mettes død. Hvilket især Berrit lagde mærke til, og syntes var underligt.

"Hej, vil I have et stykke brød med," tilbød Morten lystigt. Han virkede faktisk en smule beruset, syntes Bo. De takkede nej. Lene var en køn kvinde på omkring tredive år, skød de på. Hun virkede dog en smule beklemt ved situationen og sagde ikke noget. Berrit vinkede afværgende med hånden og sagde, "blot en kop kaffe."

"Vi skal bare have fastlagt Jeres færden på mordtidspunket. I ved, rutine i mordsager. Hvor opholdt I jer mellem kl. 20 fredag aften og 06 mandag morgen," spurgte hun køligt.

"Det er meget nemt at svare på. Vi var i Herning, til bådmesse, og boede på Herning Hotel. Det ligger tæt på Herning Messecenter," sagde Morten, og Lene nikkede

91

samstemmende.

"Har du tjek ind og tjek ud tidspunkterne?" spurgte Bo, og kiggede på Morten.

Morten tog sin iPhone frem, fandt sin elektroniske kvittering, og viste Bo den.

"Okay, èt værelse," sagde Bo, og kiggede spørgende på dem. Morten nikkede blot, uden at kommenterer det.

"Hvad med kvittering for Storebæltsbroen? Jeg vil gerne have et udskrift af din BroBizz," tilføjede Bo.

"Øjeblik," mumlede Morten, og tastede lidt på mobilen, og viste Bo en opgørelse af sin BroBizz. Den viste at de var kørt gennem betalings anlægget fredag eftermiddag, kl. 15.22 – og tilbage søndag kl. 18.55, og kun de to gange.

"Okay. Tak" sagde Bo, og rejste sig, "vi lader høre fra os, hvis vi har flere spørgsmål."

Berrit havde ikke sagt ret meget under afhøringen, men havde siddet og betragtet dem. Morten havde virket rolig og fattet, ingen sveddråber på overlæben, eller rysten på hånden, da han skænkede kaffe til dem. Lene havde ikke sagt noget, også hun havde virket rolig. Hun havde med korte mellemrum, strøget en hårlok væk fra ansigtet, men ellers ikke noget opsigtsvækkende. Hun havde nærmest virket lidt mut, og lidt irriteret, i hvert fald sukkede hun højlydt af og til. Da de kom ud til bilen sagde Berrit. "De har noget kørende, de to. Hun skævede af og til forelsket på ham, og han virkede ikke særlig ked af det, vel? Og hun virkede som om hele sagen kedede hende. Jeg havde indtryk af, at hun bare ventede på vi forsvandt, så de kunne gå ned i kahytten og knalde. Hvor ufølsom kan folk dog være?"

"Jeg er enig," svarede Bo tankefuldt. "Men det er trods alt ikke en forbrydelse, at være ufølsom, eller knalde med sekretæren," tilføjede han, og startede bilen.

"Men!" udbrød Berrit. "Hvis han var kørt hjem, og havde dræbt hende, og betalt kontant, på Storebæltbroen, så figurerer det jo ikke på hans BroBizz, vel? Vi må nok hellere kontakte Storebæltsforbindelsen, og få optagelserne fra lørdag nat, ellers får vi vist ballade med Phil," fortsatte hun, med en tilfreds mine.

"Jep, du har ret. Han kunne have gjort sådan. Men ville en ægtemand skamferer sin kone på den måde? Det er altså helt ude i hampen," svarede Bo.

"Ja. Jeg tror heller ikke det er ham. Men vi skal bare være sikre. Så bliver Phil glad," sagde Berrit. Bo nikkede, svingede ud på Strandvejen, og satte kursen mod København.

"Hvad med børn?" sagde Berrit pludselig. "Har de børn? Fandens! Det glemte vi helt at spørge om."

"Det må Phil da vide. Hvis de har børn, har han vel kontaktet dem," svarede Bo.

"Det finder vi ud af, når vi kommer ind. Hvis der er børn, skal de selvfølgelig også tjekkes," påpegede Berrit.

"Nej! Nu må du sgu styre dig! Skulle et af børnene have begået denne udåd? Det tvivler jeg fandme på," protesterede Bo, højlydt.

"Nej sikkert ikke. Men det skal alligevel tjekkes."

"Selvfølgelig."

De nærmede sig København, og Bo kørte ind på Ring 02, og fulgte trafikken. Vejret var godt solen skinnede og temperaturen lå på omkring 25 gr. Juni måned så ud til at slå varmerekord, lige som maj havde været det. De kørte forbi Langelinie. Der lå et stort krydstogt skib ved Midter kaj, Den Lille Havfrue, Amalienborg, Kongens Nytorv, kørte over Christians IV`Bro, forbi Det kongelige Bibliotek, hen ad Christians Brygge, og drejede ind på Politigården. Bo elskede København. Selv boede han på Christianshavn, i en lille ejerlejlighed på 75 km2, sammen med kæresten, Jenny, som var pædagog i en børnehave. De havde været sammen i tre år nu, og hun var begyndt, at tale om giftermål, og børn. Han ville gerne giftes med Jenny, som han elskede højt, men børn kunne godt vente lidt endnu, synes han. Men Jenny ville ikke vente for længe, sagde hun. Hun havde lige rundet de 30, han var selv 33, så det var på tide, hvis de skulle undgå, at skulle have hjælp, sagde hun. De havde venner, som var ældre, og som havde prøvet et par år, uden hæld, og de skulle nu i gang med fertilitets behandling. Det skræmte Jenny, så hvis det skulle være, skulle det være nu, og det skræmte ham. Han ville altid være bange for, at en eller anden psykopat skulle gøre hans familie fortræd. Han så for mange voldsfilm, påpegede Jenny, når han fremførte det argument. Så han blev nok nødt til at bøje sig, hvis han ville holde på hende, og det ville han. De var begyndt at spare sammen til brylluppet. Vielsen skulle være i Vor Frelsers Kirke på Christianshavn, og festen skulle holdes i Christianshavns Beboerhus. Det var de enige om. Men bryllupsrejsen, der var de uenige. Bo ville helst bare holde to ugers ferie i hans forældres sommerhus i Nordsjælland, mens Jenny insisterede på en tur til Rom eller Paris, på mindst et 4 stjernet hotel. Det er den eneste gang vi skal på bryllupsrejse, understregede hun. Og det havde hun forhåbentlig ret i. Men pengene? Hvorfra skulle de få alle de penge det kostede? Vi må spare, havde Jenny sagt. Ingen biograf ture, ingen cafe, eller restaurant besøg. Ingen fodboldkampe i Idrætsparken, når FCK spillede. De kunne nemt spare 2000 kr. om måneden, hvis de droppede alle disse ting. Det var 24.000 kr. om året i tre år, så var den hjemme. De havde nu sparet i to år, og havde faktisk 60.000 kr. stående, fantastisk, sagde Jenny, og havde sat datoen til lørdag den 3 september. Nu glædede han sig faktisk.

Berrit havde siddet tavs, det meste af vejen, og kigget ud på seværdighederne, mens hun småfløjtede. Det gjorde hun ofte, når hun tænkte, vidste Bo. Hun var single, og boede i indre by, Pilestræde, i en lejelejlighed på to værelser, hvor badeværelset var så lille, at man skulle bakke ind, som Bo sagde. Han havde været der et par gange, og drikke en kop kaffe, eller en øl.

Hun elskede teater, og museer, hun var i det hele taget vild med kunst. Hun var blevet kriminalassistent i en ung alder, og brændte for sit arbejde. Hun kunne sidde hele natten, og nørde med en detalje, og derfor var hun glad for single livet. Der var ingen som ventede på hende, eller blev sur, når hun ikke kom hjem. Hun kunne godt lide at gå på cafe, at gå i byen i weekenden, og score et flot stykke mandfolk. Selv så hun hamrende godt ud. Sort langt hår, som hun satte i en hestehale til hverdag, men ofte flettede hun håret i flotte moderne fletninger, når hun skulle i byen. Hun havde en sund kulør, og brune øjne, naturlige røde læber, fyldige, uden kunstig filler. Flotte bryster, og slank muskuløs krop. Hun målte 178 cm, og vejede 72 kg. Hun trænede mindst to gange om ugen i Politigårdens trænings lokale, og gik til karate. Hun spillede bowling hver fredag med tre veninder, som hun også yndede at gå i byen sammen med. Hun var 28 år, og ganske godt tilfreds med sit liv. Hendes store drøm var, at komme til USA, og se Guggenheim museet, og gå i teatret i New York. Der er så mange teatre i New York, at hun kunne bruge en hel måned, bare på at gå i teatret, plejede hun at sige.

23.

Bo drejede ind gennem porten til Politigården, og fandt en parkeringsplads. De gik ind for at aflægge rapport til Phil. Han sad bag sit skrivebord, og gnubbede sit lille ar over højre øje, en vane han havde haft i mange år. Han havde fået arret af sin lillebror. De var vokset op på landet, hvor hans forældre havde haft et lille landbrug med lidt skov til. I den skov havde Phil og lillebroren leget mange timer. De skød med bue og pil, som de selv lavede. Byggede huler, og sejlede på tømmerflåde på en lille sø som var der. Om sommeren var den som regel tørlagt, men om efteråret kom der vand i den, og så kunne de sejle, sådan da. En dag hvor de legede i skoven, aftalte de, at de skulle stå med ca. 50 meters afstand, og skyde efter hinanden med deres hjemmelavede buer. De stod skjult bag hver deres træ, og trådte så frem, og skød en pil afsted efter hinanden. På et tidspunkt, havde lillebroderen ramt Pihl lige over øjet, deraf arret. De gjorde det aldrig mere. De kunne godt se, at det var for farligt. Til moren, som selvfølgelig så såret, sagde de bare, at han havde revet sig på en gren. Det skete jo, ofte, at en af dem fik en mindre skade.

Berrit og Bo aflagde beretning, og sluttede med at spørge, om Mette Thomsen havde børn.

"Ja. Hun har to," svarede Phil, "en søn i Århus, han er ingeniør, og en datter i London. Begge har fået besked, hvorfor?" spurgte han.

"Jo. Vi mener, at de også skal tjekkes, ikke?" sagde Berrit.

"I hvertfald sønnen," tilføjede Bo.

Phil kiggede undrende på ham. "Hvorfor? Du tror da ikke, at en søn kunne finde på sådan noget mod sin mor."

"Nej. Men vi tjekker da altid nærmeste familie, ikke?" indskød Berrit skarpt.

"Hør her. Hvis det havde været faren der var blevet dræbt, så ville jeg helt sikkert tjekke sønnen, da det er faren, som har været utro. Men det er ikke tilfældet her, vel?" bed Phil hende af.

"Jeg er enig med Phil," sagde Bo udglattende.

"Okay. Du bestemmer. Men jeg er ikke enig," sagde Berrit til Phil.

"Okay, vi holder her. Men I må gerne gå lejligheden igennem en gang til. Teknikerne har ikke fundet nogen brugbare spor, men alligevel. Bare tag et kig på stedet, og se om I finder et eller andet," sagde Phil.

"Vi har altså ingenting?" spurgte Bo.

"Vi ved det ikke endnu. Berglund fandt fremmede hår på ofrene, jeg siger ofrene, fordi Mette Thomsens og Hanne Severins sag, i Hellerup, er identiske. Og der var hudrester under neglene på Mette Thomsen. Også her bliver der lavet DNA analyse, den venter jeg på. Så i Hellerup fandt Berglund også hår, tilsyneladende magen til dem i Grønningen, de havde samme farve, men det ved vi mere om, når vi får DNA rapporten. Der udover fandt teknikerne fodspor fra en ukendt person, en løbesko fra Nike, str. 43. i Hellerup sagen. Så den foreløbige konklusion er, at det er en ikke ret stor mand. Men det hele er usikkert. Derfor er det hamrende nødvendigt, at finde mere. Selv er jeg ved at se på den mulighed, at det har noget med arbejdet at gøre, da de jo arbejdede på samme afdeling på

Riget. En utilfreds patient, måske. Men det er svært at få oplysninger om patienter. Det kræver en meget begrundet mistanke, at få en retskendelse til at kigge i journaler," sagde Phil, og trak på skuldrene. "Men jeg har ikke fået DNA på Mette Thomsen, endnu."

"Godt. Så har vi da noget, når vi fanger den satan," sagde Berrit, slog håndfladerne mod hinanden, rejste sig, og forlod Phil's kontor. Bo fulgte efter hende.

Phil sad lidt og kiggede ud ad vinduet. Solestrålerne glimtede i træernes grønne blade, når de blafrede i vinden. Det var meget varmt nu. Især om natten havde han svært ved at sove, lå og tænkte på sagen. Han ville ønske, der snart dukkede nogle brugbare spor op, så de kunne få afsluttet denne modbydelige sag. Helst før pressen får nys om måden kvinderne er blevet myrdet på. Hvis, eller når det kommer ud, og det vidste han det snart ville, så ville helvede bryde løs. Han svedte tran, bare ved tanken.

25.

Mimersgade
København

Helle Dam smed skoene i entreen, da hun kom hjem fra dagvagten klokken halv fire. Hun gik ud i køkkenet, og tog en kold vand med citrus og brus, og satte sig ind i so-

faen i stuen, tændte for fjernsynet, og trykkede på fjernbe-
tjeningen, indtil hende yndlings serie, Sex and The City,
kom frem på skærmen. Hun slappede så dejligt af til den
serie. Carrie, Samantha, Charlotte og Miranda, alle var
stærke kvinder, som levede et fantastisk liv, syntes Helle,
selv om hun da godt var klar over, at det kun var film.
Men alligevel, de havde jo også deres problemer, med ar-
bejdet og kærester. Det var derfor den var så god, serien.
Viktor derimod, hendes kæreste, syntes at den var forfær-
delig. Det var derfor hun kun så den når han var ude at
spille. Og i denne uge, var han i New York, sammen med
bandet. Så hun kunne gøre som hun havde lyst. Hun ville
bestille en pizza og drikke en flaske hvidvin mens hun så
Sex and The City. Hun havde fridag i morgen, og hun var
alene hjemme, så hun kunne gøre som hun havde lyst. Hun
spiste sin pizza, drak vinen og nåede at se to afsnit af seri-
en. Derefter faldt hun i søvn på sofaen.

Hun vågnede ved at telefonen ringede. Uret på mo-
bilen viste, at klokken var 23.45. Det var Viktor.

”Hej skat,” mumlede hun søvnigt, ”hvad så? går det
godt derovre?”

”Vækkede jeg dig? Ja, det går godt, vi havde fuldt
hus i går. Nå men jeg ville bare lige høre din stemme, jeg
savner dig skat,” sagde han, og lød oprigtig. Helle var helt
vågen nu.

”Jeg savner også dig. Og ja, du vækkede mig, jeg
var faldet i søvn på sofaen. Jeg drak en flaske vin, og lå og
så Sex and The City, som erstatning for dig,” lo hun.

”Okay. Nå ja, for pokker. Klokken er jo kun tolv i
Danmark, ikke? Det må du undskylde skat” sagde han.

”Ja, jo, lidt i tolv. Hvornår regner du med at komme
hjem?” spurgte hun.

”På søndag, ud på natten, vi lander vist i Kastrup ved

tre tiden," svarede han.

"Åh, jeg kan næsten ikke vente så længe," kurrede hun med sexet stemme.

"Vente med hvad?"

"Dig! Og sex. Jeg bliver nok nødt til at klare det selv," sagde hun sødt, og strakte hånden ned mod sit skød.

"Åh, det er jeg da glad for at høre. At du savner sex med mig. Men det må vi jo kompenserer for, når jeg er tilbage," lo han. Helle begyndte at tage tøjet af. Hun fik en skør, men god ide, syntes hun selv.

"Hey skat. Hvor opholder du dig lige nu?"

"På hotelværelset. Hvorfor?

"Smid tøjet, og slå over på Face Time, så kan vi lave telefon sex. Jeg er nøgen, og liderlig," grinede hun.

"Okay. Mener du det?" lo han, og slog over på Face Time. Viktor kunne nu se Helle ligge nøgen på sengen, og onanerer.

"Hvad siger du så?" grinede hun, da hun kunne se ham.

"Frækt, bliv ved," grinede han, og begyndte at spille den af. Helles vejrtrækning blev heftigere, og pegefingeren på højre hånd, roterede på klitoris, mens hun nippede sin ene brystvorte med venstre. Mobilen holdt hun mellem knæene. Viktor begyndte også at lave lyde, som tydede på et snarligt klimaks, og kort efter kom de begge.

"Hold da op hvor var det var dejligt," sagde Helle, "nu kan jeg sove, tror jeg.

"Ja, det var skide frækt. Jeg skal ned og spise. Vi ses på søndag, skat. Sov godt," sagde Viktor, og afbrød forbindelsen. Han havde ingen anelse om, hvad Helle skulle gennemgå af lidelser den nat. Sove skulle hun ikke.

Døren til opgangen, hvor Helle Dam bor, er lige over for en halal slagter. Er i sort tøj og kondisko, stiller cyklen op ad muren ved siden af døren. Der er ingen mennesker på gaden lige nu. Klokken er halv tre, og det er lige før det begynder at blive lyst.
Man kan frit gå ind ad gadedøren. Kigger på postkasserne i gangen. Helle Dam, Viktor Gade, står der. Satans! Der bor en mand der. Det stod der ikke i Krak. Der stod kun Helle Dam. Det er hendes lejlighed. Så denne Viktor må være flyttet ind hos hende senere.

Grebet strammes om strømpistolen. Det vil blive nødvendigt at passiviserer ham også. Hvis jeg er stille, kan jeg sagtens snige mig ind i soveværelset, lægge æterkluden over hendes ansigt, og give ham et stød med strømpistolen. Det vil give mig tid nok. Skal jeg opgive nu? Nej. Det vil jeg ikke. Det skal være nu i nat.

Jeg lister op ad trappen, til 3 sal. Tager dirken op af tasken, og får døren låst op på 30 sekunder, det er en gammel lås. Tager strømpistolen op af lommen, klar til at bruge den, hvis jeg skulle bliv overrasket. Man kan aldrig vide, om en skal op at tisse, eller have et glas vand. Jeg træder ind i en smal entre, hvor der hænger en rødlig dunjakke, og en regnfrakke på knagerækken. Ingen herrejakke, eller herre sko, ånder lettet op. Måske er jeg heldig, at han ikke er hjemme.Stivner, står helt stille. Hører trin i trappeopgangen. Det kan være ham, som kommer hjem. Glider stille ind i køkkenet som ligger på venstre hånd, og venter med tilbageholdt åndedræt. Men det er åbenbart til den modsatte lejlighed, hører døren blive låst op, og lukket igen. Puster ud, og fortsætter ind i en beskeden stue. Der er kun en dør. Den må være til soveværelset, har set badeværelses døren i entreen. Træder forsigtigt ind i stuen. Der er ingen tæpper, det er gamle afhøvlede plankegulve. Det knirker lidt, når man går på det. Går over mod soveværelset. Lægger øret til døren og lytter. Hører en svag snorken, det lyder ikke som en mands snorken. Åbner forsigtigt døren, og kigger ind. Kan se der ligger en person i sengen, Helle, at dømme på hårpragten som ligger bredt ud på puden. Hun ligger nærmest midt i sengen. Det er en halvanden mands seng.

Jeg tager strømpistolen i højre hånd, og nærmer mig sengen. Et bræt giver en høj lyd fra sig, og Helle vender sig i sengen. Hun mumler et eller andet, som jeg ikke kan forstå. Kommer helt hen til sengen, kan lugte at Helle har drukket alkohol. Okay. Fint. Hun har drukket i aften. Måske er kæresten skredet, og sorgen er druknet i sprut.

Helle spjætter som en spastiker, da jeg sender 3 millioner volt gennem hendes hals. Hun er øjeblikkelig bevidstløs, og vil være det i mindst ti minutter, rigelig tid til, at jeg kan nå at injicerer hende med den muskel-lammende medicin, som skal have lidt tid til at virke. Jeg tænder lyset, tjekker, at gardinerne er trukket tæt for vinduet, og tager mine handsker på. Starter med at trække mivacurium, op i sprøjten fra den lille flaske. Ved egentlig ikke hvor meget der skal til, men har i de andre to tilfælde fyldt sprøjten, som kan indeholde 10 ml, så det gør jeg også denne gang.Finder *median cubital vein*, som er den vene laboranterne som regel bruger til at tage blodprøver fra. Tømmer langsomt sprøjten og lægger den brugte kanyle i en metal æske. Derefter tager jeg sprøjten, med sperm fra Jesper, op af tasken og propper den op i Helles skede, trykker stemplet langsomt i bund, tømmer den. Kører sprøjten ud og ind et par gange, for at lave små rifter, som efter en voldtægt. Nu er der gået omkring fem minutter, vælger at vente lidt. Jeg vil være sikker på, at Helle vågner, og kan høre og mærke mig. Går en tur rundt i lejligheden. I stuen står en tre personers sofa, et tæppe ligger henslængt på den, som om en har sovet på sofaen, og undladt at lægge tæppet sammen. Gætter på, at Helle har sovet der, efter hun har tømt flasken med hvidvin, som stadig står på sofabordet. Overfor sofaen, står fjernsynet, en stor fladskærm, 50 tommer, gætter jeg på. Mobilen ligger på sofabordet. jeg tager den, og åbner den. Den kræver ikke kode. Finder sidste opkald, og kan se, at Viktor havde ringet klokken 23.45, og opkaldet havde varet i 15 minutter. Okay, det tyder på, at han ikke kommer hjem i nat. Smiler og nikker tilfreds. Det går som det skal, vender tilbage til soveværelset. Nu må Helle være vågnet, og tiden er inde til det afgørende snit.

”Hej Helle! Kan du høre mig? Helle åbner øjnene og kigger panikslagen på mig.

Jane vågner med et skrig, badet i sved. Drømmen havde været så levende. Som om det var sket i virkeligheden. Jeg er ved at blive skør, tænker hun. Det er anden gang hun har haft mareridt som dette. Hvis det bliver ved, må jeg kontakte psykologen. Hun kunne vel kontakte Birgit Svendsen, som var hendes psykolog inden hendes transformation.

26.

Dragør

Phil parkerede sin Volvo V 40 fra 2014 i indkørslen til villaen i Dragør, hvor han boede med sin kone, Viola, som var folkeskole lærer på den lokale skole i Dragør.

Han blev siddende lidt i bilen, og tænkte på mordene i Hellerup og Grønningen. Havde de overhovedet noget at gå efter? Umiddelbart ikke. Han så op på vindskeden på gavlen af huset. Åh, for helvede! Han havde lovet Viola, at male vindskeder og sternbrædder i weekenden. Men det fik han nok ikke gjort. Og haven skulle gøres forårs klar.

Viola havde vasket drivhuset ned, så det var klar til udplantning. Han trak vejret dybt, åbnede bildøren, og steg ud. Han gik en runde om huset. Han måtte give hende ret. Alt træværk trængte til at blive malet, og de havde ikke råd til en maler. Han havde spurgt deres lokale malermester i Dragør. 15.000, for det hele udvendigt. Dem kunne han tjene på to weekender, bare han havde tid, og det havde han ikke lige nu. Han åbnede bryggers døren, og råbte ind i huset. "Det er bare mig," som han altid gjorde.

"Kom ind skat. Der er kaffe og Napoleons Hatte," råbte Viola glad. Hun var næsten altid glad. Han forstod det ikke helt. Men nogle mennesker er altid glade, næsten uanset hvad de kommer ud for. Og hun var en af dem, og det elskede han hende for. Hvis han kom hjem, og var i dårligt humør, hvilket han ofte gjorde, så kunne bare synet af en smilende og glad kone, redde hans dag. Og det var også tilfældet nu. Napoleons Hatte, uhm.

Han trådte ind i køkkenet, hvor der duftede af nylavet kaffe. Viola sad på sin sædvanlige plads, og nippede til den varme kaffe. Phil gav hende et kys, og satte sig over for, på hans sædvanlige plads. Sådan havde det altid været, forældrene yderst, og børnene inderst. Nu var den sidste rejst hjemmefra, men ikke så langt. Hun gik på KU, medicin, det var han stolt over. Sønnen, som var to år ældre, var rejst et år til USA. Han læste økonomi, og ville tage det sidste år på Harvard.

"Du ser dyster ud. Har I stadig ikke noget konkret at gå efter?" spurgte Viola, og kiggede bekymret på ham. Hun spurgte altid ind til hans arbejde, og det var han taknemmelig for. Det var som om hun lettede ham for byrder, bare ved at gide at tale om det. Han gav hende et træt smil, og rystede på hovedet.

"Nej, ikke noget brugbart. Vi taler med ægtemænd, børn og elskerinder, bare for at udelukke," svarede han, og tvang sig til at smile til hende.

"Du ser træt ud. Du må altså holde fri i weekenden, og få malet noget. De lover godt vejr, så det er perfekt."

"Jeg skal nok prøve, men lover ikke noget," sagde

han, og kiggede ned i koppen, og tog en bid af kagen.

"Okay. Jeg kan godt male vinduerne. Men jeg går ikke op på en stige, du ved jeg er bange for højder," grinede hun. Han grinede med. Det var noget han altid havde drillet hende med. Han kunne forstå, at folk var bange for at klatre i bjerge, køre med rutchebane og flyve, det kunne kategoriseres som højder. Men at gå to-tre meter op på en stige, det kaldte han ikke for at gå i højden. Men sådan havde hun det, og det måtte han accepterer.

"Det lyder godt. Du tar` vinduer og døre, så tar` jeg resten," svarede han lettet.

"Hvad skal vi have i drivhuset i år?" spurgte hun. "Jeg kunne godt tænke mig nogle chiliplanter, og rød pepper." tilføjede hun.

"Det er fint med mig, og nogle agurker og tomater, ikke?"

"Jo, køber du det?"

"Skal vi ikke gøre det sammen. Det er så hyggeligt, at komme på planteskole," svarede han.

"Jo. Vi kan køre nu, når du har drukket kaffen, de har længe åbent," sagde hun, og rejste sig. Phil fulgte efter. Hans humør var steget et par grader. Det var det Viola kunne, dreje samtalen væk fra arbejdet, til helt almindelige ting, og straks havde han det bedre. Han havde slet ikke spurgt hende om hvorledes hendes dag havde været, og blev en smule flov. Hun var klasselærer for en sjetteklasse, og meget glad for sit arbejde. Hun havde et fantastisk tag på børn, det havde hun altid haft. Viola var den mellemste af tre søskende, en storbror og en lillesøster. Hendes forældre havde haft gode jobs, men også meget travlt. Hendes far var selvstændig murermester, og arbejdede altid. Hendes mor var sygeplejerske, og havde haft skiftende vagter, så Viola havde passet sin lillesøster meget. Det er derfra, jeg har taget på børn, plejede hun at sige. Og altid med et glad smil. Hun elskede sine søskende, og de, især søsteren, forgudede hende.

Phil drejede bilen ind på planteskolen, og de steg ud. Viola så meget tilfreds ud. Endelig kunne hun få planter til alle sine krukker. Det var også på høje tid, syntes hun. Det var sidst i maj måned. Hun købte ind for mange penge, og Phil protesterede slet ikke, når hun pegede på en plante og sagde, "Den vil være god på terrassen, ikke skat?" "Jo, helt sikkert," svarede han hver gang. Det kunne hun også, snøre ham om sin lillefinger, og få det som hun ønskede.

Det elskede hun ham for.

27.

Mimersgade
København

Da Viktor trådte ind af døren, fornemmede han straks, at noget var galt. Der lugtede indelukket, hvilket undrede ham, da Helle var hysterisk med at lufte ud, fordi hun led af støvmideallergi. Han lod kufferten stå i den smalle gang, og gik raskt ind i stuen. Døren til soveværelset stod på klem, og han kunne skimte Helle ligge uden dyne på, gennem dørensprækken. Han nærmede sig forsigtigt soveværelset, og åbnede døren helt, og tændte lyset.

Det syn der mødte ham, fik ham omgående til at styrte ud på badeværelset, og kaste op. Han stod et øjeblik og betragtede sig selv i spejlet. Han var helt hvid i ansigtet. Han begyndte at græde. Selv om han kun så hende et øjeblik, var han ikke i tvivl om, at hun var mishandlet til døde. Han var i tvivl om om hun var blevet voldtaget, og derefter mishandlet. Han havde svært ved at forstå, at det rent faktisk var sket. Hvem fanden kunne gøre sådan noget? Og så mod Helle, som var venligheden selv.

Han tog sin mobil frem, og ringede 112. Det tog kun et halvt minut, at forklare hvad der var sket, og den første patruljevogn, var fremme på under fem minutter. Derefter gik det stærkt. Retsmedicineren, Karin Kofoed, var den første som ankom, dernæst Phil og Berrit. Bo havde ikke taget telefonen.

Betjentene spærrede lejligheden af, Phil og Berrit trak i blå overtrækssko, og sluttede sig til retsmedicineren.

"Okay, en til," konstaterede Phil tørt.

"Det ser ud til det," svarede Kofod. Hun havde selvfølgelig også hørt om, og set de to andre ofre.

"Hvor længe har hun været død?" spurgte Berrit.

"Mellem to og tre dage. Men det kan jeg fastslå mere præsist på instituttet," svarede Kofoed.

"Nogen spor af hår eller sæd?" spurgte Phil træt.

"Jeg er lige kommet, så giv mig lige fem minutter," vrissede Kofoed surt, og knipsede løs med sit digital kamera. Hun var blevet vækket af sin skønhedssøvn i sin tilkalde vagt i hjemmet. Phil slog afværgende ud med armen.

"Undskyld."

"Modtaget," mumlede hun, og fortsatte sin undersøgelse af liget. Phil og Berrit gik ind i stuen for at tale med Viktor. Han fortalte, at de havde talt sammen i telefon torsdag aften ved 24 tiden, dansk tid. Han sagde dog ikke noget om deres telefon sex. Han havde prøvet at ringe et par gange siden, senest i går, men hun havde ikke svaret, og han havde regnet med, at hun var blevet kaldt på arbejde, og havde ikke, tænkt mere over det.

"Lagde du nogen besked til hende? Feks. at hun

skulle ringe dig op," spurgte Berrit.

"Næh, så vigtigt var det heller ikke," svarede han.

"Undrede du dig ikke over, at hun ikke ringede tilbage? Jeg mener, hun kunne jo se, at du havde ringet?" sagde Phil.

"Joh, lidt måske. Men der er sket så meget, så, nej jeg tænkte ikke særligt over det," svarede han uden tøven. Phil troede på ham, rejste sig, og gik ind til Kofoed igen. Hun holdt en lille plastbeholder i vejret, og smilede triumferende til ham.

"Hvad er det?"

"Sæd."

"Sæd?" sagde Phil vantro.

"Ja. Sæd og DNA. Herligt, ikke?" sagde hun nærmest muntert.

"Jo, for fanden! Skide godt. Nu har han sgu dummet sig. Det kan blive vores gennembrud," sagde Phil glad.
Han gik ind til Berrit, som kiggede sig rundt i lejligheden, dog uden at finde noget.

"Kofoed har fundet sæd på liget," sagde Phil. Han virkede lettet. "Vi kan ikke gøre mere her. Vi overlader det til teknikerne at undersøge stedet. Vi kører tilbage på stationen." Phil henvendte sig til Viktor. "Du har formentlig ikke noget i mod at afleverer en blodprøve? Vi skal bruge den til at udelukke dig som gerningsmanden. Det forstår du vel?

"Jo. Jeg mener, nej, jeg har ikke noget i mod det," svarede Viktor og nikkede imødekommende. "Men hvad var det med sæd? Er hun blevet voldtaget?" han var rystet.

"Godt. Kan du tage den med den samme?" spurgte Phil, Kofoed, som nikkede indviligende.
Henvendt til Viktor, sagde Phil. "Det ser desværre ud til at hun er blevet voldtaget, vi kan jo håbe på, at det var mens

hun var bedøvet.”

”Så får vi forhåbentligt snart et gennembrud, forudsat, at vi har noget på sædens ejermand i forvejen. Ellers kan det jo godt tage lang tid,” sagde Berrit.

”Jo, jo, det er rigtigt. Men nu får vi i det mindste fastslået DNA`et på gerningsmanden, så nu skal vi bare finde ham,” nikkede Phil, og gik ud under afspærrings tapen. Berrit fulgte efter, de gik ned ad trapperne, satte sig ind i Phils Volvo, og kørte til Politistationen. Bo var nu ankommet, og sad på sin pind. Phil skævede vredt til ham, og sagde. ”Når vi arbejder med sådan en sag, skal du altid være til at få fat på. Det ved du godt, ikke?”

”Jo, selvfølgelig. Men min telefon var løbet tør for strøm,” forsvarede Bo sig med.

”Det er sgu ingen undskyldning. Du sørger da vel for helvede for at lade den op.”

”Ja, undskyld. Det skal ikke ske igen.”

”Godt. Lad os så komme i gang med arbejdet,” sagde Phil lidt mildere.

Politiinspektør Krog, kom ind til dem med en dyster mine.

”En mere?” spurgte han.

Phil nikkede. ”Ja. Og samme fremgangsmåde. Men denne gang har han også voldtaget hende, og efterladt sæd i hende,” sagde Phil triumferende.

Krog så undersøgende på ham. ”Hvordan ved du, at det er voldtægt? Det kunne være en hun kendte. Hun var alene hjemme, ikke? Det kan være, at alle tre ofre kender gerningsmanden. Hvem ved, måske var han deres elsker.”

”Alle tre?” sagde Phil vantro. ”Men der var jo ikke tegn på at de to første havde haft sex.”

”Jeg synes alligevel, at I skal undersøge det. Snak med bekendte og arbejdskollegaer til dem. Hende i Hellerup var skilt, og hende i Grønningen havde en utro mand, som var på messe med elskerinden, og den sidste her, ja, hendes kæreste var i USA. De arbejdede på samme afdeling på Riget. Prøv at tjekke, om det skulle være en fra hospitalet. En ansat, eller en tidligere patient. Hvis der er noget om det, altså at de havde noget kørende med samme mand, så er der nogen som ved det. Kvinder kan ikke holde deres affærer hemmelige," sagde Krog vidende, og gik.

Phil sad lidt og tænkte over hvad han havde sagt. Han troede ikke rigtig på det, men det skulle selvfølgelig efterforskes.
Han kiggede på Bo og Berrit. "I hørte hvad han sagde. Tag hen på Riget og stil spørgsmål. Vi skal vide om der kan være noget om det." sluttede han.

"Han har ret, Krog. Du kan jo heller ikke holde dine små affærer hemmelige BB, vel?" grinede Bo.

"Jeg er single. Så kan man have alle de affærer man har lyst til. Og endda prale med dem." Berrit stak ham et frækt grin, vrikkede lidt med røven og sagde, "skal vi komme afsted?"

28.

Strøget
København

Det var mandag morgen, og Jane gjorde sig klar til

at tage på arbejde. Hun var nød til at arbejde. Dels for at tjene penge, men også for at opretholde en normal hverdag, så hendes forældre ikke blev bekymrede. Hendes mor havde flere gange ringet, og udtrykt sin bekymring, når Jane havde skulket fra arbejdet. Hendes far så eller hørte hun ikke meget til. Hun havde på fornemmelsen, at han ikke troede på hende vedrørende operationen, efter at hun fik afslag fra patientforsikringen. Han var jo advokat, og tabte man en sag, ja så skulle man hurtigst muligt videre. Man skulle ikke dvæle ved noget, som man alligevel ikke kunne gøre noget ved, plejede han at sige.

Gad vid hvad han ville sige til at få skåret pikken af, uden bedøvelse. Så kan det vist godt være at de skulle høre ham beklage sig, og lægge sag an. Det var hun ikke et sekund i tvivl om. Hun smilede et anstrengt smil ved tanken, mens hun gik i kælderen, hentede sin cykel, og kørte til Flintholm Metro St. hvor hun tog metrotoget ind til Kongens Nytorv. Hun gik det sidste stykke ned ad Strøget til Henriette Mode & Design. Vejret var stadig flot. Det var skide varmt. Gademusikanterne sad og spillede på deres instumenter. Det var ret hyggeligt, syntes hun. Der var nærmest sydlandsk stemning i gaden. Folk sad allerede på de små fortovs cafeer og hyggede sig med deres caffe latte. Hun havde også klædt sig let. Dog ikke i shorts, den gik ikke i forretningen, men i en let kort sommerkjole.

Hendes mor var kommet, og var ved at gøre klar til at åbne butikken. Hun så som sædvanlig brand godt ud. Altid klædt i det sidste nye tøj fra butikken.

"Hej mor, har du haft en god weekend?" spurgte Jane, og gav hende et kys på kinden.
Moren smilede anstrengt, og svarede. "Jo tak, udmærket. Vi var til middag hos en af fars klienter. De havde lige vundet en sag, så han, altså klienten, ville takke med en

middag, hjemme hos dem.”

”Det lyder sgu kedeligt. Far, og ham klienten, snakkede vel jura hele tiden. Hvad snakkede du så med fruen om?”

”Nej det gjorde de faktisk ikke. Fruen, var mere interesseret i at score din far, kan jeg godt fortælle dig. Der blev skænket godt op i glassene, og sat musik på efter maden, ABBA og sådan noget. Og hun dansede hele tiden med far, og flirtede uhæmmet med ham. Og det værste var, at han så ud til at kunne lide det,” sagde hun, med blanke øjne. Jane gav hende et kram, for at trøste hende.

”De var vel bare fulde. Du skal da ikke lægge noget i det. Hvad sagde far, da I kom hjem? Du konfronterede ham vel med det?” spurgte Jane.

”Han sagde det samme som dig. At de jo bare havde været fulde. Men jeg kunne ikke lide det. Han plejer ikke at gøre sådan,” snøftede hun. Jane kunne godt se, at hendes mor var bekymret. Hun var bleg under sminken. Som om hun ikke havde sovet ret godt.

”Ser hun godt ud? Hvor gammel er hun?” spurgte Jane, og fortrød omgående spørgsmålet.

”Ja. Hun ser godt ud. Smuk faktisk, og ung, yngre end mig i hvert fald.” Henriette fik tårer i øjnene.

”Hvor patetisk. Men jeg kan godt se problemet. Hold øje med ham. Mænd i hans alder og position, har det med at gå efter yngre kvinder. Men sin klients kone; jeg troede han var for klog til det?”

”Du har sikkert ret. Det er nok bare mig der overreagerer,” svarede hun, gik hen og åbnede døren til gaden.

”Nu åbner vi, og sælger som bare fanden, ikke skat?” lo hun.

”Jo mor. Vi sælger som......”Jane standsede midt i sætningen, for ind kom selveste Mona Cane, en af landets kendeste skuespillerinder. Navnet Cane, havde hun efter sin første mand, en engelsk forretnings mand, rig og mægtig ejendoms matador i London. Hun havde fået en masse milioner, da de blev skilt. Nu boede hun vist i en kæmpe villa på Strandvejen, med sine to børn, som Cane var far til, påstod hun i da.

"Hende tar` du," hviskede hendes mor. Jane nikkede. "Og hun skal have særbehandling. Okay?"

"Okay."

Mona Cane gik med sikre skridt ind i butikken, og hen til stativerne med kjoler. Jane nærmede sig forsigtigt.

"Kan jeg hjælpe med noget," spurgte hun venligt, og gav Mona et smil. Hun kiggede op og ned af Janes slanke skikkelse. Jane mente, at se et beundrende blik.

"Ja, jeg skal have nogle kjoler. Jeg skal til party, så jeg skal have en cocktail kjole. Jeg skal også til præmiere, og der skal jeg have en lang kjole på, og endelig en kort aften kjole," bekendtgjorde hun, uden den store venlighed.

"Okay. En str. 40, er det rigtigt?" spurgte Jane. De satte en ære i, at gætte kundernes rigtige størrelse.
Mona kneb øjne og læber sammen, og sendte Jane et rasende blik, og hev en cocktail kjole str. 38 ned af stativet, og gik mod prøve rummet, mens hun mumlede. "En str. 40! Er den pige dum eller hvad?"

"Kommer du!" næsten råbte hun inde fra prøverummet. "Jeg forventer sgu noget hjælp."

"Ja, ja, selvfølgelig," sagde Jane, stadig venligt, og gik ind i prøverummet, hvor Mona var ved at smide tøjet. Hun vendte sig mod Jane, og rakte armene i vejret. Hun kiggede på hende med et bydende blik, og sagde arrigt.

"Ja, så er jeg klar."
Jane trak kjolen op over hendes hoved, og begyndte at trække den ned over hende. Men den kunne ikke komme

ned over hendes hofter. Den var simpelthen to numre for lille.

"Skal jeg ikke lige hente et nr. større?" spurgte Jane. Hun fik et blik der kunne dræbe. Og Mona flåede kjolen af, og smed den på gulvet i arrigskab. "Det må være små størrelser I har her i butikken. Men okay da, så lad os prøve en 39," svarede hun, mens Jane samlede kjolen op fra gulvet.

Jane hentede en str. 39, selv om hun godt vidste, at også den var for lille. Hun to for en sikkerheds skyld en 40 med. Men hun kunne ikke narre Mona. Hun tjekkede størrelsen, og tog nr. 39, og jorde sig klar til at få kjolen på. Den kunne med nød og næppe komme på, men det var umuligt at lyne lynlåsen i ryggen.

"Luk så den forbandede lynlås," vrissede Mona hidsigt.

"Jeg ødelægger kjolen, hvis jeg øver vold på den," sagde Jane skarpt. Nu var hun ved at miste tålmodigheden.

"Skal vi ikke prøve den anden?" foreslog hun forsigtigt.

"Nej! Det skal vi ikke. Jeg bruger ikke kone størrelse. Hvad fanden er det her for en butik. Alt jeres tøj er i små størrelser," råbte hun og gloede arrigt på Jane.

"Vores tøj er helt normale størrelser. Mon ikke det er dig, der har taget på," sagde Jane spydigt. Mona blev rød i hovedet af raseri, og løftede højre hånd, som ville hun stikke Jane en lussing, men besindede sig dog. Hun så vist noget i Janes øjne, som skræmte hende.

"Jeg plejer at bruge str. 38, påstod hun dog igen. Lad os finde en anden model. Den lange måske.

"Okay. Men så tager vi en 40, det andet pjat kan jo ikke hjælpe, vel?" sagde Jane hårdt. Nu gad hun ikke være venlig mere, med mindre kunden ændrede attitude. Mona kiggede overlegent på hende.

"Sådan en tøs! Du skal bare gøre hvad jeg ber` dig om. Jeg er kunde, og en velhavende kunde. Du er bare ansat, og skal betjene kunderne efter deres ønske. Jeg vil tale med chefen," sagde hun køligt og prøvede at beherske sig.

"Mor! Kunden vil tale med dig," råbte Jane, og forlod prøverummet. Da hun passerede sin mor, hviskede hun. "Hun er sindssyg." hendes mor nikkede og gik ind til Mona. Hun havde hørt det meste.

"Hvis du ikke er tilfreds med vores kollektion, må du finde en anden butik. Du skal ikke genere vores ansatte," sagde Henriette koldt.

Mona forlod fornærmet og rasende butikken. På vej ud passerede hun Jane, og nærmest skubbede til hende. "Fede ko," hviskede Jane. Mona stoppede op, så koldt på hende, og sagde hidsigt. "Sådan en tarvelig tøs! Tror du du kan behandle mig på den måde, og slippe godt fra det? I hører fra mig." Hun gik hurtigt ud af butikken. Hendes mor havde ryddet op i prøverummet imens, og ikke hørt de sidste ord. Jane kiggede efter hende da hun valsede hen ad gaden. Et par mænd fløjtede af hende. Hun så ud til at bifalde det. Hun vinkede koket til dem.

Hold kæft en idiot! Tænkte Jane, og gik ind igen.

29.

Dirch Passers Alle
Frederiksberg

Klokken halv syv trak Jane sin cykel ned i kælderen, og fandt sit kælder rum brudt op. Nogen havde klippet hængelåsen, med en boltsaks, kunne hun se. Stumperne lå spredt på gulvet. Hendes sportstaske var væk.

Jane gik op i lejligheden, og satte sig ved spisebordet i køkkenet med et glas hvidvin. Hun kiggede ud af vinduet. Tunge grå skyer gled hen over himlen. Øv, nu er det gode vejr forbi, typisk dansk sommer. I det samme så hun glimtet fra et lyn ude over Øresund. Hun talte sekunderne. Det havde hun lært som barn. De sekunder der gik fra man så lynet, og til man hørte tordenskraldet, lige så mange kilometer var det væk. Om det så også var rigtigt, vidste hun ikke. Der kom skraldet, 15 sekunder, og et nyt glimt, og et skrald mere, tættere på, og højere. Regnen begyndte at falde i store dovne dråber, luften begyndte at lugte af jord. Hun kunne godt lide den lugt, den mindede om hendes barndom, når hun og Ida legede ude i haven, og oppe fra sommerhuset. Hun havde elsket at sidde på den overdækkede terrasse, og kigge ud på vandet når det regnede, se når dråberne ramte vandoverfladen og ligesom hoppede op i luften. Hvad mon Ida lavede i dag? De var flyttet til Jylland, Ida og hendes familie. Idas far havde fået et godt job i Esbjerg, var det vist, nej, hun var ikke helt sikker, de havde ingen kontakt mere, hun og Ida. Jane fældede en tåre og sukkede. Hun havde faktisk ingen venner. Operationen, og skaderne efter, havde taget alt hendes tid. Hun, som havde glædet sig sådan til sit nye liv, et liv som en rigtig kvinde, der havde veninder, som man gik ud og shoppede smart tøj sammen med, gik på cafe med, gik i byen, og scorede mænd, sammen med. Alt det var ikke blevet til noget på grund af de uduelige læger på Riget. Gud hvor hun hadede dem. Hendes humør dalede til nulpunktet. Og oven i købet blev det også dårligt vejr, med regn og rusk. Vinden var taget til, og regnen piskede mod ruden. Det ene lyn og torden skrald, afløste det andet. Træerne i haven lå næsten vandret, så meget blæste det. Hun fik en kuldegysning, rejste sig, tog flasken og glasset med ind i stuen, satte sig i sofaen, med et tæppe over sig, og faldt hurtigt i søvn.

Hun vågnede med et sæt. Havde hun drømt? Ja, det måtte hun have gjort. Hun havde drømt, at Berit Hallandsen, den fede ko, ville stoppe nogle kæmpe store piller i munden på hende. Hun havde sagt til sygeplejersken, at de var alt for store til at sluge hele, men Hallandsen, havde holdt hende for næsen, og tvunget pillerne ind i munden på hende, så hun var ved at blive kvalt. Derfor var hun vågnet, hun havde ikke kunnet få vejret.

Hun rejste sig, og gik ud i køkkenet for at finde noget at spise. Hun følte sig sulten nu, fandt en dåse forloren skildpadde i et af overskabene, og varmede den i en lille kasserolle, kogte også et par æg til. Det var et udmærket måltid, når det skulle gå hurtigt, og man havde glemt at købe ind til aftensmaden. Mens hun spiste, tænkte hun situationen igennem. Hun måtte få styr på sit liv. Få sig nogle venner, om det så var mandlige eller kvindelige, var hip som hap. Måske skulle hun prøve at finde et andet arbejde. Et større sted, med flere ansatte, hvor hun kunne få sig nogle kollegaer. Det duede ikke at blive ved med at arbejde for sin mor. Det var der sgu ingen udfordringer og ingen fremtid i. Måske hun skulle se at få sig en uddannelse. Problemet var bare, at hun var gået ud af 9 klasse med en dårlig afgangsprøve. Ikke fordi hun var dum, eller havde været doven i skolen, men alle problemerne i teenageårerne havde ligesom taget fokus fra skolen, og hun havde fået dårlige karakterer i flere fag. Men det kunne hun vel hurtigt rette op på, hvis hun ville. Nu var hun snart 24 år, og havde lyst til at have et arbejde, tjene penge, få sig en kæreste og nogle venner.

30.

Politigården
København

Phil studsede, da han fik DNA analysen af den sæd, som retsmedicineren Karin Kofoed havde fundet i ofret fra Mimersgade, Helle Dam. Det var ikke fra samme person, som hudresterne under Mette Thomsens negle.
Hvad fanden! tænkte han. Er de to? Og hvis de er to, arbejder de så sammen, eller er det to helt selvstændige mordere? Nej! Det troede han ikke på. Politiet havde gjort meget for at skjule fremgangsmåden for offentligheden, så den ene kunne ikke have plagieret den anden, da han ikke kunne vide hvordan det var foregået. De måtte arbejde sammen. Han kaldte på Bo og Berrit. De kom ind og så begge forventningsfulde på ham. Var der nyt?
”Dårligt nyt!” begyndte han, og skuldrene sank på

hans to medarbejdere, mens de udvekslede blikke.

”Vi har muligvis med to forbrydere at gøre. Sæden i Helle Dam, stammer fra en anden person, end hudresterne under Mette Thomsens negle. Det bliver det jo ikke nemmere af,” sagde han, surt. ”Vi skal have kørt den gennem databasen Bo. Så må vi se om den giver noget resultat. Vi to skal en tur på Riget, BB, og presse ledelsen, tale med de ansatte på afdelingen, hvor de tre arbejdede. Løsningen må ligge der,” sagde han til Berrit, som blot nikkede. De forlod Phils kontor. Bo fik sendt DNA profilen over til sin computer, og Berrit gjorde sig klar til at køre, sammen med Phil.

De stod i parkeringskælderen, og var klar til at stige ind i bilen, da Phils mobil ringede. Det var Bo.

”Jeg har et match!” sagde han, lettere ophidset.

”Okay. Vi kommer op,” svarede Phil. Henvendt til Berrit, sagde han. ”Vi går tilbage. Bo har et match, på DNA profilen.”

”Endelig! Det er forhåbentlig vores gennembrud,” udbrød Berrit lettet, og med håb i stemmen. De skyndte sig tilbage til Bo, som havde printet en adresse ud på en mand, som hed Jesper Hansen. Han havde for nogle år siden, været tiltalt for vold og forsøg på voldtægt på sin ekskone. Han var dog ikke blevet dømt, på grund af en procedure fejl, og manglende beviser. Beviserne var været gode nok, havde politiet hævdet.

”Han bor på Vendsysselsvej 41, 2 TH, Vanløse,” sagde Bo, og rakte Phil papiret.

”Hvad laver han? Har han arbejde?” spurgte Berrit.

” Ja. Gæt selv!---Han er portør på Riget,” grinede Bo.

”På Riget! Bingo! Mon ikke det er vores mand,” sagde Phil forhåbningsfuld.

”Men om han er hjemme, eller på arbejde nu, det ved jeg ikke. Men jeg kan ringe til personale afdelingen, og få det at vide,” foreslog Bo.

”Gør det. Så tar` BB og jeg lige et smut forbi hans hus. Få fat i Krog, og få ham til at skaffe en ransagnings kendelse, og ring til mig, når du ved noget, okay?” sagde Phil, og var allerede på vej ud af kontoret.

”Okay, jeg går i gang!” råbte Bo.

Phil og Berrit forlod endnu engang bygningen, og gik i kælderen. Da de sad i bilen, kiggede Phil på Berrit, og smilede.

”Det er det jeg elsker ved det her job. Når vi sidder fast, og der pludselig viser sig en åbning. Man bliver sgu helt høj af det, synes du ikke?”

”Enig,” svarede Berrit, og grinede. ”Kør! Så vi kan få stoppet den skiderik, og sat ham bag tremmer.

Phil startede, og kørte med lidt for meget fart afsted mod Frederiksberg. Vejret var varmt efter tordenvejret. Det havde godt nok renset luften, men endnu en varmfront havde lagt sig over Danmark, og meterologerne lovede hedebølge de næste to uger, og i øvrigt en tør og varm sommer. Landmændene klagede over for lidt vand. Jordbær avlerne derimod, var ganske godt tilfredse, de kunne høste jordbær to gange i døgnet. Det havde været et godt forår. Tilpas tørt, da landmændene skulle så, og tilpas regn lige efter såningen. Derefter varme i sidste halvdel af april. Så var der kommet lidt regn hist og her i starten af maj. Men derefter havde maj været usædvanlig varm, og det havde sat kornet i stå. Nu stod det og hang med mulen, ligesom landmændene. Aksene ville ikke blive så kornfyldte og udviklede som sædvanligt.

Phil kørte ad Åboulevarden, forbi Søpavillonen, og videre ad Bispebuen og Hillerødgade til Morsøvej og til

Vendsysselvej. Han standsede ud for nr. 41, de steg hurtigt ud af bilen. Boligblokken var af gule mursten, med grønne altaner. Der var en opgang i hver blok, som var i tre etager. Der holdt biler på gaden udenfor, men om en af dem var Jespers, kunne de ikke vide.

"Vi går op, og ringer på. Så må vi se, hvad der sker," sagde Phil.

"Hvorfor ringer Bo ikke? Det kan vel ikke tage så lang tid, at finde ud af om han er på arbejde," sagde Berrit. De gik ind i opgangen, mødte en mand, som var på vej ned, og som hilste pænt. Phil kiggede på ham en ekstra gang, stivnede pludselig, og stoppede midt i et skridt.

"For helvede! Det var sgu da ham," sagde han sagte, vendte om, og løb ned ad trapperne med Berrit efter sig. Da han åbnede gadedøren, satte manden sig ind i en hvid ældre VW Golf, og kørte ud fra kantstenen. Phil og Berrit skyndte sig hen til Volvoen, og fulgte efter Golfen.

Phil satte ikke blinket i gang, han ville ikke lave noget optrin, men fulgte roligt efter den mistænkte. De kunne stille og roligt tage ham, når han stoppede, hvor det end måtte være.

De kunne hurtigt se, at han var på vej til Rigshospitalet, sikkert på vej til arbejde. I det samme ringede Bo.

"Jesper Hansen skal møde på arbejde om en halv time. Og jeg har en ransagningskendelse," sagde han triumferende. "Skal jeg sende den til dig?"

"Nej. Vi kører lige bag ved ham, og kan godt se, at han er på vej til Riget. Du tager et hold med ud til hans bopæl, og ransager. Så anholder vi ham, når han er nået frem," sagde Phil.

"Han så sgu da osse spøjs ud. Han ligner en ulv i ansigtet, synes du ikke? lo Berrit.

"Jo. Nu du siger det."

"Okay. Det sætter jeg i gang," svarede Bo.
Ulven kørte Golfen ind i en parkeringsbås på Blegdamsvej. Phil kørte op bag ved ham, han og Berrit steg hurtigt ud. Ulven åbnede sin bildør, og steg ud, da Phil med politiskiltet i hånden sagde.

"Jesper Hansen, du er anholdt, mistænkt for mordene på Mette Thomsen, Hanne Severin Wilke, og Helle Dam." Ulven stivnede, og kiggede mærkeligt på dem med sine smalle øjne. Der gled en skygge over hans ansigt. Som om han ærgrerede sig over at blive afsløret.

"Hvad!" sagde han blot, og rakte hænderne frem, mod Berrit, som havde taget håndjernene frem. Ulven kiggede hende direkte i øjnene, der gik en kuldegysning gennem hende. Hvis øjne kunne dræbe, var hun faldet død om på stedet. Phil tog hans bilnøgler, som han stadig holdt i hånden, og låste hans Golf. Berrit førte ham hen til Volvoen, og satte sig modvilligt ind på bagsædet sammen med ham. Han var tavs hele vejen til politigården. Han skævede til hende flere gange, med et lumsk smil om munden. Berrit undlod at se på ham. Han gav hende myrekryb.

31.

Ved Grænsen
Frederiksberg

Berit Hallandsen, var netop kommet hjem fra arbejde, satte sig i sofaen med en kop nylavet kaffe og et stykke wienerbrød, som hun havde købt på vej hjem. Det gjorde hun altid, når hun havde haft dagvagt. Hun lagde benene op på sofabordet, en vane hun havde tillagt sig efter sin mands død. Gregers havde ikke brudt sig om at hun sad med benene på sofabordet. En dårlig skik, plejede han at sige. Hun havde føjet ham, som hun havde gjort det meste af deres 20 år lange ægteskab. Han var død af en blodprop i hjertet for et år siden. Berit var kommet hjem fra en aftenvagt, og havde fundet ham død i sin yndlingslænestol, med fjernsynet tændt.

Det var begyndt så godt, for 22 år siden. Hun var kun 19 år gammel og endnu ikke færdiguddannet sygeplejerske. Gregers var 25 og nyuddannet ingeniør, og arbejdede på byggeriet af Øresundsbroen. Han tjente godt og de planlagde at gifte sig, når Berit var færdig om et år.
De havde været meget forelskede som unge. Han havde slet ikke kunnet holde sig fra hende i det første år de kom sammen. Dengang havde hun været slank som en ål, og så efter sigende godt ud. Store blå øjne, store bryster, som Gregers elskede at kramme, og lange ben. Aldrig, hverken før eller efter, havde hun fået så meget sex som det år. Han havde været en god elsker, Gregers, nænsom, blid, og udholdende. Han var en flot mand, slank, høj og mørkhåret.
Men arbejdet var anstrengende, og krævede meget af ham. Efter de blev gift forsøgte de at få et barn, men det trak ud, Berit blev ikke gravid, og Gregers arbejdede mere og mere, som om det kunne kompencere for et barn. Berit begyndte også at tage ekstra vagter, de tjente mange penge, som blev brugt på rejser og dyre biler. Gregers var vild med store biler. BMW, Audi og Mercedes biler havde de haft. Nu havde Berit blot en lille hybrid Toyota Aygo.

Bare hun kunne komme til og fra arbejde, var hun tilfreds.

Gregers havde i en alder af 36 fået konstateret reumatoid artrit, leddegigt. Det var startet med en influenza, som han havde svært ved at komme sig over. Han vedblev med at være træt, fik tilbagevendende feber, og havde ondt i leddene. Til sidst tog hans læge en blodprøve, som viste en tårnhøj inflammation i kroppen. Han blev henvist til Gigtafdelingen på Herlev Hospital, som gav ham diagnosen; leddegigt. Han blev omgående sat i behandling med et stof som hedder Methotrexat, et kemostof som gives til mange gigtpatienter, enten i pilleform eller som injektion. Han tog desuden mange smertestillende piller, blandt andet Ibuprofen, og det, sammen med arbejdspresset, var sandsynligvis årsagen til blodproppen, sagde lægen.

Berit havde nogle år tidligere talt om adoption, men Gregers havde afvist. Han orkede ikke at skulle bruge alt den tid, og alle de penge det krævede. Han vil hellere have en ny bil, tænkte Berit, bittert. Så børn blev det aldrig til.

Jeg trænger til et glas, tænkte hun, rejste sig, og hentede en flaske portvin i hjørneskabet. Hun fik øje på en fin figur, som stod i skabet, tog den ud, med hen til sofaen, og stillede den på sofabordet. Det var en glashane fra Morano, fra deres bryllupstur til Venedig. Hun huskede ferien med glæde. De havde haft en uforglemmelig uge i Italien, hvor de boede på skønne hoteller, spiste godt, og drak dejlig italiensk vin til. De havde elsket hver nat. Hun fortsatte med portvinen, røg og drak, til hun faldt om på sofaen, og sov som en sten. Fjernsynet var tændt, og sendte et blåligt lys ud i stuen.

Berit vågnede ved, at det ringede på døren. Hun kiggede søvnigt på sit armbånds ur. Hvad! Klokken var ti om aftenen, nyhederne på TV2 var i gang, så hun. Dørklokken ringede hidsigt igen, knappen blev holdt i bund længe. Ja, ja, nu kommer jeg! råbte hun, og stavrede ud i entreen. Hvem fanden kunne det være på denne tid? tænkte hun, drejede nøglen i låsen, og åbnede på klem.

Udenfor står en pæn ung mand, og smiler. Han har sat en fod i den lidt åbne dør, men det bemærker Berit ikke.

"Ja?" siger Berit, spørgende.

"Åh, altså! Du må meget undskylde. Men kan jeg ikke låne din telefon? Min cykel er punkteret, og min mobiltelefon er løbet tør for strøm. Jeg skal have fat i min far, han må hente mig, så jeg kan få cyklen med," spørger han høfligt, og kigger på hende med et bedede blik.

"Æh, jo, selvfølgelig. Kom ind," siger Berit, stadig lidt beruset og søvnig. Hun åbner døren helt, og går foran ind i stuen. Den fremmede følger efter. Han sætter sin sportstaske på gulvet i gangen. Den er sort og blå, og der står ADIDAS på den, bemærker Berit, og sætter sig i sofaen. Telefonen står på et lille bord ved siden af døren ud til køkkenet. Berit peger på den, den fremmede løfter røret og drejer på skiven. Det er en af de gamle grå fastnet telefoner med drejeskive.

Han drejer på skiven, og venter lidt, så taler han dæmpet et øjeblik. Han vender rundt mod Berit og spørger.

"Hvad er adressen egentlig? Jeg så ikke husnummeret før jeg gik ind." Berit, der er ved at tænde en smøg, kigger forbavset på hende, og svarer. "Hvad! Æh, - Ved Grænsen, 57."

"Tak," siger han, og vender sig om, med ryggen til Berit, og siger højt; "Ved Grænsen 57, far."

Øjeblik efter. "Okay. Om en halv time. Vi ses far," og ligger røret på.

Han går hen til sofaen hvor Berit sidder, og spørger.

”Må jeg vente her, indtil min far kommer?”
Berit klapper på sofaen, ved siden af sig, og spørger. ”Vil du ha` et glas?” Hun er faktisk glad for besøget. Det har helt fjernet hendes dystre tanker fra tidligere.

Han nikker, og tager jakken af. Han vender ryggen til Berit, mens han lægger den på armlænet. Han vender sig mod Berit, som er ved at skænke et glas portvin op til ham. ”Jeg kan selv skænke,” siger han, og tager flasken ud af hånden på Berit, som ikke når at opfatte hvad der sker. Han knalder flasken ned i hovedet på hende. Hun taber glasset med portvin, som falder på gulvet og smadrer. Portvinen blander sig med blod fra Berits hoved. Hun falder bevidstløs om på sofaen. Han henter sin taske i entreen, tager handskerne op, og tager dem på.

Han skubber sofabordet hen mod sofaen, og ruller Berit over på det, tager tøjet af hende, og begynder at binde hende med den gaffatape han har købt i centret. Først taper han armene fast til sofabordets ben. Derefter benene i modsatte ende af bordet. Et ben til hver sofaben, så Berits ben er spredte. Han sætter et stykke tape på munden, så hun ikke kan skrige. Han kører tape hele vejen rundt om brystet, under bordet og op igen, så overkroppen bliver holdt fast mod bordet. Det samme gør han over lårene. Nu ligger hun uhjælpelig fastgjort, og kan hverken rører sig, eller skrige om hjælp.

Han tager forklædet op af tasken, og tager det på. Tager også skalpellen op, og ligger den ved siden af hårkanten på Berits venusbjerg. Han tager sin mobil op, og knipser et par billeder. Et hvor skalpellen er i centrum, og et af hele kroppen.

Berit begynder at vågne op. Hun åbner øjnene, og kigger sig forvirret omkring. Hun får øje på ham. Han står ved hendes side, med skalpellen i hånden. Hun spærrer øjnene helt op, og ruller hovedet fra side til side.

"Du er en kold skid, Berit. Du har ikke behandlet alle dine patienter som du burde. Derfor skal du straffes. Jeg vil nu give dig samme behandling, som Jane Hansson fik. Kan du huske hende? Det var hende der blev opereret uden at bedøvelsen virkede. Det var Hanne Severin der var narkoselæge, og Mette Thomsen der opererede. De er begge to døde, men det ved du vel allerede. Og Helle Dam er også død. Jeg er hævnens engel. Jeg tager hævn på vegne af Jane Hansson. Ikke fordi hun har bedt mig om det, men fordi jeg elsker hende. Jeg er nemlig ansat på Riget, og har set og hørt meget. Husker du, at hun tiggede dig om smertestillende piller, som du nægtede at give hende. Husker du at du var grov over for hende? Husker du det?"

Berit begynder at stønne. Hendes øjne er vidt opspilede af frygt. Hun forsøger desperat at rykke i arme og ben, for at komme løs, men kan ikke bevæge sig så meget som en millimeter. Hun kaster hovedet fra side til side, og laver gutturale lyde som kommer ud gennem næsen.

Han tager resolut fat i hendes kønshår, det er noget af en manke, fører erfarent skalpellen rundt, og skærer rutineret en stor luns kød af. Det hvide skamben åbenbarer sig, og blodet vælter ud.

Berit er gået ud som et lys, og ligger helt stille. Meget stille, synes han, og ligger øret til hendes næse. Han kan ikke mærke noget, tager Berits puls. Hun er død. Det var sgu hurtigt, alt for hurtigt, kællingen nåede jo ikke at mærke ret meget. Hun måtte have fået et slagtilfælde, tænker han, og begynder at pakke sammen. Kaster et sidste blik på sit offer. Blødningen er standset, der er faktisk ikke kommet ret meget blod ud på bordet. Nå ja, når hjertet holder op med at slå, så stopper blodet med at løbe, tænker han, og forlader hastigt og lydløst lejligheden. Han ser

selvfølgelig ikke den nysgerrige nabokone som observerer
ham gennem spionøjet på sin entredør over for Berit.

Hans cykel stod lidt væk fra huset. Han gik roligt
hen og hoppede op på den, og kørte hjemad, fandt en
skraldespand, og skilte sig af med forklæde, handsker og
skalpel, samt den luns kød han havde skåret af Berit. Det
hele havde ikke taget meget mere end en halv time.
Det var stadig mørkt, men en lysstribe i øst bekendt-
gjorde dagens komme og gjorde at det ikke var rigtig
mørkt. Det nærmede sig midsommer, en dejlig tid, med
lyse nætter, varme dage, sol og strand, is og grillmad. Og
tiden hvor man forelskede sig. Han cyklede glad og fornø-
jet hjem. At han lige havde dræbt en kvinde, havde hans
syge hjerne allerede fortrængt.

32.

Ved Grænsen
Frederiksberg

Det var Gorm og Lone, som først ankom til Berits
lejlighed. Det var hendes nabo, som havde slået alarm.
Hun havde, nysgerrig som hun var, set manden ringe på,
fordi hun havde hørt ham på trappen, og på grund af det
sene tidspunkt, havde hun kigget ud af spionøjet i døren.

Berit havde lukket ham ind. Hvad de havde sagt, havde hun kunnet ikke høre, men hun syntes, at hun senere hørte noget tumult, og havde undret sig da den fremmede gik. Berit havde ikke stået i entreen, og sagt farvel, som hun plejede, når hun havde haft gæster. Hun plejede endda, at gå helt ud på reposen, og vinke farvel. Men denne gang havde den fremmede mand selv lukket sig ud, uden at hun havde set skyggen af Berit, fortalte hun ivrigt, Gorm og Lone.

"Så derfor ringede jeg på hendes dør næste formidag, for at høre om alt var i orden. Da Berit ikke reagerede, tog jeg i dørhåndtaget, døren var ulåst, den skal nemlig låses, med nøgle, udefra, for at vi ikke skal smække os ude," forklarede hun. "Det var sket så mange gange, at man havde besluttet at skifte alle låsene i ejendommen. Vi fik selvfølgelig en lille huslejestigning, udlejere nu om dage gør skam ikke noget gratis," sagde hun, med et strengt drag om munden. "Jeg gik ind i lejligheden, og helt ude fra entreen kunne jeg se Berit, ligge nøgen, bundet og blodig på sofabordet. Da var jeg sikker på, at min nabo var blevet voldtaget, og dræbt."
Hun havde skyndt sig ind til sig selv, og ringet 112.

"Det var godt du ikke gik videre ind i lejligheden. Så har du i hvert fald ikke ødelagt nogen spor," sagde Gorm, og lagde en trøstende hånd på den arme kvindes arm.

"Hvad har han gjort ved hende?" spurgte hun nysgerrigt, og plirrede med øjnene.

"Det ved vi ikke endnu. Vi skal først have retsmedicineren til at se på hende, og komme med en udtalelse," forklarede Gorm tålmodigt.

"Hvorfor tror du det var en mand?" spurgte Lone hende stilfærdigt. Den gamle kone kiggede forundret på hende.

”Hun er nøgen, og sikkert også voldtaget. Så det må vel have været en mand, ikke?” svarede hun prompte.

”Det ved vi jo som sagt ikke endnu, altså om hun blev voldtaget. Så du hans ansigt?” spurgte Gorm.

”Nej, ikke rigtigt. Men da fru Hallandsen lukkede op, så skubbede han hætten om i nakken, og jeg kunne se, at han havde lyst hår. Han havde sådan en kasket på, som de unge går med, du ved – dem med en rem i nakken” svarede hun ivrigt.

”Så det kunne godt have været en kvinde?” sagde Lone. Igen så den gamle kone undrende på Lone.

”Det kunne det muligvis godt. Men, nej, det tror jeg altså ikke,” svarede hun eftertænksomt.

”Hvor høj vil du anslå personen til at være?” spurgte Gorm. Han var ivrig efter at komme videre. Alt den gamle dames udenoms snak, interesserede ham ikke.

”Åh, hvad skal jeg sige. Omkring 175 cm, vil jeg tro, sådan ungefær.”

”Og tøjet. Hvad for noget tøj havde personen på?” spurgte Lone hende.

”Sorte bukser, sort hættetrøje, og kondisko, hvide, tror jeg. Ja, og kasketten var også sort,” svarede hun sikkert.

”Og du så ikke hans ansigt? Eller noget andet, hvad med hænderne? Havde han handsker på?” spurgte Gorm.

”Nej. Han havde ikke handsker på. Men nu du spørger. Han tog en mobiltelefon op af lommen, viste den til Berit, og sagde et eller andet, og stoppede den ned i lommen igen. Og derefter lukkede hun ham ind,” fortalte hun.

”Så hun lukkede ham frivilligt ind? Han tvang sig ikke adgang?” spurgte Gorm. Konen rystede på hovedet.

”Nej! Hun åbnede døren, og gik foran ind i stuen.”

”Kunne det måske være en hun kendte? Et familie

medlem, for eksempel?" spurgte Lone.

"Nej. De har ingen børn. Ser du, hun er fraskilt, og der kommer faktisk aldrig nogen og besøger hende. Jeg har egentlig ondt af hende, eller havde." Den gamle dame sukkede, og gned hænderne.

"Hvad med hendes mand. Kommer han somme tider?" spurgte Lone.

"Nej! Aldrig. De taler ikke sammen, eller talte," rettede hun. "Det var en hård skilsmisse. I hvert fald for Berit," tilføjede hun.

"Du sagde, at du så en mobiltelefon i hans hånd. Kan du beskrive den. Hvilket mærke, farve, størrelse,? spurgte Gorm hende.

"Næh. Jo, den var hvid, tror jeg, jeg så jo kun lidt af den," svarede hun tøvende.

"Hvad med hånden. Vil du beskrive den som en mande hånd, eller en kvinde hånd? Havde den ring på? Var der hår på fingrene, eller håndryggen?" frittede Gorm. Nabokonen tænkte sig længe om.

"Jeg vil nok beskrive den som en mande hånd. Om der var hår på? Ja, nu var han jo lyshåret så --- hun tænkte sig om, "det kunne jeg ikke se. Og ringe? Nej, det så jeg ikke," svarede hun endelig.

"Godt. Vi siger mange tak. Vi kontakter dig hvis vi har flere spørgsmål," sagde Gorm, og de rejste sig. De rakte begge konen hånden, og gik over i Berits lejlighed.

Berglund var ankommet, og var i gang med at undersøge liget. Teknikerne var på vej op ad trappen. Den gamle kone stod med øjet klistret til spionøjet.

Gorm og Lone gik ind til Berglund. Teknikerne gik i gang med at undersøge lejligheden for spor.

"Samme fremgangsmåde?" spurgte Gorm, Berglund.

"Ikke helt. Hende her er bundet med tape, de andre

var lammet." svarede han kort. "Han er nok løbet tør for mavacurium. Og hun har fået et slag i hovedet. Sikkert med flasken der:" Han pegede på en flaske i en forseglings pose. "Sherry." "Hvad?" "Hun har drukket sherry." sagde Berglund. Gorm nikkede.

"Ja, det kan jeg godt se, men ellers. Tror du det er samme gerningsmand?" blev Gorm ved.

"Det er dit arbejde at finde ud af. Jeg skal blot fastslå dødsårsag, og kvæstelser," mindede Berglund ham om. "Men nu du spørger. Jo det er samme gerningsmand, vil jeg tro. Han har skamferet hende på samme måde, som de tre andre."

Gorm trak vejret dybt, og sagde nærmest opgivende. "Det er nummer fire. Pihl har anholdt en mand, så det kan jo ikke være ham. Gad vide om de er to som arbejder sammen. Vi har jo tilbageholdt oplysningerne omkring skamferingen, så en helt anden kan ikke plagierer, vel?"

"Jeg ved det ikke, men du har ret. Det kan i hvert fald ikke være den anholdte," gav Berglund ham ret i.

"Er hun voldtaget? Er der sæd?" spurgte Lone.

"Det må vente til jeg får hende ind på instituttet."

"Dødsårsag? Nå ja, det er vel blodtab, eller hvad? Jeg synes ikke der er så meget blod, som sidst," påpegede Gorm og nikkede mod sofabordet og gulvet.

"Nej, det er der ikke. Jeg tror, hun er død af chokket. Så holder hjertet op med at slå, og pumper ikke blod ud mere. Derfor mindre blod," svarede Berglund. "Hun kan have haft dårligt hjerte, men det finder jeg ud af. Det vil stå i obduktions rapporten."

Teknikerne havde samlet glasskårerne op fra gulvet, og lagt dem i en beholder.

"Der er to glas," sagde lederen.

"Hvad! Har hun budt morderen på portvin," lo Lone.

De andre lo også. Gorm så alvorligt på dem. Latteren forstummede øjeblikkeligt.

"Så er vi måske heldige, at få et fingeraftryk på et af
skårerne?" sagde Gorm alvorligt.

"Der er forskellige fingeraftryk på telefonrøret!" råbte en af teknikerne lettere ophidset, og rakte røret i vejret.

"Skide godt! Så var det sikkert telefonen han brugte
som undskyldning for at komme ind," sagde Lone skarpsindigt.

Gorm nikkede anerkendende til hende. "Selvfølgelig. Mobiltelefonen! Ja, det må have været den. Han har sagt, at
den var tør for strøm, eller noget i den retning."

Berglund gjorde tegn til de ventende Falck folk, at de godt
måtte tage liget med.

"Du får en rapport i overmorgen," sagde Berglund,
og pakkede sammen.

"Godt. Jeg venter spændt," svarede Gorm ironisk.

"Vi er også færdige. Hvis der er drukket af glassene,
og der er spytrester, sender jeg det til DNA analyse. Fingeraftrykket sender jeg til dig senere i dag," sagde teknikeren, til Gorm. Hans folk var også ved at pakke sammen.

"Vi kører tilbage til stationen," sagde Gorm, henvendt til Lone. "Jeg skal give Phil besked. Så han ved der
er en anden på spil, end hans anholdte mand. Lone nikkede, og de forlod gerningsstedet.

33.

Dirch Passers Alle
Frederiksberg

Jane måtte alligevel være faldet i søvn, for hun blev vækket af telefonen. Det var hendes mor. Åh, for fanden, hun skulle have været på arbejde nu, og klokken var halv elleve. Pokkers osse.

"Hej skat," sagde hendes mor, da hun tog mobilen.

"Undskyld mor. Jeg har sovet over mig, jeg kommer så hurtigt jeg kan," sagde Jane og skar en grimasse.

"Nej! Det er lige meget. Her er ikke så travlt i dag. Tag du bare en fridag. Men hvis du kan klare butikken resten af ugen...." hun holdt en lille pause, og fortsatte, da Jane ikke sagde noget. "Far og jeg har tænkt at tage et par dage til London. Hvad siger du? Vil du det?"

"Jo, ja. Det vil jeg gerne. Hold I bare lidt ferie. Jeg skal nok holde skansen," svarede Jane og lød glad, selv om hun ikke var det. Hun gjorde det for fredens skyld. Hendes mor satte troligt hendes fulde månedsløn ind på hendes Nem Konto hver den første, så hun følte også, at hun måtte yde noget til gengæld.

"Dejligt skat. Det bliver far glad for. Hør, har du ikke lyst til at komme hjem og spise i aften? Så kan vi også tale lidt om hvad der skal hænge i butikken," spurgte hendes mor.

"Æh – Jo. Jo tak. Det vil jeg gerne. Vi ses så. Jeg skal ud og have købt mig en bikini. Det bliver jo hedebølge, så jeg vil gerne ud at bade," sagde Jane. Det var en pludselig indskydelse hun fik.

"Det lyder da godt. Ja, men så ses vi i aften. Der kommer en kunde," sagde hendes mor, og afbrød.

Jane sad lidt og kiggede ud i luften. Så hoppede hun friskt ud af sengen, tog et hurtigt brusebad, og klædte sig på. En let top, et par tynde nikkers og et par flade sko. Hun skyndte sig ud i solskinnet. Hedebølgen var begyndt, kunne hun tydeligt mærke. Det flimrede i asfalten, og hun blev hurtig varm og tørstig. Hun kom først nu i tanker om, at hun hverken havde fået vådt eller tørt siden i går engang. Hun var også sulten. Og pludselig blev hun svimmel. Hun skyndte sig at gå mod Frederiksberg Centret. Her kunne hun få noget morgenmad. Og det var hendes mening at købe den bikini. Nu skulle det være. Hun ville til at leve normalt. Passe sit arbejde, gå i byen, spille tennis, og få sig nogle venner. Hun blev helt opstemt ved tanken. Inde i centret, gik hun direkte ind på Holms Cafe, og bestilte en brunch. Det første hun gjorde, da maden kom, var at tømme glasset med juice. Hun havde det allerede bedre.

Da hun var færdig med morgenmaden, gik hun i Hunkemöller, og købte en bikini. Hun blev også fristet til lidt nyt lingeri. Nu var shopping genet vakt, og hun fortsatte til flere tøj butikker, bla. Saint Tropez, og ONLY, købte jeans, bluser og en kjole. Hun ville i byen på fredag, og slå sig løs. Det var længe siden hun havde været i byen. Efter de mange indkøb var hun igen blevet tørstig, hun satte sig ind på Joe & The Juice, og bestilte et glas juice.
Hun sad og nippede til sin drik, og glædede sig over det hun havde købt, da Thomas pludselig dumpede ned ved siden af hende. Hun kiggede først forskrækket på ham, men smilede så. Hun var faktisk glad for at se ham.

”Nåh, man er nok på indkøb,” sagde han drillende.

”Ja, det er man. Hvad med dig? Hvad går du rundt og laver? Jagter piger?” spurgte hun spydigt.

Han grinede forlegent, og rykkede sig lidt på stolen,

men blev så alvorlig, og sagde. "Nej. Der har ikke været nogen. Ikke siden dig."

Jane kiggede undersøgende på ham, for at se om det var gas. Først nu lagde hun mærke til, at han havde anlagt fuldskæg. Det var ikke ret langt endnu, og meget lyst. Så brast hun i latter, og han fulgte efter. Hun slog ud efter ham, men smilede til ham.

"Du har anlagt skæg." bemærkede hun. Og fortsatte, "jeg har nu heller ikke haft nogen. Måske vi skulle mødes, og gentage det," foreslog hun.

"Gerne, hvornår?" han kommenterede ikke skægget.

"Hvad med nu? Hos mig om en time. Jeg skal lige nå hjem, og tage et bad. Man sveder sgu som et svin i den varme," grinede hun.

"Okay, så siger vi det. Jeg køber en flaske kold hvidvin, og tager med," sagde han, rejste sig, og gav hende et let kys på kinden. Skægget kildede lidt, det skulle hun lige vænne sig til. Jane rejste sig, samlede sine bæreposer, og begyndte at gå hjemad. Hun glædede sig ligefrem.

Hun var lige blevet færdig med at tørre sit hår, da han ringede på. Hun gik ud i gangen, og lukkede op. Thomas stod med en flaske i den ene hånd, og en pose chips i den anden. Han løftede dem lidt i vejret.

"Har du en proptrækker?" spurgte han smilende, og trådte inden for.

"I øverste skuffe," sagde hun, og gik ud i badeværelset igen. Hun skulle lige lægge lidt makeup, selv om det var midt på dagen. Men hun følte sig mere kvindelig med lidt diskret makeup. Hun havde taget sit nye lingeri på, og glædede sig til at Thomas skulle pille det af hende igen.

"Bare skænk op. Jeg er der om et øjeblik!" råbte hun ude fra badeværelset.

Hun hørte svuppet, da han trak proppen op af flasken, og

kom ind i stuen, lige da han skænkede vin i glassene.

"Skål!" sagde han, og rakte hende det ene glas.

"Skål!" Hun nippede til vinen.

Posen med chipsene lå på køkkenbordet. Hun tog en glasskål, hældte posens indhold i den, og satte den på sofabordet. Selv satte hun sig i sofaen, og klappede på pladsen ved siden af.

"Sæt dig her," sagde hun, og lavede trutmund.

Thomas satte sig tæt ved hende, han kunne mærke varmen fra hendes krop, og fik en begyndende erektion.

Jane lagde den enen hånd på hans venstre lår, og kiggede ham dybt i øjnene, samtidig med hun nippede til vinen. Hun satte glasset på bordet, vendte sig om mod ham, og kyssede ham på munden. Først kyssede de blidt, men hurtigt blev det mere intens. Deres tunger legede med hinanden, og efter et par minutter trak hun sig stakåndet tilbage. Hendes ene hånd gned hans bule uden på bukserne, den var nu helt hård. Han stak sin ene hånd op under hendes bluse, og kærtegnede hendes bryster.

For første gang følte hun noget. Der var liv i brystvorterne, og hun følte begær. Følelsen bredte sig i kroppen, og hun blev helt lykkelig. Hurtigt fik de tøjet af, og trak ind i soveværelset.

"Slik mine bryster," sagde hun stakåndet. Thomas gjorde som hun bad ham om, slikkede, suttede på brysterne, indtil hun fik en lille orgasme. Det var det dejligste hun nogensinde havde oplevet.

Hun tog ham i munden, han stønnede højlydt, og kom næsten med det samme. Det gik så hurtigt at hun ikke nåede at flytte sig, og han sprøjtede det meste i ansigtet på hende. Hun følte ikke ubehag ved det, men tørrede sig hurtigt med et stykke køkkenrulle. Hun havde forberedt sig og taget en køkkenrulle ind i soveværelset.

"Okay, jeg tror på, at du ikke har haft andre end mig siden sidst," grinede hun. "Du holdt ikke længe, hvad?"

"Nej. Det var jo det jeg sagde. At jeg trængte til dig," lo han, og strøg hende over håret. Jane kyssede ham, og lå og nussede hans ene brystvorte. Hun så hvordan han langsomt blev hård igen, og satte sig oven på ham. Glidecreme, var ikke nødvendig nu, hans penis var fedtet ind i sperm. Denne gang tog det lidt længere tid, før han fik udløsning. Hun mærkede ikke noget, følte ikke noget særligt, og forbandede igen Mette, og hendes kollegaer, som havde frarøvet hende hendes klitoris. Hun hoppede af ham, og forsøgte at tænke på noget andet. Hun lagde sig ved siden af ham, og nussede hans brysthår.

"Hej, vil du med ud at bade i eftermiddag? Jeg har lige købt en ny bikini, som skal indvies," spurgte hun, mens de lå kærtegnede hinanden.

"Ja, det vil jeg da gerne, så skal jeg bare lige forbi der hjemme, og hente et par badeshorts," svarede han.

Hun rejste sig, gik ud på badeværelset, og åbnede for bruseren. Thomas kom også der ud, og de stillede sig under det varme vand, og vaskede hinanden. Bagefter tørrede de også hinanden. Det var meget sensuelt, syntes hun.
Da de havde klædt sig på, aftalte de at mødes ved Flintholm St. De ville tage Metroen ud til Amager Strandpark.

Vejret var perfekt til strandtur. Hedebølgen var gået ind i sin anden uge, og dagtemperaturerne kom nemt op på 28-30 gr. De var nu i starten af juli måned. Solen skinnede fra en næsten skyfri himmel. Der drev dog nogle hvide cumulusskyer ind fra Øresund. Det var helt behageligt, når solen gik bag en sky, selvom det kun var kort tid, den var skjult.

Jane tog en kort luftig kjole på, og en ærmeløs top. Inden under havde hun sit nye lingeri. Bikinien havde hun i en sports taske, sammen med et stort badehåndklæde, som hun havde fået af sin mor. Hun hældte chipsene, som Thomas havde haft med, og som de ikke havde nået at spise ret mange af, ned i posen igen, og lukkede den med en elastik. Drikkevarer kunne de købe på stedet, de ville alligevel nå at blive lunkne inden de nåede der ud, hvis hun tog dem med hjemme fra.

Thomas stod og ventede på hende ved nedgangen til Metro stationen. Han kyssede hende let på munden, tog hendes hånd, og de fulgtes ad ind i toget.

Der var mange mennesker med metrotoget, og det så ud til, på deres påklædning, og medbragte tasker, at mange af dem skulle til stranden. De fandt to ledige pladser, og satte sig overfor et par unge mennesker, som ikke skulle til stranden, men ind til byen, Strøget, for at handle. De havde været i vandet i går, og det var dejligt, fortalte de.

Det tog kun lidt over en halv time at komme ud til Amager Strand St. Herfra måtte de gå det sidste stykke, godt en km. Men det var rart at gå lidt, selv om det var meget varmt.

Strandparken var sort af mennesker, og Jane følte sig godt tilpas. Her ville ingen lægge mærke til hende. Her kunne hun være sig selv, sammen med Thomas.

Hun bredte sit store badehåndklæde ud på en ledig plet i sandet, og satte sig. Der var også plads til Thomas, så hun gjorde tegn til ham, med hånden, at han skulle sætte sig.

"Hvis du bliver siddende her, vil jeg lige gå ind og skifte," sagde Jane.

"Okay, jeg skal nok passe på dine værdier," grinede Thomas, og nikkede i retning af hendes taske. Selv havde han ikke andet med end et håndklæde, i en NETTO pose. Badebukserne havde han taget på under sine shorts hjemmefra. Dem smed han og lå i badebukser.

Hun tog bikinien op af tasken, og gik i retning mod toiletbygningen, for at skifte.

Kort efter kom Jane tilbage, og smed sig ved siden af ham. Han satte sig op på albuerne, og betragtede hendes krop. Hun så lækker ud i bikinien, lange ben, slank lidt muskuløs krop, men det var pænt, lidt drenget, tænkte han.

"Den klæder dig. Du ser godt ud," sagde han til hende. Hun åbnede det ene øje, og smilede til ham.

"Tak. Du ser heller ikke værst ud," sagde hun og lo.

"Har du noget solcreme med? spurgte han. "Vi burde nok smøre os lidt ind."

"Der skulle ligge en tube i tasken," svarede hun, og satte sig op. Thomas kiggede i hendes sportstaske, og frembragte en tube solcreme, faktor 15.

"Skal jeg smøre dig på ryggen?" spurgte han.

"Ja tak," svarede hun, lagde sig på maven, og lukkede bikini toppen op.

Thomas klemte en stor klat solcreme ud i hånden, og smurte langsomt hendes ryg og ben ind. Det føltes dejligt, syntes han. Denne form for intimitet var uvant for ham, men han kunne godt lide at gøre noget for hende. Han var ved at blive rigtig glad for Jane. Han kunne lide at være sammen med hende, ikke kun at dyrke sex med hende, men også almindeligt samvær. De talte godt sammen, syntes han. Da han var færdig med ryggen, vendte hun sig om, og lå stille, som om hun ventede på noget skulle ske. Han kiggede lidt på hende, klemte en klat mere ud, og begyndte at smøre hende ind på maven, brystet, armene, og benene. Hun udstødte små lyde af velbehag, og Thomas fik rejsning i shortsene. Han lagde sit håndklæde i skødet, så andre ikke så hans bule i badebukserne.

"Skal jeg smøre dig ind?" spurgte hun, da han var færdig. Han nikkede, lagde sig på maven, og hun smurte ham ind, meget langsomt og intimt, følte han.

"Så kan du godt vende dig om," sagde hun, da hun var færdig. Thomas rystede på hovedet, og sagde. "Det venter vi lidt med, jeg bliver liggende her lidt. Han var bange for at få en udløsning i bukserne, hvis hun smurte ham med solcremen op ad lårene.

"Okay, så venter vi." Hun lagde sig igen på ryggen, og lukkede øjnene.

Hun lagde en hånd på Thomas, og glædede sig over hans selskab. Det var skønt bare at ligge her og røre ham, bare være sammen. Hun følte sig godt til pas sammen med ham. Han var sød og betænksom, syntes hun. Var hun ved at blive forelsket? var det sidste hun tænkte, før hun faldt i søvn.

Et højt mågeskrig, og en klat som ramte hende på maven, vækkede hende. Hun udstødte et lille skrig, for op og dansede rundt i sandet, mens hun råbte til Thomas.

"Giv mig en kleenex! Den satans fugl har fandme skidt på mig!"
Thomas fandt en kleenex i hendes taske, og rakte hende den grinende. Folk rundt om dem trak også på smilebåndet. Enkelte grinede højt.

"Hvad fanden griner du af? Du synes måske det er morsomt," sagde hun arrigt.

"Ja, faktisk," svarede han, og lo så tårerne trillede ned ad kinderne på ham. "Du så sgu sjov ud, sådan som du dansede krigsdans i sandet."
Jane havde fået tørret klatten af, og kunne nu også selv se det morsomme i situationen, og grinede med.

"Nu vil jeg altså en tur i vandet," sagde hun, løb ned mod vandkanten, og hoppede i bølgerne, med Thomas lige i hælene.

"Hold da kæft det er koldt," gispede hun, da hun fik

hovedet oven vande igen.

"Ja, det er vist ikke meget over 17 gr." grinede Thomas, og rystede af kulde. Han trak hende til sig, og kyssede hende, for derefter at skubbe hende bagover.

"Nå! Det skal du få betalt," lo hun, og sprøjtede vand på ham. De plaskede lidt rundt, indtil det blev for koldt, for derefter at løbe op og tørre sig.

"Nu kunne jeg godt spise en is," sagde Jane, da hun havde sat sig på håndklædet.

"Jeg med. Jeg henter dem," sagde Thomas, tog sin pung, som han havde lagt i Janes taske, og gik hen mod en issælger på stranden.

Jane lagde sig ned, og ventede på ham. Han er nu sød, ham Thomas. Ham kunne jeg vist godt forelske mig i. Han kom med deres is. Det havde været en god dag, blev de enige om på vej hjem.

34.

Politigården
København

Telefonen kimede inde på Phils kontor. Han stod ude på gangen, i hidsig snak med Krog, som stod og slog Phil på skulderen med en sammenfoldet avis.

"Jeg må hellere tage den," sagde Phil, og øjnede en

chance for at komme væk fra hans hidsige overordnede.

”Ja, det må du hellere,” svarede Krog, og gav ham avisen. Phil for ind på kontoret, og greb knoglen. Det var hans kollega, Gorm.

”Har du set avisen!?” nærmest råbte han.

”Ja. Krog har lige givet mig den. Han var godt og vel ophidset.” svarede Phil.

”Ja, det vil jeg tro. Det var Pedersen fandme også.”

Phil kendte godt Politiinspektør Mogens Pedersen, og vidste at han kunne blive meget sur, hvis hans medarbejdere gjorde noget forkert. Og nogen havde gjort noget, som de ikke skulle have gjort, nemlig at sladre til pressen. Det var BT, der havde en overskrift på forsiden, som havde gjort begge Politinspektører så ophidsede.

KLITORISMORDEREN SLÅR TIL MOD SIT 4 OFFER!

Og neden under teksten, var der et foto af en nøgen kvindekrop, hvor der lige over venusbjerget, lå en skalpel. Og en malende artikel på side 2, hvor det blev beskrevet hvordan morderen havde bedøvet og givet ofrene muskellammende medicin, og foretaget skamferingen, mens de var vågne, og kunne mærke det hele, men at de hverken kunne skrige eller røre sig. Avisens journalist havde talt med en læge, som havde beskrevet de uhyrlige smerter, kvinderne måtte havde oplevet. Alt i alt, en barbarisk og sadistisk handling, som måtte være begået af en sindssyg mand, skrev de. Og politiet havde ikke fanget ham endnu. Man havde godt nok anholdt en mistænkt mand. Men den 4 kvinde, var mishandlet og myrdet, efter anholdelsen af denne mand. Det tydede på at politiet havde fat i den forkerte, eller at der var to mordere, konkluderede BT.

”Hvad mener du? Hvem kan have sladret? Mine folk

nægter, at det er nogen af dem," bedyrede Gorm.

"Ja, ja, selvfølgelig. Jeg ser det først nu, og har ikke nået at tale med mine folk endnu. Men jeg nægter at tro på, at det er nogen af dem," svarede Phil, og fortsatte, "men det skulle vel ske på et tidspunkt. Der er alt for mange, som har set og hørt om det, til at det kunne blive ved, med at holdes hemmeligt, hvordan de er myrdet."

"Ja, jo. Det kan du have ret i. Det kan meget vel være en fra retsmedicinsk. De har jo en del unge mennesker rendende, unge under uddannelse, og der kan nemt være en som har talt over sig. Og du kan bide spids på, at vedkommende har fået en klækkelig dusør af BT for den historie," sagde Gorm.

"Enig, men hvad gør vi nu. Vores chefer må holde et pressemøde, gerne begge to, det vil se godt ud i befolkningens øjne. Det vil også indikerer, at vi sætter alle kræfter ind på at fange gerningsmanden," svarede Phil.

"Hvad med ham I allerede har? Får du noget ud af ham?" spurgte Gorm.

"Nej. Han nægter, og kan slet ikke forstå, at vi har fundet hans sæd i Helle Dam. Hans advokat påpeger, at det ikke er umuligt, at en anden person kan have samme DNA som ham. Og det har han jo ret i, ikke? Altså teroretisk, 1-100.000, der skal mere end DNA testen til at dømme ham. Og vi har ikke andet, som knytter ham til mordet, lige nu," sagde Phil og lød lidt opgivende.

"Du slipper ham vel ikke?"

"Nej. Vi beholder ham så længe vi kan, og arbejder videre, med at finde en sammenhæng mellem ham og offret. Men lige nu er den eneste sammenhæng, at de begge arbejdede på Riget. Men han påstår hårdnakket, at han ikke kendte hende, altså privat. Og hendes arbejdskollegaer støtter faktisk dette. Helle dam havde en kæreste, og ville aldrig så meget som kigge efter ham. De kalder ham sgu Ulven, ha,ha. Og det kan jeg ikke fortænke dem i. Han ligner faktisk en ulv i ansigtet. Nå, men det kommer ikke sagen ved. Men han kommer på den afdeling, hvor hun arbejdede, som portør, det fremgår af hans vagtplaner. Så, ja, --- mere har vi ikke nu. Hvad med Jer?" sluttede Phil.

"Jeg venter på fingeraftryk, der var nogle på en fastnet telefon," sagde Gorm forhåbningsfuldt.

"Okay. Så vi kan opsummerer, at vi har en DNA-test fra Mette Thomsens negle, fingeraftryk fra Berit Hallandsen, var det sådan hun hed?" Gorm brummede ja i røret. "Og en anholdt, og DNA fra ham," sluttede Phil.

"Ja, og et fodaftryk i Hellerupsagen. Og alligevel er vi ikke nået ret langt. Idioten kan jo blive ved med at myrde, gud ved hvor mange, før vi fanger ham," svarede Gorm med vrede og bekymring i stemmen.

"Jah, du har ret. Vi er ikke lige ved at have ham, med mindre at de fingeraftryk giver noget. Vi kan håbe på, at vi har dem i registret, ellers----" Phil trak på skuldrene.

"Jeg er fandme bange for, at det er en person vi ikke har noget på, og at din mand faktisk er uskyldig," konkluderede Gorm.

"Jeg er tilbøjelig til at give dig ret. Men hvordan er hans sæd ellers havnet i Helle Dam?" spurgte Phil. "Det er mig en gåde, hvis han altså taler sandt, hvilket jeg efterhånden tror, han gør."

"Hvis det er hans?"

"Ja, det er spørgsmålet," sukkede Phil.

35.

Det var torsdag, og Jane stod i butikken, da hendes mor pludselig trådte ind af døren. Hun så ked ud af det, hendes øjne var røde, som om hun havde grædt.

"Hvad! Er I ikke i London?" spurgte Jane forbavset.

"Ser det sådan ud!" svarede Henriette hidsigt, men fortrød og sagde. "Undskyld, det er jo ikke din skyld," omfavnede sin datter, og gav hende et knus.

Der var ingen kunder i butikken. Der havde været meget stille i de forløbne dage. Varmen trak folk ud af byen og til strandene eller i sommerhusene. Skoleferien var begyndt, så København tømtes langsomt for folk. Dog kom der af og til en tourist.

"Jamen hvad er der sket siden du kommer nu?" Jane kiggede spørgende på hende.

"Skal vi lige gå ind på kontoret, og få en kop kaffe? Så skal jeg fortælle dig det," Henriette hastede ind på kontoret i bagbutikken.

"Ja, okay, skal jeg lukke?"

"Nej, det behøver du ikke, jeg bliver ikke så længe," sagde Henriette, og satte sig på kontorstolen. Jane skænkede to krus kaffe, rakte moren det ene, og satte sig over for hende.

"Okay, lad mig så høre."

"Det er din far! Tror du ikke at han ligger og knepper den dulle, du ved, hende jeg snakkede om. Hende fra den gang du ved, jeg fortalte om, vi var til middag med en af Henriks klienter," spruttede hun ophidset.

"Nå, hende, jo det kan jeg godt huske."

"Er det alt du har at sige?" sagde Henriette vredt.

"Ja, nå nej. Selvfølgelig ikke. Er du sikker? Jeg mener, hun var vel ikke i London, eller?" Jane kiggede tvivlende på moren. Henriette nikkede ivrigt.

"Det var lige hvad hun var. De må have aftalt det. Den første aften, efter vi havde spist på en fantastisk restaurant, fik Henrik et opkald. Han sagde at det var en kunde, som ville tale med ham. En dansker, som havde slået sig ned i London, og havde brug for advokat bistand.

"Jamen du er jo forsvars advokat. Hvad kan du hjælpe ham med?" spurgte jeg ham. Han rystede bare på hovedet af mig. "Det forstår du alligevel ikke," svarede han, og sagde han var nødt til at gå.

Nå ja, jeg troede på ham, mig idiot, og sagde at jeg ville gå op på værelset og læse lidt, og gå tidligt i seng." Hun himlede med øjnene. "Han kom først tilbage klokken et om natten, og lugtede af en fremmed kvindes parfume. Den idiot! Troede han virkelig ikke, at jeg kunne lugte det. Han lugtede langt væk af sex." Hun holdt en pause, kiggede på Jane, og ventede på en kommentar, men det varede lidt inden Jane ytrede sig.

"Er du helt sikker? Kunne den klient for eksempel ikke være en kvinde?" hun løftede øjenbrynene spørgende. Henriette fnøs. "Klient! Ha. Ja, jeg er helt sikker. Næste dag, efter morgenmaden, foreslog han, at jeg skulle gå på shopping. Han havde nogle forretninger at gøre. Og du vil jo også helst shoppe alene. Ja det sagde han. Og jeg som troede at vi skulle hygge os sammen. Hold kæft, hvor har jeg været naiv og blind. Nå, men jeg lod som om alt var i orden, og fulgte efter ham. Tror du ikke dullen ventede lige om hjørnet, i en åben bil, sikkert en hun havde lejet til formålet. Nå, men din far hopper ganske ungdommeligt op i bilen, og snaver kællingen, i flere minutter. Jeg gik hen til dem, og gav mig til kende. Du skulle have set din far. Fuldstændig mundlam. Og dullen, ja, hun sad bare med et fjoget grin. Jeg blev så tosset, at jeg stak hende en flad, og gik. Og nu sidder jeg altså her." Hun var lige ved at begynde at græde, men tog sig sammen.

"Hvad så nu? Skal i skilles?" spurgte Jane. Henriette holdt hænderne op for ansigtet og begyndte at græde. Jane gik rundt om skrivebordet, og holdt om hende. I det samme ringede dørklokken, Jane gik ud i butikken, for at ekspederer kunden.

Henriette drak sin kaffe, og rejste sig for at gå hjem. Jane vinkede hende tilbage, og sagde lydløst, men med tydelig mundbevægelse. Vent lidt. Hendes mor satte sig ind på kontoret igen, og skænkede sig en sherry, fra en flaske som hun altid havde i en skuffe i venstre side af skrivebordet. Det skete, at hun bød en loyal kunde et glas, når kunden havde købt dyrt ind. Det lønnede sig, var hendes erfaring. Denne gang satte hun sig på den anden side af skrivebordet, der hvor Jane sad før. Hun tømte det første glas sherry i et drag.

Jane blev færdig med kunden, og kom ind til hende.

"Jeg syntes ikke vi blev helt færdige," sagde hun, og satte sig bag skrivebordet. Det virkede næsten som om hun var ejeren, og moren en af de gode kunder.

"Nå ja, du spurgte om vi skal skilles." Hun trak vejret dybt. "Det ved jeg ikke, nu må vi se. Vi må snakke om det, når han kommer hjem. Hvad han tænker, ved jeg jo ikke. Måske kommer han hjem og siger at han vil skilles. Hvad ved jeg. Satans!" udbrød hun. Jane havde aldrig hørt sin mor bande så meget, og så kraft-

fuld. Hun blev helt nervøs for hvad hun kunne finde på.
Selvmord? Nej, mon dog. Hun måtte prøve at tale med faren. Hun kunne jo også prøve at tale med hende, elskerinden. Det var måske ikke noget alvorligt. Måske hendes
mor så syner. Hun så stift på moren.

"Hvad hedder hun?"

"Hvad? Hvem?"

"Ja, dullen, eller kællingen, som du kaldte hende.
Hende far ligger og knepper."

"Nåh ja, selvfølgelig. Hun hedder vist Linda-- ja,
Linda Hviid, tror jeg."

"Hvor bor hun?"

"Hvor de bor, de bor i --- hvorfor vil du vide det? er
det ikke lige meget hvor de bor?" sagde hun ophidset.

"Jo jo, glem det," svarede Jane roligt.

"Nå, nu vil jeg hjem og sove lidt, det er ikke blevet
til så meget de sidste par dage," sagde moren, og rejste sig.
Hun svajede lidt, Jane for op af stolen og om på den anden
side, for at støtte hende.

"Er du dårlig?" spurgte Jane bekymret.

"Nej, det er ovre nu. Jeg har ikke fået noget at spise i
dag, så blodsukkeret er nok lidt nede," svarede hun træt,
og satte sig igen.
Jane så på uret, klokken var halv to, og hun havde heller
ikke fået frokost endnu, ikke på grund af travlhed, hun
havde bare ikke følt sult, det var sikkert varmen.

"Ved du hvad? Jeg henter lidt mad ovre på Ps Grill.
Så kan vi spise sammen. Du kan også godt være lidt dehydreret," sagde Jane, og klemte morens ene hånd.
Henriette nikkede, lænede sig tilbage, og lukkede øjnene.
Hun følte sig pludselig så usigelig træt, men også lettet, nu
da hun havde fået luft for sin harme.

Jane vendte skiltet i døren, LUKKET, stod der skrevet med sort tusch. Hun skyndte sig over på grillen, og bestilte to cæsar-salat, to colaer, og noget italiensk skinke i skiver. Hun var tilbage på under 20 minutter, men moren var faldet i søvn, da hun kom ind på kontoret. Jane ruskede hende blidt i skulderen. Henriette vågnede med et sæt. De satte sig til at spise. Der kom ikke flere kunder den dag, så de havde god tid til at snakke. De blev enige om at gå ud og spise aftens mad sammen.

Det blev en hyggelig aften, med god mad, en flaske rødvin, og et par drinks på en bar, efterfølgende.
Henriette fik faktisk et frækt tilbud af en nydelig herre i baren. Han var vist beruset, mente hun.
Det grinede de meget af på vej hjem. Hun følte sig lidt bedre tilpas, da hun dødtræt, klokken ti, lagde hovedet på puden, og faldt i søvn. Hun forsøgte ikke at drømme.

36.

Nordsjællands politi
Lyngby

Gorm sad med obduktions rapporten og billeder af Berit Hallandsen på sit skrivebord. Fingeraftrykkene var blevet kørt igennem computerens scannings program, uden resultat. Hans overordnede, Politiinspektør Mogens Pedersen var, ligesom Gorm, frustreret, og indstillet på at de skulle samarbejde med Phil og hans folk, og med Phil som leder af efterforskningen. Han ville tage kontakt, til Politiinspektør Ulrik Krog, om en fælles briefing til pressen.

Han kom til at tænke på Sara, hans kone. Tænk hvis det var hende, der blev dræbt på den måde. Det var ganske forfærdelig at tænke på. Hvilken sindssyg person kunne det være? For det måtte være en sindssyg, det var han overbevist om. En perverteret mand, psykopat, formentlig enlig, og som havde haft et eller flere mislykkede forhold, som hadede kvinder. Det var Gorms egen profil af gerningsmanden. Men han vidste også godt, at Phil ikke nødvendigvis var enig med ham i det. Han havde sikkert en anden udlægning, og det var disse forskelle i tænkning som de skulle forene, og som forhåbentligt ville give resultater. Og de trængte i den grad til resultater, succes.

Hans tanker faldt igen på Sara. De havde haft et skænderi i går aftes. Sara var fitness instruktør, og lå i med en elev, hvis man kunne kalde en voksen mand det. Det var Gorm overbevist om. De havde ikke haft sex det sidste år, og Sara var meget hjemmefra. Gorm vidste, at hendes undervisning sluttede klokken ti om aftenen, men hun var sjældent hjemme før efter midnat. Det var tirsdag og torsdag hun havde aftenhold. Han kunne lugte, at hun havde været i bad, når hun lagde sig i sengen ved siden af ham. Hun troede han sov, han lod som om. Og han havde ikke hørt hende tage bad hjemme, ergo måtte hun have gjort det i fitness centret. Når hun havde dag undervisning, ventede hun som regel med at bade til hun kom hjem, vidste han. Hvorfor denne forskel? Han havde længe truet med at konfronterer hende med sin mistanke. Men det var svært. Han ville helst ikke kende sandheden. Hvad hvis hun indrømmede, at hun faktisk havde et forhold til en mand, hvad så? Skulle han så forlange skilsmisse. Han elskede hende stadig, og ville ikke skilles. Men på den anden side kunne det ikke fortsætte som nu. Det sled på ham, og gjorde ham både ked af det, og naturligvis vred.

Børnene var heldigvis store nu. Oskar, som var den ældste var 16 år, og gik på gymnasiet. Louise var 14 år, og gik i 8 ende klasse. Oskar var hamrende dygtig i skolen, det havde han altid været, og Gorm var stolt af ham. Han havde altid pralet med, at han havde sin fars skarpe hjerne, hvilket irriterede Sara, men hun vidste, at det var rigtigt.

Louise, lignede mere moren, hun klarede sig i skolen, men også kun lige akkurat. Til gengæld var hun fænomenal til gymnastik. Hun gik på springhold, og drømte om at komme på Verdensholdet, rejse rundt i hele verden og optræde. Hun brugte mange timer om ugen på at træne. Desuden var hun en smuk og omgængelig pige, så hun skulle nok klare sig, var Gorm sikker på.

Han var lidt mere bekymret for Oskar. Godt nok var han dygtig, rent faglig, men mere tilbagetrukket socialt. Han var lidt af en nørd, og lidt for tyk. Det var ikke noget, der faldt i god jord hos moren, hun var konstant efter ham, med hensyn til kost og træning. Men det var som at tale til en dør. Oskar gjorde som han ville, og det indebar ikke fysisk træning, eller broccoli. Nej, han foretrak en god pizza med en cola til, mens han spillede computerspil, Counter Strike. Hans drøm var at blive E-sportsmand, hos FCK, som lige havde åbnet et E-sports hold.

Det var ikke lige det, Gorm havde regnet med, at Oskar skulle bruge sin evner til. Han havde drømt om at Oskar blev læge, eller advokat, eller noget andet akademisk. Men Oskar havde dog indvilliget i at tage en uddannelse. Han vidste jo godt at det kunne blive svært at blive optaget på E-sportsholdet. Heldigvis havde ingen af dem, ytret ønske om at blive politimand, som deres far. Sikkert med god grund. Han havde været meget hjemme fra, især da han blev Politikommisær. Det var vel egentlig også grunden til, at Sara havde en affære, måtte han nok indrømme, hvis han kiggede lidt indad. Men bare det var noget som gik over, og en skilsmisse kunne undgås. Han var jo glad for sin familie, og deres hjem, som de havde indrettet i en rødstensvilla fra halvtresserne. De havde købt villaen, da han var færdig som politelev, og blev fastansat politiassistent i Lyngby. Sara var egentlig uddannet kontorassistent, men havde skiftet job til fitness instruktør ret hurtigt efter de var blevet gift, og havde fået Oskar. Det at hun kunne bestemme sin egen arbejdstid havde trukket i hende, både for hendes egen skyld, men også for Oskars.

Huset havde de renoveret hen af vejen, og det stod i dag meget moderne i sin indretning. Det var Saras fortjeneste, hun var god til sådan noget, og vidste præsis, hvordan hun ville have det, og det havde Gorm ikke blandet sig ret meget i.

Derfor troede Gorm heller ikke, at hun var interesseret i en skilsmisse. Hun var simpelthen for glad for det liv hun havde, og derfor havde han heller ikke konfronteret hende endnu, og ville nok heller ikke gøre det, men bare håbe på at det gik over.

De havde mødt hinanden mens de begge var elever, og blevet vildt forelsket med det samme. Sara havde en lille lejlighed på 50 m2, som Gorm ret hurtigt flyttede ind i. Det havde været en skøn tid, tænkte han. Masser af tid til hinanden, masser af sex og masser af kærlighed.

Hvem der bare var ung igen---og dog, de unge havde det sgu ikke for let i dag. Dengang betalte de 800 kr. om måneden for den lejlighed. I dag koster en ungdomsbolig nærmere 8000 kr. om måneden i København, det er mere end de unge får i SU. Derfor er de også tvunget til at arbejde, og det går ud over studierne. Gorm fik enda løn, mens han var politielev, og det gjorde Sara også som kontorelev. Så de manglede ikke penge til sjov, mens de var unge.

Han var lidt bekymret for hans egne børn. Kunne Oskar klare sig økonomisk, når han skulle læse videre, eller skulle forældrene ligefrem købe en lille, enten ejerlejlighed, eller andelsbolig til ham. Han ville læse i Århus, der var det bedste studium, sagde han. Havde det bare været i København, kunne han bo hjemme. Nå, den tid den sorg. Han pakkede begge rapporter sammen, og lagde dem i chartekket så de var klar til aflevering hos Phil i morgen. Han blev revet ud af sine tanker, da telefonen kimede.

"Nordsjællands Politi. Kriminalkommissær Gorm Hansen," sagde han, mens tankerne stadig var ved familien.

"Det var dog fandens til lang smøre," grinede Sara, "hvornår kommer du hjem? Vi skal ud til middag. Men det har du måske glemt?"

"Jeg var faktisk lige ved at rejse mig."

"Okay, så du er hjemme om et kvarter?"

"Ja, ja. Vi skal nok nå det," svarede han, og så på sit armbånds ur, et Omega Seamaster fra 1965, det ur han havde fået af Sara, da han blev færdiguddannet politibetjent. Det viste 17.15, og det gik præsis, med mindre han glemte at trække det op.

Han trak vejret dybt, rejste sig, og gik ud til sin Alfa Romeo Giulia, årgang 1973, en gammel bil ja, men han elskede den bil, som han havde købt på afbetaling fra ny. Sara havde, dengang, syntes det var vanvittigt. Den havde været dyr, men i dag kunne han få mindst tre gange så meget, som han havde givet for den. Sara havde sin egen bil, en næsten ny Morris Mascot. Men Gorm holdt fast i sin gamle Alfa. Han kunne slet ikke tænke sig en moderne bil. De har ingen sjæl, plejede han at sige, noget hans kone rystede på hovedet af.

37.

Dirch Passers Alle
Frederiksberg

Det var fredag aften, Jane havde lukket butikken. Den havde været en dårlig uge, få kunder og dårlig omsætning. Hedebølgen kørte nu på tredie uge, og folk var ved at blive irriteret af varmen, hvor temperaturerne nogle dage lå over de 30 gr. Det gav trope nætter, og Jane lå nøgen i sengen om natten, kun med et lagen over sig. Alligevel vågnede hun om morgenen, badet i sved. Hun havde slet ikke, hverken set, eller hørt noget til Thomas siden de var på stranden, men hun ville ringe til ham, for at få ham med i byen i aften. Hun trængte også til lidt intimt samkvem med ham. Hun havde tænkt en del på ham, dem, i ugens løb. Ja, nu havde morens tidlige hjemkomst fra London, godt nok flyttet fokus fra Thomas og hende selv, men

155

i aften skulle det bare være dem. Så måtte hun se hvad der skete på forældresiden senere. Det var jo strengt taget heller ikke hendes problem. De var voksne mennesker og måtte selv rode sig ud af deres problemer. Men helt slippe det kunne hun ikke. Billedet af faren, sammen med en yngre fremmed kvinde, blev ved med at dukke op for hendes indre blik. Og for hver gang det skete, hadede hun denne kvinde mere og mere. Også fordi hun havde set, hvor ked af det, hendes mor var.

Hun undrede sig over, at Thomas ikke havde ladet høre fra sig, men nu ville hun ringe til ham.

"Thomas her," svarede han, da hun ringede op.

"Hej Thomas, det er Jane. Jeg ville høre om du vil med i byen i aften. Jeg savner dig faktisk."

"Åh, det er ikke så godt i aften," svarede han.

"Okay. Skal du da noget," spurgte hun skuffet.

"Ja, jeg skal noget," svarede han kort.

"Hvad er det der er så vigtigt, at du foretrækker det frem for mig. Jeg troede ellers vi havde noget sammen, eller hvad? Det synes du måske ikke?" Hun stoppede, og mærkede at hun blev vred på ham.

"Det er bare---æh, ja, det er noget vigtigt," svarede han undvigende."

"Okay. Jeg kan høre du ikke vil fortælle mig det, farvel!" sagde hun, og afbrød forbindelsen. Hun var vred, og ked af det. Hun følte, at han skjulte noget for hende. Måske havde han fundet en anden, men så kunne han jo bare sige det. Altså mænd!

Hun smed sig på sofaen, og lå og tænkte på hvad hun så skulle. Hun kunne selvfølgelig godt tage i byen alene, men det var nu sjovere, når man havde en at følges med. og hun havde stadig ikke fået sig veninder.

Hun følte sig pludselig ensom. Hun havde ikke nogen veninder, ikke nogen kæreste, og hendes forældre var måske ved at blive skilt. Hun var frustreret, vred, og ensom.

Måske hun skulle fjerne det lille problem som forældrene sloges med. Denne Linda hvad var det nu hun hed til efternavn, åh jo, Hviid. Det måtte være til at finde hende på Krak, Facebook eller bare på Google. Hun rejste sig og hentede sin bærbare, og skrev Linda Hviid i søgefeltet. Sveden drev ned af hende, hold da op hvor var det varmt i dag, hun kiggede på termometret, 31 gr. og fuldstændig vindstille. Selv om hun havde vinduerne åbnet i alle rum, så mærkedes det næsten ikke.

Hun hentede en kold vand i køleskabet, hældte op i et glas, og drak mens hun sad og søgte. Der var en del som hed Linda Hvid, men en stak ud, hun hed Hviid, og boede på Adolphsvej i Gentofte, og var gymnasielærer på Aurehøj Gymnasium.

Manden, Kristian Hviid, stod opført som direktør. Det var den eneste i Hovedstads området, og Nordsjælland, for den sags skyld, som var direktør. Alle andre Hvid`er, var ganske almindelige mennesker. Det måtte være dem.

Jeg bliver nødt til at følge efter hende, og se om hun mødes med min far, sagde hun højt til sig selv.

Hun tændte for fjernsynet, lige som nyhederne begyndte på TV2. Første indslag handlede om drabet på Berit Hallandsen, hvor de viste et billede af en nøgen kvindekrop, med en skalpel liggende ved venusbjerget. Jane stirrede måbende på skærmen, og ventede spændt på hvad de sagde ville sige omkring mordet. Hun forstod det slet ikke. Alle de som hun selv havde slået ihjel i tankerne, var nu døde, dræbt på nøjagtig den måde hun selv havde forestillet sig. Var det telepati? Var der en som kunne læse hendes tanker? Og hvem? Meget mærkeligt, og meget uhyggeligt.

En Politikommisær, Jonas Phil Sørensen, tonede frem på skærmen sammen med Politiinspektør Ulrik Krog Hansen. De var meget alvorlige, ikke så underligt, og ham Phil, som åbenbart ledede efterforskningen, så temmelig træt ud. De fortalte lidt, på skift, om efterforskningen som skred langsomt frem. Men på spørgsmålet, om de havde afgørende spor, som kunne føre til en anholdelse, nej, det havde de ikke. Man havde haft anholdt en mand, men de var ikke sikker på at han var gerningsmanden. Hvorfor? Blev der spurgt. Fordi det sidste drab var begået mens han var i politiets varetægt. Derfor konkluderede de, at der enten var to forskellige drabsmænd, eller at den varetægtsfængslede var den forkerte, hvilket ikke var helt afklaret endnu. Der var visse omstændigheder, som de ikke kunne fortælle offentligheden om. Af hensyn til efterforskningen, forklarede Phil.

”Hvad er det for omstændigheder?” prøvede journalisten.

”Det kan vi ikke afsløre her,” svarede Krog.

”Hvad har I egentlig?”

”Vi kan ikke gå i detaljer her for åben skærm,” svarede Phil undvigende.

”Skal kvinderne i Hovedstadsområdet gå og være bange? Jeg mener; det er det fjerde drab, begået på samme bestialske måde, og alle fire i København og omegn,” spurgte nyhedsværten, og stak mikrofonen helt op i ansigtet på Phil, som tydelig blev mere og mere irriteret.

”Nej! Det mener jeg bestemt ikke de skal. Vores psykolog mener der er tale om hævn drab, dels fordi metoden er den samme, det er velovervejet og planlagt, og alt tyder på, at drabsmanden kendte ofrene. Alle fire arbejdede på Rigshospitalet.” svarede han bestemt.

”Så I tror, at gerningsmanden skal findes på Rigshospitalet? En ansat måske? Det er set før,” sagde TV2 journalisten.

”På film ja. Jeg mindes ikke en sådan sag herhjemme. Men du ved måske mere om det end jeg,” svarede Phil sarkastisk. ”Jeg har dog været i politiet i en del år nu.” Der fik han sgu den journalist. Jane smilede for sig selv.

”Vi har ikke mere lige nu,” indskød Krog, og gjorde tegn til at slutte.

”Hey! Lige et sidste spørgsmål,” nærmest råbte journalisten. ”Hvornår regner I med at fange ham?”

”Det kan vi ikke sige noget om, men vi håber det bliver snart. Han begår en fejl, på et tidspunkt. Det gør alle,” svarede Phil, og vendte sig om for at gå.

”Så I forventer flere drab,” råbte TV2 journalisten efter dem, men fik ikke noget svar.

Vi følger udviklingen. Men nu til krigen i Syrien, sagde nyhedsværten. Jane slukkede, lænede sig tilbage i sofaen, og drak det sidste i flasken. De ved jo ikke en skid. En ansat på Riget? Hmm, måske, og billedet af Ulven dukkede op i hendes erindring. Både fra den gang han kørte hende til operationen og da hun så ham i bussen. Men hvordan fanden skulle han vide, hvad hun havde tænkt. Og hvorfor skulle han dog slå disse fire kvinder ihjel? Hun rystede på hovedet. Meget mærkeligt, tænkte hun.

Hun gik ud i badeværelset, og gik i brusebad. Nu skulle hun fandme i byen, med eller uden Thomas, den tarvelige skid. Hun kunne da sagtens score en ny fyr. Så kunne Thomas rende og hoppe. Der er sgu da andre lækre fyre end dig, tænkte hun, mens hun sæbede sig ind.

38

Smedekærvej
Tårnby

Thomas Martens, var født og opvokset i Tårnby. Hans forældre arbejdede begge i København Lufthavn, CPH, og det havde de gjort i mange år. Hans far, Anders, var i bagagehåndteringen, hans mor, Lilly, arbejdede i en taxfree butik. Det havde de begge gjort siden de var unge. De mødte hinanden på arbejdspladsen i lufthavnen, blev ret hurtigt gift, købte et lille hus i Tårnby, hvor Thomas først blev født, og halvandet år senere hans lillesøster Mette.

Livet i Tårnby var ganske ukompliceret de første 14 år af Thomas liv. Børnehave, skolegang, hvor han klarede sig godt. Han spillede fodbold i fritiden, og havde i det hele taget et helt normalt drengeliv. Han oplevede sin første forelskelse da han var 11 år. Det var en af hans lillesøsters klassekammerater, som kom ofte i hjemmet. Hun hed Nam, og kom fra Korea. En køn lille pige med et indtagende smil og et blidt væsen. Thomas var meget forelsket, og hun virkede også interesseret i ham, selv om hun var 1 år yngre end ham. Hans lillesøster drillede ham med, at det bare var fjollerier fra Nams side, at hun bare kunne lide Thomas, men at hun ikke var forelsket i ham. Det troede Thomas nu ikke på, og han tog forholdet ret alvorligt. Hans forældre grinede lidt af ham, men syntes da, det var meget sjovt og harmløst. Mette blev efterhånden jaloux på ham. Hun syntes at han tog veninden fra hende. I løbet af det første år, blev de egentlige kærester. Thomas var lige fyldt 12 år og Nam 11år. Thomas havde onaneret første gang, kort efter hans 12 års fødselsdag. Der skete det at da han skulle tisse, og trak forhuden tilbage for at ryste dråberne af, kom der at underligt jag i hans underliv, en behagelig følelse som han ikke havde mærket før. Han tænkte dog ikke mere over det, og gik tilbage på sit værelse for at læse. Da Nam kom over senere på eftermiddagen, kom følelsen, da han så hende, igen og han fik lyst til at prøve at trække forhuden ned som sidst. Denne gang trak han forhuden frem og tilbage flere gange, og følelsen forstærkedes, for til sidst at frembringe en ejakulation. Han tørrede sig med noget toiletpapir, og gik tilbage på værelset. Herefter blev det en daglig ting at onanerer, som regel flere gange om dagen. Og første gang han lå og kissemissede med Nam, gik den i bukserne på ham.

Hendes forældre vidste ikke helt hvad der foregik ovre hos hos familien på Smedekærvej. De troede jo bare deres lille datter var hos veninden. Sommetider overnattede de hos hinanden. Men det blev efterhånden sådan at Nam overnattede hos Mette, og sjældent omvendt.

Nam var nok mere udviklet end sine klassekammerater. Hun var også den ældste i klassen, et år ældre end de andre. Hun var blevet sat en klasse ned, fordi hun først var kommet til Danmark som 7 årig, og skulle lære sproget.

Hendes forældre var flygtet fra Nordkorea, først til Kina, derfra til Laos og videre til Thailand. Der havde de boet i et års tid, før det endelig lykkedes dem at komme til Danmark, hvor faren havde nogle slægtninge, som kunne give ham arbejde. De boede i en lejlighed på Glamsbjergvej. Både Thomas, Mette og Nam gik på Tårnby Skole.

På trods af hvad Mette mente, og at Nams forældre

intet vidste, holdt Thomas og Nam sammen som kærester. Når hun overnattede hos Mette, listede hun nogle gange ind til Thomas, og lå hos ham. I starten truede Mette med at sladre til sin mor, men det blev ved truslerne. Thomas købte hendes tavshed, ved for eksempel at give en tur i biffen til alle tre. Eller hvis han var ved muffen, en tur i Tivoli. Thomas havde et fritids job i den lokale REMA 1000, og tjente en pæn slat om måneden, ud over de lommepenge som forældrene gav dem.

Da Nam var fyldt 13 år fik hun sin første menstruation, og kunne nu blive gravid. Hun og Thomas havde leget lidt med hinanden, men egentlig samleje var det aldrig blevet til. Men nu blev Nam mere interesseret i rigtig sex, og en nat gjorde de det. En måned senere proklamerede hun over for Thomas, at hun var gravid.

"Så skal vi vel gifte os?" sagde hun naivt, og kiggede på ham med sin skrå brune smukke øjne.

"Gifte os! Du må være vanvittig! Du er 13 år og jeg er 14. Vi kan slet ikke blive gift. Og hvad tror du dine forældre vil sige? Din far slår mig ihjel," sagde Thomas fortvivlet. Nam begyndte at græde. Hun kunne jo godt selv se problemet, når Thomas sagde det. Det var rigtigt, at hendes far ville blive rasende. Han ville dog næppe slå Thomas ihjel, men han ville låse Nam inde i flere år, måske sende hende til noget familie i et andet land. Hun blev fortvivlet, og spurgte Thomas. "Hvad skal vi gøre? Kan jeg ikke få fjernet barnet?"

"Ikke uden dine forældres samtykke."

"Jamen så opdager de det! Det går ikke. Kan du ikke gøre noget? Betale en læge?"

"Sådan gør man ikke mere i Danmark. Vi har fri abort, og alle kan få en abort på et hospital, gratis," sagde han, og holdt om hende. Hun rystede af skræk for hvad hendes forældre ville gøre. Hun skubbede ham fra sig, og sagde vredt. " Hvis ikke du kan hjælpe mig, så vil jeg aldrig se dig mere." Thomas tænkte sig om lidt. Han havde en klassekammerat, Claes Thomsen, hvis mor var læge på Riget. Han ville spørge kammeraten om ikke han kunne tale med sin mor. Om det var muligt at få en abort, uden forældrenes vidende. Ham tog Nam blidt om skuldrene, så hende i øjnene og sagde, "jeg skal se hvad jeg kan gøre. Måske der er en løsning. Jeg skal tale med en, som forhåbentlig kan hjælpe os."

Nam kyssede ham på munden. "Jeg vidste, du ikke ville svigte mig. Vi skal være sammen altid, ikke?" Thomas nikkede. "Jo," sagde han, "det skal vi. Jeg elsker dig."

"Jeg elsker også dig."

Næste dag i skolen opsøgte Thomas sin klassekammerat, Claes og forklarede ham situationen. Han lovede at tale med sin mor. Men virkede skeptisk med hensyn til at hun ville være med på det. Han havde hørt så mange historier om muslimske piger, som ville have deres mødom igen, fordi de skulle giftes, og havde haft sex før ægteskabet, noget der i værste fald kunne koste dem livet. Hans mor havde udført den slag operationer, uden forældrenes vidende. Men en abort! Det havde han ikke hørt hende tale om. Hun var plastikkirurg, og udførte ikke aborter. Men måske hun kendte en, som kunne udfører det, havde Claes sagt. Thomas og Nam ventede spændt nogle dage på svaret. Det var et skuffende nej. Der skulle være en medicinsk grund til at udføre den slags. Men hun var velkommen, sammen med en af hendes forældre, til at møde op på hospitalet. Hun kunne jo også prøve at spørge sin egen læge. Han kunne henvise hende til en abort. Det turde hun absolut ikke, da hun var overbevist om, at han straks ville kontakte hendes far.

"Hvad gør vi så?" spurgte hun Thomas med gråd i stemmen. Han trak på skuldrene. "Jeg ved det ikke. Jeg prøver at snakke med nogle ældre drenge. Der er garanteret nogle som har stået i samme dilemma før."

"Tak. Du finder på noget, ikke? Han nikkede. "Jo."

Thomas talte de næste dage med nogle fyre fra 10 klasse. En kendte en fyr, som gik på Tårnby Gymnasium og som havde gjort en pige på kun 14 år gravid. Han ville tale med ham. Igen ventede Thomas og Nam, som han havde fortalt det til, i spænding i tre dage.

"Her er en adresse på en sygeplejerske inde på Christiania, som laver den slags. Det koster 5000 kr. cash," sagde han, og stak en seddel i hånden på Thomas. Han kiggede hurtigt på den, og så at der bare var et fornavn og et mobil nummer. Han stak sedlen i lommen. Han ville ringe når han kom hjem. Og han ville gerne have Nam ved sin side imens. Hun skulle vide hvad der skulle ske. Men 5000 kr! Det var sgu mange penge. Hvordan skulle han få fat i dem. Han plejede at bruge hele sin løn hver måned. Nu måtte han spare op, tage flere vagter i REMA 1000. havde Nam nogen penge? Det måtte han spørge om. De var trods alt to om det her.

Nam blev vildt glad for nyheden. De elskede på hans værelse midt på eftermiddagen, med lillesøsteren inde ved siden af. Der kunne jo ligesom ikke ske noget, grinede de. Mette kom brasende ind. "Kan I ikke være lidt mere stille? Mor kommer snart fra arbejde," sagde hun surt. De havde ikke fortalt hende om graviditeten. Derfor var det også vigtigt at få det fjernet, før det kunne ses. Mette ville ikke kunne holde sin kæft, vidste Thomas.

De ringede op på nummeret, og ventede med tilbageholdt åndedræt.

"Ja!" lød en rusten kvindestemme.

”God dag, er det Mona?” spurgte Thomas.

”Hmm. Hvem er du?”

”Jo, jeg hedder Thomas, og har fået at vide, at du laver aborter,” stammede han nervøst. Nam stirrede bange på ham.

”Foretager abort, ikke laver abort,” sagde hun bøst.

”Nå, ja, undskyld. Men det er altså rigtigt?”

”Det koster 5000. har du dem?”

”Æh, ja, det kan vi godt skaffe. Om et par uger.”

”Så ring når I har pengene,” sagde hun surt og lagde på. Thomas kiggede på Nam.

”Hvor mange kan du skaffe,” spurgte han hende.

”Altså, jeg har to tusinde på min bankkonto. Dem kan jeg godt hæve. Min far vil formentlig opdage det, så jeg må have en forklaring parat. Men det finder jeg ud af.”

”Okay. Jeg har kun to hundrede kroner, men jeg tar` alle de vagter jeg kan få, og lader være med at bruge nogen. Så skulle vi have nok om 2-3 uger,” sagde han.
Nam blev lidt bleg. ”2-3 uger!” sagde hun. Der var allerede gået mindst 4 uger. Nå men det kunne jo ikke være anderledes.

Det var en kedelig gråvejrs dag i november, da de begav sig ud på Christiania. Mona boede på en faldefærdig husbåd i nærheden af Blå Karamel. De var på cykel der ud, og kolde og klamme da de nåede frem.

De fik et mindre chok, da Mona åbnede døren, en faldefærdig utæt gammel egetræsdør, for dem. Den havde sikkert været smuk, dengang den blev lavet, men den så ud som om den ikke havde set skyggen af olie de sidste 25 år.

”Kom ind,” gryntede hun med en smøg i kæften, og vinkede dem ind i et stort rum, som sikkert skulle udgøre det for stue, og køkken. En gammel rusten brændeovn stod og småosede, men gav en rimelig god varme.

”Sæt Jer!” kommanderede hun og pegede på en slidt sofa. ”Pengene!” hun rakte hånden frem mod dem, og gned tommel og pegefinger mod hinanden.

”Øh, ja, naturligvis,” sagde Thomas, og hev fem tusind kronesedler frem, og rakte hende. Hun talte dem hurtigt, og lagde dem ned i en cigaræske.

”Kom med!” sagde hun til Nam, og pegede hen på køkken bordet. Nam rejste sig modvilligt. Hun havde ikke ligefrem regnet med at det skulle foregå på et køkkenbord, men gjorde som Mona sagde.

Mona lagde et tyndt liggeunderlag og et stort badehåndklæde på bordet.

”Ja, så må du godt smide bukserne, og lægge dig op,” sagde Mona, og tændte en ny smøg. Først nu blev Thomas klar over at det var joints hun røg. Han blev betænkelig, og samlede mod til at sige, ”er du nu sikker på at det her er sikkert? Jeg mener, der er jo ikke ligefrem sterilt herinde, vel?” Mona grinede hæst. ”Hvad fanden tror du? Ligner det her et hospital?” hun rystede på hovedet af ham, og han satte sig igen. Han lagde nu mærke til den gryde, som stod på komfuret og dampede. Nå, tænkte han, hun har da i det mindste kogt instrumenterne. Hun tog instrumenterne op af gryden, og lagde dem på et viskestykke, så de lige kunne køle lidt af, sagde hun. Det ene instrument lignede noget han havde set i en film, vist nok en film fra Nazisternes KZ lejre, hvor en læge lavede underlige forsøg med kvinder. Han spurgte Mona hvad hun skulle bruge dette våben til. Hun grinede lidt.

”Det hedder et Spekulum, og bruges til at holde skeden åben, så jeg kan se hvad jeg laver,” svarede hun stolt. Hun smurte lidt glidecreme på, og stak den op i Nam. Hun gav sig lidt og Thomas gik hen til dem og tog Nam i hånden. Mona kiggede misbilligende på ham, men sagde ikke noget. Så tog hun noget der lignede en strikkepind men med øjer til to fingre, og stak forsigtigt op i Nams skede. Nam gav sig igen, en tåre trillede ned af hendes kind, Thomas aede hende på kinden, og tørrede svedperler af hendes pande. Hun gav sig endu mere.

"Så lig da stille for pokker!" hvæsede Mona, og førte strikkepinden længere op. Thomas syntes det så ud som om hun ledte efter noget. Strikkepinden blev hevet lidt ud, og retningen ændret, ind i gen. Pludselig skreg Nam højt af smerte. Mona trak strikkepinden ud, og smilede.

"Sådan! Det var da ikke så slemt, vel?" sagde hun veltilfreds. Hun stoppede en tampon op i Nams skede.

"Så må du rejse dig og tage bukserne på igen. Næste gang du skal på toilettet, vil fostret formentlig komme ud. Det er det man også kalder en spontan abort. Du skal ikke blive forskrækket hvis der kommer lidt blod med. det er helt normalt," sagde hun, og gav dem hånden. De forlod husbåden, og satte sig op på deres cykler. Nam kom dog hurtigt ned igen.

"Det kan jeg ikke, altså cykle. Lad os gå i stedet," sagde hun, og begyndte at gå hen ad stien. Hun stoppede efter få minutter, og satte sig ned på jorden. Thomas blev bekymret, og ringede efter en taxa.

Allerede om aftenen kom der en klump ud da nam skulle tisse. Der kom også en del blod, og hun satte en ny tampon op. Blødningen blev ved, det blev værre, og næste dag havde hun feber. Hun blev hjemme fra skole i flere dage. Hun blev dårligere og måtte til sidst gå til bekendelse over for forældrene. Hendes far blev stik tosset og truede med at slå Thomas ihjel. Hendes mor var meget bekymret og ville have Nam på hospitalet. Men faren nægtede og tilkaldte en bekendt som påstod at han havde læst medicin. Han gav nam noget pulver, som ingen af dem vidste hvad var. Han insisterede på at undersøge hende for neden, hvilket Nam protesterede højlydt imod, hendes mor holdt med hende. Det blev ved pulveret. Tre dage senere døde hun af blodforgiftning.

Thomas var helt ude af den. Han bebrejdede først sig selv for ikke at gøre noget. Men vendte senere vreden mod vennens mor, Mette Thomsen. Det var jo hende som havde nægtet at foretage aborten på hospitalet. Hun havde indirekte kastet dem i armene på Mona, som han havde lyst til at myrde. Han opsøgte hende for at fortælle hende hvad hun havde gjort, og for at kræve sine penge tilbage. Men Mona var helt skæv af hash, og Thomas så det umulige i at få noget som helst af hende. Hverken anger, medlidenhed eller penge. Han droppede forsøget, og begyndte langsomt at accepterer skæbnen. Han måtte lære at leve med den.

Efter gymnasiet uddannede han sig til portør, og fik arbejde på Riget. Skæbnens ironi!

39.

Natklubben RUST
København

Taxaen holdt udenfor RUST, Jane betalte og steg ud. Hun havde gjort meget ud af sig selv i aften. Nu skulle der scores. Hun havde den lille sorte på, lækkert sort lingeri indenunder, sorte strømper, og sorte stilletter. Håret var sat op i en fuglerede i nakken, og hun havde lagt en fornuftig makeup, ikke for meget, men alligevel så meget, at det fremhævede hende fortrin. Mørk øjenskygge, lyserøde læber, det passede bedst til hendes lyse hår. Hun så lækker ud. Klokken var 23.30, og der var fuldt hus. Festlige unge mennesker, som drak, dansede og flirtede åbenlyst på dansegulvet. Der var liveband på scenen. De spillede godt, syntes hun, og satte sig på en ledig barstol.

Hun bestilte en Sex on the Beach, og vendte sig lidt om, kiggede ud på dansegulvet. Bartenderen satte hendes drink foran hende med ordene. "På den herres regning," og nikkede hen mod en ung mand, som sad lidt væk ved baren.

Jane lænede sig lidt frem, for bedre at kunne se ham i den dunkle belysning, og nikkede som tak, hævede glasset og formede ordet, skål, med munden. Den unge fyr, hun skød ham til ca, 30 år, nikkede igen, og spurgte om hun ville danse, sådan tolkede hun det, og de gled ned af barstolene og fulgtes ud på gulvet. Da han lagde armen om hende, sagde han. "Kristian, hvad hedder du?"

"Jane."

De dansede et par danse, uden at sige noget, det var alligevel næsten umuligt at tale sammen derude på gulvet.

Der var to ledige pladser ved siden af hinanden, da de gik tilbage til baren, og deres drinks, som bartenderen venligst havde holdt øje med. De satte sig ved siden af hinanden.

"Kommer du ofte her? Nej! Det var en dårlig replik, en kliche. Jeg mener ikke at have set dig før," sagde han, lo sagte, og drak lidt af sin drink.

"Jeg har kun været her en gang før, og det var en time før lukketid, så jeg fik ikke danset så meget." Jane nippede til sin drink, og kiggede stjålent på ham.

"Du ser skøn ud, så du skal nok få danset en del i aften, hvis du vil," sagde han, og så ud som om han rent faktisk mente det. Det gjorde hende glad.

"Tak, og i lige måde," lo hun.

"Skål! Skal vi have en til," spurgte han, og tømte sit glas.

"Ja, men så gir` jeg, ligestilling du ved," lo hun, og vinkede af bartenderen.

"To mere, tak."

"Skal ske," sagde han, og blinkede frækt til hende. Hvad fanden bilder han sig ind. Ligner jeg måske en luder? tænkte hun, men lod som ingenting, og takkede høfligt da han kom med drinksene, og betalte med visakort.

"Hey, hvad tænker du på," sagde Kristian, og gav hende et lille skub med skulderen. "Du var helt væk."
Hun kigge først irriteret på ham, men tog sig i det, og gav ham et stort smil.

"Åh, det er bare mine forældre. Jeg tror de er ved at blive skilt. Min far ligger og knepper en eller anden ung bitch," sagde hun hårdt og fik en bitter smag i munden.

"Okay, surt. Men hvad kan du gøre ved det?"

"Nå nej, vel ingenting. Men det går mig på. Min mor er meget ked af det."

"Det forstår jeg. Skal vi ikke danse igen? Så du kan få de dårlige tanker ud af hovedet," sagde han, og lagde en arm om hendes skuldre. Hun nikkede, og de gik ud på gulvet. Der blev spillet en sjæler, og det blev hurtigt til en kinddans. Kristian trak hende tæt ind til sig, og hun fulgte villigt med. Det føltes dejligt med den nære kontakt til et andet menneske, og hun fyldtes med varme. De dansede mange danse i løbet af aftenen og natten. De drak også en del drinks, og blev mere og mere kærlige, eftersom de blev mere og mere berusede, dog uden at være rigtig fulde. De sidste par danse resulterede i kys og kram, og hun kunne ind i mellem mærke hans stive lem. Han var parat, og det var hun også. Da de klokken fire om morgenen, stod udenfor, røg Kristian en cigaret, den første hele aftenen, hvilket undrede Jane.

”Jeg troede slet ikke du røg.”

”Næ---det er også bare noget pjat. Jeg ryger slet ikke til daglig, men når jeg har fået lidt at drikke, så- ja, så får jeg lyst,” svarede han, og trak på skulderen.

”Hvor bor du? Hvor skal du hen?” spurgte Jane henkastet. Kristian smed skoddet på asfalten, og trådte på den.

”Jeg regnede med jeg skulle hjem til dig,” grinede han, og kyssede hende hurtigt på kinden.

”Okay. Det er i orden med mig. Det regnede jeg også faktisk også med,” lo hun, og kyssede ham på munden. I det samme kom der en taxa.

”Den snupper vi. Dirch Passers Alle,” sagde hun, da de satte sig ind på bagsædet.

Hjemme i Janes lejlighed, endte de omgående i soveværelset. Han kom hurtigt og tømte sig i hende. Selv fik hun ikke noget ud af det, men fakede en orgasme, hvilket han ikke opdagede, var hun sikker på. Han udtrykte i hvert fald tilfredshed med samlejet, og faldt hurtigt i søvn. Hun lod ham blive. Det var egentlig også dejligt at ligge i ske med ham natten igennem, eller rettere morgenen og formiddagen. Han forlod hendes lejlighed ved 12 tiden, efter lidt morgenmad, og et hurtigt kys. De aftalte ikke, hvorvidt de skulle ses igen. Hun havde ingen intention dermed. Hun havde fået hvad hun var ude efter.

40.

Briefing rummet var fyldt med politifolk. Phil havde indkaldt Bo og Berrit, samt Gorm og hans to efterforskere. Seks mand i alt var samlet i briefingrummet. De kulle samle alle deres oplysninger, og lave en fælles indsats, med Phil som efterforsknings leder. Gorm skulle stadig have kommandoen over sine egne folk, men refererer til Phil. Det havde de to Politiinspektører Ulrik Krog og Mogens Pedersen aftalt.

”Velkommen til vores første briefing møde. Vi skal nu prøve om vi sammen, kan opklare denne, eller rettere disse brutale mord, 4 i alt, indtil nu. Vi ved ikke om vi kan forvente flere mord fra samme drabsmand. Men så længe han er på fri fod, er det en mulighed, eller risiko, om I vil. Vi skal i dag opsummerer alle vores oplysninger. Jeg giver hermed ordet til min kollega, Politikommisær Gorm Hansen.” Phil slog ud med armen mod Gorm.

Han gik frem til den store whiteboard tavle, med en tusch i hånden. Han skrev noget på tavlen, og vendte sig mod sine to politiassistenter. Han havde skrevet: *Hanne Severin Wilke og Berit Hallandsen.* Phil havde skrevet navnene på sine to ofre: *Mette Thomsen og Helle Dam.*

”Hvad har vi af oplysninger på disse to?” spurgte Gorm, og nikkede til Lars Lind, den ene af hans to efterforskere.

Lars Lind rejste sig, og trådte et skridt frem, med sin blok i hånden. Han rømmede sig, og kiggede på de andre før han begyndte. Sveden løb ned af ham, der var varmt i lokalet.

”Vi har fodaftryk fra Wilke mordet. Og fingeraftryk fra telefonen hos Hallandsen,” sagde han. Lone Kjeldsen, den anden af Gorms efterforskere, rejste sig.

”Vi afhørte naboen til Hallandsen, en meget nysgerrig ældre dame, som bor lige overfor. Hun havde sandsynligvis set drabsmanden, dog kun bagfra, måske fra siden, hun var ikke sikker. Sorte bukser, sort hættetrøje, og kondisko. En beskrivelse, som passer på tusindvis af unge danske mænd,” sagde hun, og tilføjede. ”På spørgsmålet om hvorvidt hun troede det var en mand, eller en pige, sagde hun afgjort; en mand.”

Phil rejste sig, og kiggede på Gorm.

”Måske I skulle tage en snak mere med nabokonen, som øjensynlig er den eneste, der har set drabsmanden. Det kunne være at I kan få mere ud af hende, hvis I stiller de rigtige spørgsmål. Ja, undskyld. Jeg mener nogle andre spørgsmål.”

”Jeg forstår godt hvad du mener, og er enig. Vi skal snakke med hende igen. Hvad med at lade de to piger,” han rettede sig selv, ”jeg mener, de to kvindelige efterforskere, afhøre hende,” sagde han, og kiggede på Lone og Berrit, som begge nikkede med et lille smil. ”Hun er måske mere afslappet når det er to kvinder. De stiller også anderledes spørgsmål end os mænd,” tilføjede han.

”God ide,” nikkede Phil. ”Vi har hud fra drabet på Thomsen, og sæd fra Helle Dam, og en anholdt, som I allerede ved. Han nægter sig fortsat skyldig, og det er lige før jeg tror ham. Men vi beholder ham så længe vi får lov. Det var trods alt hans sæd som var i kvinden, hvilket han ikke kan forklare. Og så længe vi ikke har en anden profil som passer på DNA`et, må vi betragte ham som mistænkt," sagde Phil, og og kiggede rundt inden han fortsatte. "Alle fire dræbte samt den anholdte, var ansat på Rigshospitalet, og jeg tror, at vi skal finde gerningsmanden der, i det miljø. Problemet er bare, at vi ikke kan få adgang til patient journalerne. Det er ikke nok, det vi har på den anholdte. Så hvordan kommer vi videre? Alle foreslag er velkomne. Læg hovederne i blød, og tænk. Tænk på alle muligheder, alt hvad der falder Jer ind," sluttede han, og kiggede igen rund på folkene.

Berrit Bang trådte frem, kiggede først ned på sin blok, derefter på holdet.

"Vi siger hele tiden ham, og drabsmanden. Hvad hvis det er en kvinde?" sagde hun, og rødmede let. Det var sikkert varmen. De andre var i de første ti sekunder stumme, og kiggede forundret på hende, men så sagde Gorm.

"Godt forslag, det skal selvfølgelig med i vores overvejelser. Men hvilken forskel gør det så, om det er en kvinde eller en mand?"

"Den psykologiske profil på gerningsmanden, eller kvinden, vil formentlig være noget anderledes," påpegede Phil. "Jeg får vores psykolog til, at lave en profil på en kvinde også. I har alle sammen fået et chartek med de fakta som vi tilsammen har for nuværende, og I vil hvergang vi mødes, få opdaterede oplysninger. Jeg har ikke mere nu, så skal vi gå i gang?" Det blev mere sagt som en ordre, end et spørgsmål, og alle forstod. Lone og Berrit fulgtes ad for at køre ud til Hallandsens nabo.

"Vi tar` min bil, okay? sagde Berrit. Lone nikkede blot, de satte sig ind og kørte.

Gorm og Phil gik ind på Phils kontor, og de to efterforskere, Bo og Lind gik til hver sit. Lars Lind kørte til-

174

bage til Lyngby, og Morten Bo, satte sig ind ved sin computer.

"Hvad tror du? Kommer der flere drab?" spurgte Gorm, da de havde sat sig i Phils kontor.

"Det er sgu umuligt at sige," svarede Phil, og rystede opgivende på hovedet.

"Hvad er det dog for en psykopat," sagde Gorm.

"Ja, det må du nok sige," svarede Phil, skænkede to kopper kaffe, og rakte Gorm den ene. "Jeg har aldrig været ude for noget lignende. "Gorm gned sig på hagen, så sagde han. "Måske hun har fat i noget, Berrit Berg. Det kunne sagtens være en kvinde. En forsmået kvinde? Vi har ikke undersøgt, om de dræbte skulle have haft en affære med samme mand, vel? Pihl tænkte sig om lidt, så rystede han på hovedet. Han så Ulven for sig, og kunne ikke forestille sig at han skulle have en affære med nogen, og slet ikke med de fire dræbte. Den tanke virkede fuldstændig absurd. Han kom til at tænke på Klokkeren fra Notre Dame. Og alligevel! Måske netop derfor. En afvist såret mand. Han indviede Gorm i sine tanker.

"Det skal vi have gjort, altså undersøgt om der har været noget af den slags," sagde han. Phil var enig.

"Det får jeg sat i gang."

41.

Ved Grænsen
Frederiksberg

Fru Nielsen, som Berit Hallandsens nabo hed, lukkede op med det samme, og smilede venligt til dem. Hun havde hørt yderdøren gå op, og nysgerrig som hun var, ja, så var hun gået ud til sit elskede spionøje.

De viste deres politiskilte frem, fru Nielsen vinkede dem hurtigt ind. Hun virkede glad for at se dem. Hvilket vidner ellers sjældent var.

"Åh, ja, dig har jeg jo set før," sagde hun, og kiggede med missende øjne på Lone.

"Ja. Jeg var her jo lige efter drabet på fru Hallandsen, sammen med min chef Politikommisær Gorm Hansen. Og nu har jeg taget min kollega Berrit med. Vi vil gerne stille dig nogle flere spørgsmål, hvis vi må?"

"Jo, jo, spørg endelig." Fru Nielsen nikkede ivrigt. "Vil I have noget at drikke? Det er så frygteligt varmt i dag. Sid ned." De satte sig på kanten af sofaen.

"Ja, tak, vand," sagde de i kor.
Fru Nielsen rejste sig, gik ud i køkkenet, og kom lidt efter tilbage med en kande vand, og tre glas. Hun skænkede op til dem, kiggede på politifolkene og nikkede, som tegn til at hun var parat til spørgsmål.

"Du så den person, som slog fru Hallandsen ihjel," begyndte Lone Kjeldsen. "Eller som formodes at have været drabsmanden."

"Ja, men kun bagfra," svarede fru Nielsen.

"Du sagde, at han var lyshåret," brød Berrit ind, og kiggede på udskriftet af den tidligere afhøring, som de havde fået udleveret.

"Jae-det skal nok passe. Jeg så ham sådan lidt fra siden, han havde jo en af de der hættetrøjer på, som de unge går med," svarede hun usikkert.

"Sådan lidt fra siden. Så du lidt af ansigtet, kinden måske? Tænk dig godt om," sagde Lone, og lagde en hånd på hendes arm, og trykkede den næsten moderligt. Fru Nielsen så på hende, nikkede, og smilede.

"Jo, ja--Nu jeg tænker mig om, så så jeg lidt af ansigtet. En nydelig profil faktisk. Jeg vil tro han er pæn."

"Kunne du se om han havde skæg?" spurgte Berit.

"Nej! Det havde han i hvert fald ikke. Han havde en pæn glat hud," bedyrede fru Nielsen, og lød sikker.

"Du sagde også sidst, at du så en mobiltelefon, hvid, sagde du. Hvad med hånden? Var den slank? Var det en velplejet hånd? Havde den lange fingre, eller korte fingre?" fulgte Lone op, og kiggede indgående på hende. Hun tænkte sig længe om, lukkede øjnene og sad lidt sådan. Så åbnede hun øjnene og kiggede på Berrits hånd.

"Hans hånd lignede meget din. Slank og lange fingre. Men lidt større vil jeg tro. Altså, det er svært at huske," sagde hun og missede lidt med øjnene igen.

"Så det kunne godt være en kvindehånd. Og et kvinde ansigt?" spurgte Lone, og rykkede lidt frem i stolen.

"Det kunne det vel godt, når man tænker på den måde. Men -- altså! Hvilken kvinde kunne finde på sådan noget?" spurgte hun heftigt.

"Det er det vi skal prøve at finde ud af," svarede Lone.

"Så er der tøjet, især størrelsen. Du sagde sidst, at trøjen og bukserne var sorte. Var der ingen mærker på? Jeg mener noget tryk, striber eller andet på det? Hvad som helst. Var det nyt? Var det rent? Var der pletter på det?" spurgte Berrit indtrængende.
Igen sad hun lidt og tænkte, med lukkede øjne, så sagde hun sikkert.

"Ja, det var sort. Men bukserne var en anden sort farve, end trøjen, og mere slidte. Trøjen så ud til at være helt ny. Bukserne havde helt sikkert været vasket flere gange. Og de havde lommer på siden, hvad er det man kalder sådan nogle bukser, æh---"

"Lårlomme bukser. Er det det du mener?" indskød Lone hurtigt.

Fru Nielsen nikkede ivrigt. "Ja, lige bestemt, sådan nogle."

"Men ikke noget tryk, eller pletter?" spurgte Berrit.

"Jo – måske, på bukserne. Der var ligesom nogle mørke pletter på højre lår. Det var det eneste jeg så, sådan lidt fra siden. Højre side, sådan lidt skråt," svarede hun.

Lone og Berrit kiggede på hinanden, og smilede til fru Nielsen. De skrev ned, efterhånden som hun kom med nye oplysninger.

"Du klarer det rigtig godt," sagde Lone beroligende til hende. "Så er der størrelsen. Hvilken størrelse vil du gætte på, vedkommende bruger? Du er kvinde. Vi kvinder kan spotte den slags."

Igen tænkte hun længe, hun sad med lukkede øjne. Hun åbnede dem og sagde med overbevisning. "Jeg vil tro han, eller hun, bruger str. 41-42. Prøv at rejse dig op," sagde hun henvendt til Berrit.

Berit kiggede lidt undrende på hende, og på Lone, men rejste sig. Fru Nielsen rejste sig også, gik ud i entreen og åbnede døren ud til trappeopgangen.

"Prøv engang at stille dig foran fru Hallandsens dør," sagde hun ivrigt, og nikkede.

Berit gjorde som hun sagde, fru Nielsen lukkede sin dør, stillede sig og kiggede ud gennem spionøjet. Lone stod bagved hende og fulgte med.

Fru Nielsen stod ca. fem sekunder, åbnede så igen entredøren, og vinkede Berit ind til sig. De gik tilbage til stuen.

"Det passer meget godt med dig, altså din størrelse. Folk ser jo anderledes ud i spionøjet, så derfor---" sagde hun undskyldende. Berrit vinkede afværgende med hånden.

"Det er helt i orden. Altså str. 40, det bruger jeg. Men derfor kan han jo godt have brugt en 41," sagde hun. De tømte deres glas, rejste sig, og gav fru Nielsen hånden.

"Du skal have mange tak, du har været til stor hjælp," sagde Lone.

"Selv tak. Ja, man vil jo gerne hjælpe," sagde fru Nielsen, og rankede ryggen lidt.

Lone og Berrit gik ned til deres bil, og satte sig ind. De sad lidt og kiggede på hinanden.

"Det er ikke helt udelukket, at det er en kvinde, vel," spurgte Berrit, Lone. Lone rystede langsomt og tænksomt på hovedet.

"Nej. Det kan sagtens være kvinde," svarede hun. Berrit startede bilen, og kørte ud fra kantstenen. Hun var godt tilfreds med afhøringen og Lones udmelding. Hun havde selv haft den teori i nogle dage.

"Men det kan også være en ung mand, som ikke er særlig stor, eller særlig mandig," sagde Lone eftertænksomt. Berrit sank sit spyt og gassede op. Hun holdt nu fast i sin egen teori. Så måtte tiden vise om hun havde ret.

42.

Dirch Passers Alle
Frederiksberg

Jane sad hjemme i stuen og tænkte på forældrenes situation. Hun måtte tale med sin far, og høre hvad fanden han havde gang i. Hun tastede hans nummer, han svarede prompte, som om han sad og ventede på et opkald. Nå, ja, det gjorde han vel ofte. Det var ligesom en del af hans arbejde. At tale i telefon, med klienter.

"Advokatkontoret, Henrik Hansson," blev der forretningsmæssigt svaret.

"Hej far. Det er mig, Jane."

"Hej, Jane. Det var en overraskelse. Men en af de gode," skyndte han sig at sige. "Hvordan går det? Har du det bedre?"

"Både og. Du ved vel godt at jeg har snakket med mor. Hvad fanden er det du render og laver?" begyndte hun vredt.

"Ja. Det ved jeg godt, altså at du har snakket med Henriette. Jamen jeg er vel bare blevet forelsket i en anden kvinde. Nogle gange går det sådan. Det ved du jo, ikke? Man kan ikke altid styre sine følelser. Og nu er det altså os denne gang, der----" Jane afbrød ham.

"Du mener pikken! Det er pikken du ikke kan styre." Hun tog sig i at råbe ad ham.

"Hvis du skal bruge det sprog, må vi hellere afbryde med det samme," svarede han vredt.

"Okay. Undskyld. Det var dumt. Hvordan er hun? Skal du og mor skilles? Skal du giftes med hende? Hvad siger hendes mand? Jeg har vel en vis ret til at vide hvad min far vil, og ikke vil, har jeg ikke?"

"Jo, selvfølgelig har du det. Ja, vi skal skilles, og ja, jeg gifter mig med Linda, og hendes mand er flyttet. Tilfreds?"

"Nej. Jeg er ikke tilfreds med, at I skal skilles, men det kan jeg jo ikke gøre noget ved, vel? Men du har givet mig svarene, tak for det. Vi ses far. Hils," sagde hun og afbrød forbindelsen. Hun fortrød dog og ringede op til faren lidt efter igen. Han tog den næsten med det samme. Han havde netop afsluttet en samtale med Henriette, hvor han havde refereret samtalen med datteren.

"Det var hurtigt," sagde han med et neutralt tonefald.

"Ja, jeg kom til at tænke på, om ikke jeg skal lære din nye kone, min stedmor, at kende. Hvad med at inviterer mig til middag?" spurgte Jane.

"Joh....det skal du vel. Nu er vi jo ikke gift, endnu. Men jo, hvis du gerne vil. Så vil jeg da gerne inviterer dig. Jeg skal lige tjekke med Linda, okay, så ringer jeg tilbage med en melding." sagde han.

"Fint. Jeg glæder mig, hej," sagde Jane, og afbrød. Det var godt, tænkte hun, at få talt lidt med hendes far. Man skal altid have en forklaring fra begge sider, også selv om det er ens forældre, eller måske især, når det er ens forældre, der skal skilles. Og hendes far havde jo ret. Det sker jo at folk bliver forelskede, uden at ville det. Det sker hele tiden, så hvorfor ikke også for dem? Hun gik ud i køkkenet for at hente lidt spiseligt. Og en flaske hvidvin, samt noget koldt vand. Heden fortsatte, men nu havde folk efter hånden vænnet sig til varmen, og når TV2 spurgte folk på gaden, så glædede de fleste sig over det fine sommer vejr. Det må da gerne fortsætte hele skoleferien, sagde folk. Landmændende, derimod, sukkede efter regn. De ville have regn nu, og tørvejr til august, når de skulle høste kornet. Ja det er umuligt, at gøre alle tilfredse, mum-

181

lede Jane, med munden fuld af burger, som hun havde brugt et kvarter på at lave. Hun havde selv formet bøfferne, to stk. af god oksefars, som var købt i Irma. Bollerne havde hun også selv bagt, hun bagte gerne en hel plade, og pakkede dem to og to, og lagde i fryseren. Hun sad i sofaen og så tv nyheder mens hun spiste. Det var blevet en vane, at spise i sofaen. En vane som hendes mor fandt afskyelig. Måltider skulle indtages ved et veldækket bord, sagde hun altid. Gad vide om hun selv gjorde det nu, hvor hun var alene? Jeg må hellere ringe og høre hvordan hun har det, tænkte Jane, tyggede af munden, og greb ud efter mobilen, som lå på sofabordet.

”Ja, hej søde,” svarede hendes mor søvndrukken. Jane så på mobilens skærm. 20.12 stod der.

”Hej mor, vækkede jeg dig?”

”Hvad?--æh, nej, jo. Jeg var vist faldet i søvn. Jeg skal lige skrue ned for lyden. Sådan, nu kan jeg høre dig. Hvordan går det? Har du talt med din far?”

”Ja. Jeg har lige snakket med ham for en time siden. Han sagde i skal skilles.”

”Ja! Da jeg konfronterede ham med det der skete i London, sagde han blot, at han var blevet forelsket, og ville skilles.” Hun lød meget bitter.

”Okay. Til mig sagde han også, at de skulle giftes. Han vil inviterer mig over til middag,” fortalte hun.

”Nå, ja, det undrer mig ikke. Han vil også prøve at tage min datter fra mig.” Hun begyndte at hulke.

”Nej, nej, mor. Det kommer ikke til at ske. Det var faktisk mig selv der spurgte ham, altså om at komme til middag. Det betyder jo ikke at jeg vil svigte dig, det kan du være helt sikker på,” sagde Jane, med så meget overbevisning i stemmen som muligt.

”Okay, jeg tror på dig. Selvfølgelig vil du ikke svigte mig, og selvfølgelig skal du se din far. Det er da helt naturligt," sagde hun, og lød fattet.

"Okay, mor. Jeg skulle bare lige høre -- du ved, hvordan du havde det. Skal jeg ikke komme på arbejde på mandag?"

"Ved du hvad min skat. Jeg får nok ikke råd til at have dig mere, nu da jeg er alene. Jeg kender ikke min økonomiske situation fremover. Jeg vil jo gerne beholde huset, men det kommer an på så meget. Så du må nok finde et andet arbejde. Beklager skat," sagde hun.

"Det forstår jeg, jeg finder på noget. Jeg havde faktisk tænkt på at begynde på en uddannelse. Det må være på tide. Synes du ikke?" svarede Jane.

"Det er en god ide. Altså at tage en uddannelse. Du får selvfølgelig tre måneders løn. Så har du tid til at finde et andet arbejde, for det skal du vel have, indtil du kan begynde på uddannelse. Hvad har du tænkt dig at blive?" spurgte hendes mor, og lød oprigtig interesseret.

"Jeg har tænkt på at blive fysioterapeut. Det kan jeg blive uden at skulle tage ekstre fag. Nå, men vi snakkes ved," sagde hun og brød af.

Hun havde det lidt bedre, nu hun havde snakket med dem begge to. Nu skulle hun så møde Linda. Det var på en måde spændende, men også lidt skræmmende. Hvad fanden skulle de snakke om.

43.

Politigården

København

De var alle samlet i briefing rummet. Phil havde kaldt til samling, efter at Berit og Lone havde orienteret ham om afhøringen af fru Nielsen.
Phil stod, foran den store hvide tavle med billeder af de fire dræbte kvinder. De kiggede på ham, ventede utålmodigt på, hvad han havde at sige.

"Jeg har indkaldt Jer, fordi der er kommet nye oplysninger frem vedr. gerningsmanden, eller gerningskvinden, skal vi nok til at sige. Lone vil orienterer Jer," indledte han, og pegede på Lone Kjeldsen, som trådte frem til tavlen.

"Ja. Berrit og jeg har været ude hos Hallandsens nabo, hun pegede på billedet af Berit Hallandsen, fru Nielsen, og fik nogle suplerende oplysninger. Ifølge hendes forklaringer, tyder det på at vi kan have at gøre med en kvindelig morder. Det tror vi, altså Berrit og jeg på," sagde hun, og kiggede rundt på ansigterne.

"Og hvad bygger I det på?" spurgte Gorm tvivlende.

"Jo, det er flere ting. Vi spurgte på en anden måde, og fik nogle andre svar. Det kan være svært, sådan præsis, at sige hvad det er, det er ligeså meget en fornemmelse," svarede hun.

"En fornemmelse! Okay. Men hvad helt eksagt bygger denne fornemmelse på?" spurgte Lars Lind, og små lo ad hende. Her brød Phil ind. Han holdt en arm i vejret.

"Lad nu pigerne, æh, de to kvindelige efterforskere

forklare, før I skyder det hele i sænk. Vi må tænke alternativt. Indtil nu, har vi jo ikke haft den helt store succes, vel?" sagde han, og kiggede rundt. Han er godt nok ramt af Mee Too bevægelsen, tænkte Berrit. Han plejer altid at sige, pigerne, om kvindelige betjente.

De andre nikkede og forholdt sig tavse. Berrit trådte frem til tavlen. Hun rømmede sig og pegede på navnet *Fru Nielsen*, på tavlen.

"Vores antagelse beror på fru Nielsens observationer. Vi prøvede blandt andet, at jeg stillede mig ved Hallandsens dør, med mobilen i hånden, og med siden halvt vendt mod fru Nielsens dør, mens hun kiggede ud gennem spionøjet. Det var faktisk hendes egen ide, da hun mente at gerningsmanden mindede om mig i højde og drøjde," sagde hun sikkert, og kiggede de andre i øjnene.

De nikkede anerkendende. "Okay," mumlede Bo, men ellers forholdt de sig tavse.

"Hun sagde også at gerningsmanden ikke havde skæg, men en pæn glat hud, en slank hånd og lange slanke fingre, lige som mig," sagde Berrit, og rakte sin højre hånd lidt i vejret, så de andre kunne betragte den. Hun havde pæne velplejede negle, med mørkeblå neglelak på, næsten samme farve som politiuniformen, så de, og kom til at smile lidt af denne gestus.

"Havde hun også politi neglelak på," grinede Bo, som udover ,okay, sagde noget for første gang. De andre lo med.

"Nej! Så pæn var hun heller ikke," smilede Berrit overbærende.

"Tak! Ja, det var hvad vi havde af nyt i dag, med mindre nogle af Jer andre har noget at bidrage med," sagde Phil. Bo og Lars rystede på hovedet.

"Hvordan skal vi så bruge disse nye oplysninger?"

spurgte Gorm, og stillede sig hen ved siden af Phil.

”Vi skal nok ikke udelukkende fokuserer på en mand, men hele tiden tage i betragtning, at det ligeså godt kan være en kvinde. Det kan ændre på motivet. Det er muligvis ikke en psykopat, vi har med at gøre. Kvindelist og hævn, kan være en meget farlig cocktail. Vi skal tænke som en kvinde, eller det vil jeg lade de to fremragende kvindelige opdagere tage sig af. Fremover synes jeg at Lone og Berrit skal danne makkerpar, og koncentrerer sig om kvinde teorien,” sagde Phil.

”Okay, så laver vi et makkerpar med Bo og Lars. I kører videre med mande teorien,” sagde Gorm.

”Så er der Gorm og jeg tilbage. Vi tager os af myndigheder og presse. Jeg vil prøve at få en dommerkendelse, så vi kan kigge i patient journaler på Riget, på den afdeling hvor de dræbte arbejdede. Jeg tror, at vi skal finde gerningsmanden der. Der må være en sammenhæng der, siden alle ofrerne kommer derfra,” sluttede Phil, og hævede mødet.

Politifolkene gik hver til sit. Phil og Gorm gik ind til Politinspektør Krog, for at orienterer ham om mødets konklusioner, og for at lægge pres på ham, for at få den dommerkendelse.

44.

Natklubben RUST
København

Det var lørdag aften, og Berrit var taget i byen. Hun var single, og havde det fint med det. Men en gang i mellem trængte hun til en mand, og hun havde tænkt sig, at hun skulle have et knald i aften. Hun havde spist middag sammen med sin far, som boede på plejehjemmet Nybodergården, kun et kvarters gang fra Pilestræde, hvor Berrit boede. Hun var vokset op i Øster Voldgade, hvor hendes forældre havde boet hele deres liv. Hendes far havde været skibsbygger, og havde arbejdet på B&W, ligesom hans far. Så de var ærkekøbenhavnere. Derfor havde det også været det naturligste i verden, at faren skulle bo på Nybodergården, efter morens død, som havde været en lang sej kamp mod kræften, som hun endte med at tabe.

Morens død havde nær taget livet af hendes far. De havde været gift i næsten tres år, og begge været raske og i fin form indtil deres guldbryllup, for godt ti år siden. Så havde hendes mor fået konstateret brystkræft, var blevet opereret, fået fjernet det ene bryst, havde fået kemo, og var erklæret kræftfri. To år efter fik hun kræft i det andet bryst, opereret igen. Hun måtte igennem hele komedien igen. Hun tabte 20 kg, og gnisten til at kæmpe. Hun var til sidst kun en dårlig kopi af sig selv, med en hud som krøllet avispapir, der så ud, som nogen havde prøvet at glatte ud. Faren havde svært ved at være alene efter morens død. Så Berrit havde fået ham ind på Nybodergården, og det havde i den grad hjulpet ham tilbage til livet. Nu var han glad og godt tilfreds med tilværelsen. Han havde endda fundet sig en god veninde der. Hun havde også spist med, og de havde hygget sig alle tre.

Berrit kom mindst en gang om ugen, og besøgte sin

far. Hun spiste sammen med ham en gang om måneden. Maden, lavede plejehjemmets køkken. Det var en dejlig ordning. Berrit skulle blot betale for sin egen mad, 50 kr. for to retter, det var da lige til at klare, syntes hun. Hun havde taget en flaske rødvin med.

Hun sad på en barstol på RUST, og nippede til sin drink, en Daiquiri, og kiggede på de dansende i spejlet bag baren.
Hun kom ofte her, og kendte bartenderne godt. Så indimellem, når de havde tid, sludrede hun med dem. Der var som regel to bartendere, det var der også i aften. Kristoffer og Ida, var der i dag. Kristoffer stillede sig foran hende, og smilede skælmsk til hende. Hun havde været i seng med Kristoffer en gang, skønt han var næsten 10 år yngre end hende. De havde været temmelig berusede begge to den aften. Det ville ikke ske igen, havde hun lovet sig selv, selv om han var sød og rar. Han var bare for ung.
”Hva` så smukke, skal du ha` noget i aften?” grinede han flirtende.
”Ha, ha, det rager ikke dig. Men jo, måske,” lo hun, og tømte glasset. Han tog det. ”En til?”
”Ja, tak,” svarede hun, og skævede til en fyr, som satte sig to pladser til venstre for hende. Han så ud til at være omkring de tredive, så godt ud, var veltrænet og alene. Han kiggede åbenlyst interesseret på Berrit, og bestilte en Tom Collins.
Kristoffer kom over til Berrit, efter han havde serveret for fyren, og satte hendes drink foran hende.
”Var det noget?” sagde han dæmpet, og blinkede til hende, mens han tørrede bardisken for tiende gang.
”Uhm, hvem ved, han er lækker, ikke?” svarede hun sagte, og lo skælmsk.

"Jeg kender ham. Han hedder Tom og er håndvær-
ker, tømrer. Det siges jo, at håndværkere leverer god sex,
ikke?"

"Det siger man jo. Jeg har ingen erfaring i den ret-
ning," svarede hun, og nippede til drinken, mens hun ka-
stede et hurtigt blik i retning af Tom.

"Han køber en drink til dig om lidt. Det plejer han,
hvis han er interesseret. Og det er han. Han spurgte til dig
lige før," hviskede bartenderen.

"Okay, lyder spændende. Hvorfor hvisker du?" Ida
stod ved siden af og grinede. "Det gør han altid, når han
tror der skal ske noget, syndigt," hun lavede gåseøjne med
fingrene, da hun sagde syndigt.

Pludselig, uden Berrit havde lagt mærke til det, sad
der en smuk ung kvinde ved siden af hende. Berit hørte at
hun bestilte en Sex on the Beach, som Kristoffer omgåen-
de serverede. Nu virkede han interesseret i den nye ukend-
te kvinde, kunne Berrit mærke. Øjnede han mon et knald?

"Skål," sagde Berrit smilende, og løftede sit glas
lidt, samtidig med at hun kiggede kvinden i øjnene.

"Skål!" Kvinden kiggede på Berrit, med et lidt un-
derligt blik. Det var, på en måde både sørgmodigt og vagt-
somt, syntes Berrit, men ellers syntes hun umiddelbart
godt om kvinden. Hun var slank, pænt ansigt, pæne
bryster, flotte ben, så meget man nu kunne se, når hun sad
på en barstol. Nydeligt klædt på. Sort kort kjole, med så
dyb udskæring, at man tydeligt så kavalergangen, dog
uden at være vulgær. Sorte stilletter og bare brune ben.
Makeuppen var flot, men ikke for meget. En kvinde med
naturligt ynde, som ikke behøvede meget styling for at se
godt ud. Det lange lyse hår var flettet i en lang tyk flet-
ning, som faldt ned over det ene bryst.

Hun var meget tiltrækkende, og lignede en, som ville

score i aften. Berrit følte en lille jalousi djævel bore i sit hjerte. Sikke noget pjat; tænkte hun, og smilede igen til kvinden, som denne gang gengældte smilet, og åbenbarede et perfekt tandsæt.

”Berrit,” sagde hun, og gav kvinden hånden.

”Jane,” svarede hun, tog Berrits hånd og holdt den lidt længere end normalt. Berrits hjerte begyndte at slå hurtigere, det skræmte hende lidt. Hun havde lyst til hende, kunne hun mærke. Det pirrede hendes lyster.

De skålede igen, sad lidt, uden at sige noget. Berrit vidste faktisk ikke hvad hun skulle sige til hende. Det var ikke så let, at komme i snak med fremmede. Slet ikke fremmede kvinder. Det havde hun altid haft lidt svært ved. Hun havde heller ingen veninder. Hun gav arbejdet skylden, men i virkeligheden var det hende selv. Hun var bare ikke særlig socialt anlagt. Det var nok også derfor hun ikke havde nogen kæreste. Hun var meget kræsen, hvad mænd angik.

Tom, håndværkeren, som hun helt havde glemt, flyttede sig hen til Berrit, og hun vendte sin opmærksomhed mod ham i stedet.

”Hej. Jeg hedder Tom.” Han løftede glasset, nikkede og drak lidt.

”Berrit,” svarede hun, nippede til sin drink, kiggede på ham over kanten af glasset. Slet ikke så tosset, tænkte hun, og nikkede tilbage. De kom begge til at grine.

”Hvis du er ude efter et godt knald, så er jeg til tjeneste,” sagde han bramfrit, og slog en smittende latter op. Berrit kunne ikke lade være med at grine med. Den score replik havde hun ikke hørt før. Det var godt nok noget frækt, men også forfriskende, i stedet for de sædvanlige; Kommer du tit her? Eller; har jeg ikke set dig før?

”Du er sgu ikke så ked af det. Men skal vi så ikke danse først, og lige lære hinanden at kende lidt? Så må vi se hvad aftenen bringer." Hun gled ned af barstolen, og gik med vuggende hofter ud på dansegulvet, med Tom efter sig. Han tog et godt greb i hende, og svingede hende rundt til musikken. På en lidt gammeldags måde, men det havde hun ikke noget imod. Hans stærke arme føltes godt. Berrit bemærkede, da hun et øjeblik kiggede over mod baren, at Jane kiggede med et bebrejdende blik efter dem, hvilket undrede hende. Men hun havde måske også haft kig på Tom, og var nu blevet sur på Berrit. Hun glemte dog hurtigt kvinden, for det viste sig, at Tom var en mesterlig danser, og de dansede flere numre i træk, indtil Berrit sagde at hun trængte til noget at drikke. Hun var også blevet øm i tæererne. Hun var ikke vant til stiletter. Tom virkede også lettere forpustet.

"Lad os gå udenfor, og trække lidt frisk luft," foreslog han. "Jeg trænger også til en smøg."

"Okay," nikkede hun.

De var kun lige kommet udenfor, da han pludselig tog fat i hende, og kyssede hende. Først strittede hun imod, men gav sig og gengældte kysset. Det var rart, han kyssede godt. Kristoffer havde nok ret. Tom havde sikkert haft mange kvinder. Han virkede stærk, og veltrænet, det kunne hun godt lide.

Han slap hende, og fiskede en pakke Prince op af lommen, og bød hende en. Hun rystede på hovedet, hun var eksryger, var holdt op, da hun kom ind i politiet. Indtil da havde hun kun røget til fester, dengang hun gik i gymnasiet.

"Jeg ryger ikke" sagde hun, "kke mere," men ombestemte sig, da hun lugtede røgen fra hans cigaret.

"Åh, så skidt da, en enkelt kan jo ikke skade," lo hun, og lod ham tænde en til sig. Hun tog et hiv, uden at indhalerer, men kom alligevel til at hoste.

"Nå, du kan da vist heller ikke tåle mosten, hvad?

grinede han.

”Nej, det kan jeg vist ikke,” lo hun, og tværede den ud på fortovet. Hun samlede dog skoddet op, og smed i det skraldespanden som hang på væggen. Man er vel lovlydig, tænkte hun. Tom røg færdig, og de gik ind igen.

”Nu vil jeg sgu ha` en øl. Hvad med dig? Hvad kunne du tænke dig?” spurgte Tom, og satte sig på en barstol.

”Jeg tror bare jeg tar` en vand. Jeg er blevet tørstig af alt det dans, og sprut bliver jeg bare mere tørstig af,” sagde Berrit og hoppede også op på barstolen ved siden af ham. Tom vinkede af tjeneren.

”Kristoffer sagde, at du er håndværker, tømrer.”

”Ja. Jeg er tømrer,” svarede han, og tog en stor slurk af den halvliters fadøl, som Kristoffer lige havde sat foran ham. Berrit tog glasset med vand, og drak grådigt.

”Alle tiders. Jeg tænker på at få nyt køkken. Var det noget for dig? eller.....?” spurgte hun, og tog en slurk vand til. Tom grinede, og nikkede. ”Det kunne jeg da nok ordne. Så skulle vi måske gå hjem til dig, og kigge på det.”

”Det synes jeg. Når vi har drukket ud, okay?” grinede hun, og tømte glasset. Tom drak ud, og tørrede sig om munden med bagsiden af hånden.

De forlod natklubben med hinanden under armen, og kyssede lidt undervejs. Der var en halv times gang fra RUST til Berrits lejlighed i Pilestræde. De blev enige om ikke at tage en taxa. Natten var varm, og de syntes om den lange gåtur, hvor de snakkede om løst og fast.

At Berrit var ved politiet, kriminalassistent, syntes ikke at skræmme Tom, tværtimod syntes han det var sejt. Han havde ikke noget at skjule, sagde han. Det eneste han var dømt for, var at parkere ulovligt. Han havde ikke engang fået en fartbøde. Det betød selvfølgelig ikke, at han aldrig havde kørt for stærkt, sagde han og grinede. Selv

Berrit ville erkende, at hun havde kørt for stærkt. Men det havde været i en politibil, påstod hun bestemt. Hun havde ikke nogen privatbil, ergo var det ikke ulovligt, mente hun. Tom havde en Toyota kassevogn, fortalte han. Han var selvstændig, men bare sig selv. Så han tog kun små opgaver, som for eksempel køkkener, nye gulve, lofter og lignende.

De havnede, direkte i Berrits seng, lige så snart de var kommet op i lejligheden. At se på køkken måtte vente til næste morgen, blev de grinende enige om.

Det var åbenbart rigtigt, det folk sagde, om håndværker sex, tænkte hun, lige inden hun faldt i søvn. Hun lå i ske med ham. Det var en rar fornemmelse.

Drømmen kommer til hende i løbet af natten. Hun sidder på en bar, med en drink i venstre hånd, og højre hånd hviler på bardisken. Ved siden af på venstre side sidder kvinden, hun har set på Rust, med en drink i højre hånd, og venstre hånd hvilende på bardisken, ved siden af hendes egen hånd. På højre side sidder fru Nielsen og hvisker. Hendes hånd ligner din, kan du ikke se det? Slank med lange slanke fingre, den ligner din hånd, den ligner din hånd, den-----.
Pludselig er glasset i kvindens hånd ved siden af, udskiftet med en skalpel, og hun vender sig mod Berrit, ler en uhyggelig latter, hendes øjne lyner af indestængt vrede, og hun svinger skalpellen mod Berrits hals.

Berrit vågnede med et lille skrig, og satte sig op i sengen, hun var drivende våd af sved. Hun kiggede på på klokken, rejste sig og gik ud i badeværelset, åbnede for bruseren, smed trusserne til vask.

Mens hun stod under bruseren, tænkte hun på drømmen. Kvinden var Jane, hende hun havde skålet med. Kunne der være noget i drømmen, som hun kunne bruge? Hun havde faktisk prøvet det før. At drømme om en verserende sag, og fundet løsningen i drømmen, eller noget som bidrog til løsningen. Det var ikke noget hun indviligede sine kollegagere i, men hun brugte det i sit opklarings arbejde, når det gav mening.

Hun trådte ud af badet, tørrede sig, gik ind i soveværelset, nøgen, med håndklædet viklet om sit hoved.

Tom var vågnet, og kiggede på hende med et frækt smil, slog dynen til side, og åbenbarede en stor stiv pik. Først da, blev hun sig bevidst, at hun stod splitter ragende nøgen foran ham.

Han bankede let i madrassen, og kaldte på hende med en bøjet finger. Hun smed håndklædet, kravlede op, satte sig overskrævs over ham, og lod sig glide langsomt ned over ham. Hun blev våd på sekunder, og hans fyldige lem gled langsomt op i hende. Det var en nydelse af dimensioner, og hun fandt hurtigt en rytme. Hun bøjede sig frem, og kyssede ham, og pludselig skyllede orgasmen gennem hendes krop, samtidig mærkede hun hans varme sæd, da han kom med et tilfreds grynt. Hun lod sig glide ned fra ham og gik ud i køkkenet. Hun var glad, Tom var en fin fyr, og det havde været en vellykket aften, nat og ikke mindst, morgen.

Hun havde lavet kaffe, og sat morgenmad frem, mens han gik i bad. Nu sad de og spiste, sludrede. Tom snakkede om hvordan han syntes, hendes nye køkken skulle se ud. Han sad med et stykke papir og en blyant, og tegnede. Han virkede meget engageret og sorgløs, hvilket var dejligt at se. Hun selv var mest optaget af drømmen, og hørte kun efter med et halvt øre.

Ja, det lyder godt, sagde hun flere gange, uden rigtig

at vide hvad hun sagde ja til. Til sidst skubbede Tom papiret hen til hende, og sagde. ”Så skal du bare lige skrive under, så bestiller jeg elementerne, og lægger jeg det ind i min tidsplan.”

Hun kiggede forundret på ham, og derefter på papiret. En blyants tegning, og nogle udregninger, og et slutbeløb på 50.000 kr. stod der, og Toms underskrift.

”Hvad fanden tror du om mig. Du kan sgu da ikke bare lige, over morgenmaden, sidde og lave et bindende tilbud. Jeg har ikke engang valgt køkken låger,” sagde hun irriteret, og skubbede papiret tilbage.

”Nå, okay. Jeg troede vi var enige. Du har sagt ja til det hele undervejs. Der står jo også, at det skal være HTH VH-7 Concept. Og vask og armatur har jeg også beskrevet,” sagde han fornærmet.

”Ja, okay, undskyld. Men jeg har nok ikke hørt ordentlig efter. Jeg, vi, har jo ikke sovet så mange timer. Hør! Tag det med hjem, og lav et ordentligt tilbud, du ved, sådan et professionelt, og kom forbi, skal vi sige på tirsdag aften, med en køkken brochure, så kigger vi på det, okay?” sagde hun, og gav ham et hurtigt kys. Tom lyste helt op.

”Okay, det siger vi,” sagde han og forsvandt ned ad trapperne.

Han regner nok med mere fisse på tirsdag, tænkte Berrit, og smilede for sig selv ved tanken. Hmm, måske.

45.

Dirch Passers Alle
Frederiksberg

Efter byturen, som ikke havde givet Jane en date, sad hun med morgenkaffen og et smurt rundstykke i stuen og så GO Morgen Danmark. Hun så nu ikke så meget, det kørte bare i baggrunden, bare så hun ikke følte sig helt alene i Verden.

Hun havde med det samme spottet den mand som sad et par pladser fra den anden kvinde, da hun kom ind på RUST i aftes. Han var lige hendes type, syntes hun, og lagde an til at bage på ham, da han var flyttet hen ved siden af kvinden, var det ikke Berrit, hun havde præsenteret sig som? Jo det var det. Og da de var gået ud for at danse, kunne hun hurtigt se, at hun selv ikke havde en chance der. Hende Berrit jo også knald godt ud. Ikke så mærkeligt at fyren havde foretrukket hende frem for Jane. Det ville de fleste fyre sikkert gøre, også i fremtiden. Hun fik nok aldrig en kæreste. Det havde Mette Thomsen og hendes team sørget for. Øv! Og nu var de døde alle sammen. Det var fandens deprimerende. Hun var derfor taget tidlig hjem i aftes i stedet.

Det var nu godt nok mærkeligt, at de fire kvinder fra riget var dræbt. Hvem stod bag mordene? En anden som var fejlopereret? Eller en som syntes det var synd for hende? Ulven? Nej han havde set ud som om han undte hende den skæbne. Hun rystede på hovedet, og tænkte på noget andet. Hvad skulle hun lave i dag?

Det var lørdag, hun ville ringe til sin far, og høre hvad han skulle lave i weekenden. Hvis han var hjemme, ville hun presse ham til at inviterer hende på middag. Det var på tide at møde Linda. Hun ringede ham op.

"Hej far, hvad laver du?" spurgte hun, da han tog telefonen. "Jeg sidder og spiser morgenmad på Hotel Scandic i Århus," svarede han muntert. Hun kunne godt høre, at der var en masse mumlen i lokalet, som når mange mennesker snakker i munden på hinanden.

"Okay. Alene? Jeg mener, er Linda med?"

"Nej til begge dele. Linda er ikke med. Det er et seminar, så jeg er heller ikke alene. Men du, kan vi ikke tale sammen senere? Jeg skal ind nu. Jeg ringer til dig, okay?" sagde han og afbrød. Jane sad lidt og kiggede på den tavse mobilskærm.

Hun skulle have dagen til at gå, og tænkte på moren. De kunne gå ud og spise frokost. Hun tastede hendes mobil nummer.

"Hej skat. Hvordan går det?" var hendes sædvanlige replik, selv om de havde talt sammen for et par dage siden.

"Jeg tænkte på, om du havde lyst til, at gå ud og spise frokost med mig i dag?"

"Jae.... jo, det kan vi da godt. Ja, det vil jeg gerne, det kunne da være hyggeligt. Hvor havde du tænkt dig?"

"Hvad med Teppan House? Den åbner kl. 12.00."

"Fint med mig. Så kan jeg gå derhen. Så gør det ikke noget, at man drikker en stor øl, vel?" grinede hun.

"Nej, det er okay. Skal vi sige kl. 12.30?"

"Ja, lad os det. Vi ses skat," sagde moren, og afbrød.

Jane slukkede fjernsynet, som hun alligevel ikke rigtig så, og gik derefter i bad. Hun klædte sig let. Et par denim shorts som gik næsten ned til knæene, en ærmeløs hvid top, som sluttede lige over navlen, og efterlod en strimmel bar mave, et par sandaler med hvide og blå remme. Håret satte hun op i en løs knude med et par spænder, og lagde en diskret makeup.

Det var stadig flot sommervejr, med temperaturer på op mod de 30 gr. hun kigge op mod den blå himmel. Et par striber fra fly, som var ved at forlade Kastrup foldede sig ud på den blå baggrund. En stor flok måger kredsede rundt over byen, i håb om et let måltid. Der var jo mange udeserveringer i det fine sommervejr, og det tiltrak måger i massevis. Jane hadede dem, ja, det gjorde de fleste vist. Mågerne var blevet mere frække og mere nærgående. De kunne godt finde på at dykke ned på et bord, hvor der stadig sad folk, og nærmest hugge maden ud af deres hænder.

Jane kom først til restauranten, fik et bord ved vinduet. Restauranten var lys, og der var altid pænt rent. Det lagde hendes mor vægt på, vidste hun. Maden var ikke noget særligt, bortset fra deres sushi, den var rigtig god og lækker, syntes hun.

Henriette kom fem minutter senere, kyssede Jane let på kinden. De satte sig, og kiggede i menukortet.

"Jeg vil have sushi, den er god," sagde Jane.

"Okay, det tror jeg også jeg tar`'" sagde moren.

Jane vinkede efter en tjener, som kom med det samme, og gjorde klar til bestilling. Han kiggede hele tiden på Jane.

"To gange sushi. Hvad vil du have at drikke?" spurgte hun moren.

"Øl, en stor Tuborg Classic."

"Æh, jeg tar` en stor Carls," sagde Jane.

Tjeneren skrev, nikkede, og forsvandt, uden at sige et ord.

"Var han ikke lidt mærkelig?" lo Henriette.

"Jo, han mælede ikke et ord. Gad vide om han er stum?" hviskede Jane. "Og så gloede han hele tiden på dig." Lo Henriette og rystede umærkeligt på hovedet.

"Gjorde han det? Det lagde jeg ikke mærke til."

Et øjeblik efter kom tjeneren med deres drikkevarer, i to store glas, der var 75 cl. øl i hvert glas, de havde kun regnet med en halv liter hver. Men det var ok. ”Det er jo også meget varmt,” bemærkede Henriette.

”Ja. Skål!” sagde Jane, og tog en tår, og tørrede lidt skum af læberne med hånden.

”Skål!” Hendes mor drak en god tår. ”Brug servietten,” sagde hun, sådan som mødre nu gør, da Jane tørrede sig med hånden anden gang. Jane grinede af hende, og nikkede. Hun kendte hende, man skulle helst følge Emma Gads lærebog.

Maden kom, de spiste, drak, og sludrede en god times tid.

”Hvordan går forretningen?” spurgte Jane, da hun havde spist et par stykker sushi.

”Åh, der er ikke så meget gang i den lige nu. Folk vil hellere ligge på stranden. Man skulle have handlet med badetøj i stedet,” svarede moren.

”Jamen, det kan du vel stadig nå. Hvem ved? Sommeren varer måske længe endnu.”

”Måske. Men nej, det passer ikke til min butik.” sagde Henriette og tog det sidste stykke sushi i munden. ”Jeg kan altså ikke drikke alt det øl. Det står også og bliver varmt. Hvorfor kommer de også med så store øl i den varme?” sagde hun irriteret.

”Det var nok fordi vi bestilte store øl,” lo Jane, og tømte sit glas. ”Hold da op, hvor er jeg fyldt op,” sagde hun og klappede sig på maven. De rejste sig efter at Henriette havde betalt. Hvilket hun havde insisteret på, og Jane sagde hende ikke imod. Hun havde ikke for mange penge.

”Det var hyggeligt,” sagde hendes mor, og gav hende et kram til afsked. ” Tak for mad,” sagde Jane. Så gik de hver til sit, uden at vide hvad den anden havde for om aftenen.

Da Jane kom tilbage i lejligheden, smed hun sig på sofaen. Hun var blevet døsig af den store øl.

Hun vågnede pludselig ved at det ringede på døren. Hun rejste sig med et sæt. Skulle hun lukke op? Eller lade som om hun ikke var hjemme. Gad vide hvem det kunne være. Nysgerrigheden overmandede hende dog, hun kiggede rundt i stuen. Der så meget pænt ud. Hun gik ud i gangen, og trykkede på knappen til dørtelefonen.

"Ja, hvem er det?" sagde hun ind i mikrofonen.

"Hej Jane. Det er Thomas. Jeg står med en flaske kold hvidvin, som jeg tænkte vi skulle dele."

Jane tænkte sig om et øjeblik. Ville hun have ham ind nu? Var han ikke sammen med en anden? Nå okay, det ville hun få svar på, hvis han kom op. Hun trykkede på knappen, og hørte døren nede i gangen blive åbnet. Hun åbnede sin egen dør, og ventede mens han gik op ad trapperne. Han var hurtigt oppe, tog to trin ad gangen.

"Hej, sikken overraskelse. Det er efterhånden længe siden," sagde hun glad, da han nåede op.

"Hej. Jah -- der har været så meget," sagde han undvigende, og gik ind i gangen. Han holdt flasken op. "Har du et par glas, jeg trænger sådan--"

"Umm, selvfølgelig," sagde hun, "sæt dig ind i stuen, så skal jeg være der." Hun hentede to glas i køkkenet. Flasken var med skruelåg, og Thomas havde åbnet den, da hun kom ind med glassene. Hun satte sig ved siden af ham i sofaen, og kiggede på ham.

"Nå, og hvad har du så haft så travlt med?" spurgte Jane, mens han hældte vin i glassene.

"Åh, lidt af hvert. Mest arbejde, svarede han. Jane kiggede med sammenknebne øjne på ham, for at tolke om han løj, men han så faktisk ud til at tale sandhed. Hun kunne ikke lade være, og sagde spidst. "Jeg så dig med en pige en dag, så jeg troede at du havde fundet en anden." Hun så på ham med et bebrejdende blik.

"Med en pige! Ja, det er da meget muligt. Jeg har da nogle andre kvindelige bekendte, bland andet på arbejdet. Så det kan sagtens ske," svarede han, helt naturligt.

"Hun kyssede dig!"

Han kiggede på hende med et drillende smil på læberne.

"Sig mig en gang. Er du jaloux?"

"Næh, ikke sådan. Men du svarede ikke på mine opkald, så derfor troede jeg at....."

Han lagde en arm om hende, og kyssede hende let på munden. Hun var afventende.

"Du er jaloux! Jamen det er da dejligt. Jeg troede faktisk ikke du var rigtig interesseret i mig, eller i et vedvarende forhold," sagde han. Denne gang overgav hun sig helt, og kyssede ham inderligt. De endte derefter hurtigt i sengen. Jane havde flået hans tøj af i en fart. De elskede, drak hvidvin, og elskede igen. Denne gang fik hun orgasme, måske ikke som andre kvinder, men dog en slags orgasme. Hun ville gerne have ham til at overnatte. Så hun spurgte, "bliver du ikke her i nat? Jeg trænger til at ligge i arm. Han rystede på hovedet.

"Det ville være dejligt, men jeg har aftenvagt,så...."

"Det er helt i orden. Men det var nu dejligt. Det må vi gøre om en anden dag," sagde hun.

De klædte sig på, og tog afsked med et kys ude på gangen. Han gik fløjtende ned ad trapperne, mens hun kiggede længselsfuldt efter ham.

46.

Adolphsvej

I huset på Adolphsvej, var Linda ved at gå i seng. Hun havde set en film i fjernsynet; *Den skaldede frisør,* af Susanne Bier. Hun elskede romantiske film, og den her var blandt hendes favoritter, som også omfattede *Pretty Woman og Den eneste ene,* også en Susanne Bier film. Linda streamede dem fra Blockbuster hvor hun havde et abonnement. Henrik syntes det var spild af penge. Han så aldrig med når Linda ville se en film. Men det var hendes hus og hendes penge, så i den henseende kunne hun gøre som hun ville. Hun var en moderne, veluddannet kvinde og havde et godt job i en privat virksomhed, hvor hun var HR Manager.

Henrik var til konference i Århus hele weekenden, så hun havde tiden for sig selv. Det havde nu ellers været dejligt hvis han havde været hjemme sådan en lørdag aften. Hun var blevet afhængig af hans selskab. Nu havde hun levet i et dårligt ægteskab de sidste fem år, så hun higede efter tryghed. Hendes mand havde været hende utro, havde hun erfaret for snart tre år siden, men håbet på det gik over. Det gjorde det ikke, og hun havde forlangt skilsmisse, efter hun havde truffet og forelsket sig i Henrik. Paradoksalt nok, var det hendes egen mand, som havde bragt dem sammen.

Og tryghed fik hun af Henrik, syntes hun. Han var meget omsorgsfuld, og kærlig. Han var god til at finde på spændende ting at lave, som nu turen til London. Det havde været hans ide, at hun skulle rejse til London, samtidig med at Henrik og hans kone var der. Det havde været en fantastisk uge, de havde tilbragt sammen. Men hun havde haft ondt af Henriette. Det var ikke særlig pænt af dem, at behandle hende på den måde.

Men det var et overstået kapitel nu. Henrik havde indgivet skilsmisse begæring, og de kunne gifte sig, lige så snart Henriette havde skrevet under.

Hendes egen skilsmisse var overstået. De havde anført at der havde været utroskab fra begge sider, og så kunne en skilsmisse gå meget hurtig.

Henriette, Henriks hustru, havde endnu ikke underskrevet skilsmisse papirerne, men det ville hun gøre, sagde Henrik med overbevisning. Hun skal bare lige have fordøjet det hele, og så skal vi være enige om bodelingen. Huset var jo firmaets, og det forlangte hun at få. Det var ikke helt ligetil, sagde han. Hun skulle købe sin andel af firmaet, og det havde hun ganske enkelt ikke råd til. Så det kunne godt blive et problem. Men han ville gøre alt for at løse det, men det ville formentlig koste ham flere millioner kroner. Der var jo også sommerhuset, som også var ejet af firmaet. Sommerhuset ville han bare sælge, og bruge pengene til at betale Henriette. Det var i sidste ende et spørgsmål om at betale noget skat. Men den slags tog tid.

Alt det var Linda ligeglad med. Hun tænkte mest på hvad Henrik lavede i Århus. Hun faldt i søvn, og drømte at han flirtede med en fremmed kvinde, at de gik op på hans værelse, smed tøjet og hoppede i seng. Pludselig var kvinden ikke en kvinde, men en ung mand. De kyssede og da Henrik lagde sig oven på den unge mand, vågnede hun med et sæt. Hun stod op og gik ud i køkkenet for at drikke lidt vand, gik i seng igen, og sov drømmeløst resten af natten. Hun vågnede dog med lidt hovedpine, tog et par Panodil, spiste morgenmad, og tog på arbejde.

I aften ville hun lave noget lækkert til aftensmad, når
Henrik kom hjem fra Århus. Og hun ville have sex bagef-
ter, måske før maden, eller begge dele. Hun blev helt op-
stemt ved tanken, og mødte glad ind på jobbet.

47.

Natklubben RUST
København

Berrit havde ikke fortalt nogen om sin drøm, men
hun kunne ikke slippe den. Hun besluttede at køre ind til
RUST og snakke med bartenderen. Det kunne jo være, at
han vidste hvad den kønne unge pige, hvad var det nu hun
havde sagt hun hed? Noget med---J, Ja! Jane, var det vist,
om han vidste noget om hende. Hvad hun lavede, hvem
hun havde været i selskab med, o.s.v. Det kunne endda
være at Kristoffer havde været i seng med hende, han hav-
de været i lag med mange piger i årernes løb, inklusive
mig selv, tænkte hun, med et lille smil.

Hun havde med vilje ikke spurgt Lone om hun ville
med. Hun syntes ikke lige hun ville indvie Lone i sine tan-
ker, ikke nu, måske senere, hvis det viste sig, at der var

hold i drømmen.

Hun kunne stadig, helt tydelig, se kvindens ansigt for sig, som hun sad der på barstolen, med skalpellen i hånden. Et forpint, og et----sørgende ansigt? Ja, det var nok ordet, sørgende, som om hun gemte på en hemmelighed.

Hun holdt ind til kantstenen foran RUST, stoppede motoren, tog nøglerne ud, åbnede bildøren, og lukkede den lige så hurtigt igen, da en forbikørende bil nær havde kørt døren af. Hun kiggede sig for en ekstra gang, og steg så hurtigt ud.

Nu var RUST en natklub, og den havde ikke åbent endnu. Hun kiggede på sit armbåndsur 14.45. Så der var nogen mødt ind nu, det vidste hun. Og hun håbede på, at det var Kristoffer som var der inde.

Hun gik bag om, og bankede hårdt på døren til bag-lokalet. Der var ingen reaktion efter et minut, så hun tog prøvende i dørhåndtaget. Der var ikke låst, hun gik ind, og råbte, "hallo er der nogen," ikke noget svar, så hun fortsat-te, og trådte ind i selve forlystelses etablissementet. Det var lidt underligt, at komme ind den vej. Hun stod faktisk bag baren, og nu kunne hun, også høre en, gå rundt og nynne, mens vedkommende skramlede med nogle møbler.

"Halløj, er her nogen!" råbte Berrit højt igen.
Kristoffer kom frem fra skyggerne, og gik hurtigt op til hende i baren.

"Tak, en kold pilsner" grinede han, og satte sig på en barstol. Berit stod stadig bag baren. Hun grinede også, og gik om på den anden side, og satte sig ved siden af ham.

"Hvad kan jeg hjælpe lovens lange arm med?" spurgte han smilende.

"Jo, kan du huske sidst jeg var her? Der sad en smuk lyshåret pige på min højre side."

"Æh,-- ja, det tror jeg. Du gik sammen med Tom,

ikke?" Berrit mærkede, at hun rødmede, og kiggede ind i et par drillende øjne. Fanden tage dig Kristoffer, du ser sgu også alt, tænkte hun, og svarede. "Jo, det er vist rigtigt. Vi delte en taxa."

"Og en seng," grinede Kristoffer, gik om på den anden side, og tog en Tuborg og to glas frem.

"Vand til mig," sagde Berrit bestemt. Han nikkede, og hældte op til dem.

"Hvad vil du vide?" spurgte han alvorligt.

"Hvad ved du om den pige? Jane, var det ikke sådan hun hed?"

" Jo, hun hedder Jane. Det kalder hun sig i hvert fald. Hun er kommet her nogle gange. Første gang jeg så hende, var for et halvt år siden, nej så længe er det nok ikke, måske nærmere fire måneder," sagde han med rynket pande.

"Er hun altid alene? Eller har hun været sammen med nogen?" spurgte Berrit, nu med professionel stemme.

"Hmm, hun kommer altid alene. Men hun gik engang sammen med en mand," svarede Kristoffer.

"Kender du den mand? Ved du hvad han hedder?"

"Jae---han har været her en del gange. Skilt for et års tid side. Kristian, hedder han, jeg kender ikke hans efternavn."

" Kristian. Kan du beskrive ham?"

"Ja, slank, 35-40 år, pænt ansigt, mørkt hår og 175 cm høj, cirka." Det blev hun ikke meget klogere af. Hun takkede bartenderen, gik ud til sin bil, og kørte tilbage til Politigården.

48

Politigården
København

Berrit tog en skriveblok. Nu måtte hun tænke. Hun måtte have styr på detaljerne, inden hun gik til Phil med sin teori.

Hun ville gerne tale med Phil om sine tanker, inden de skulle mødes med Gorms gruppe i morgen.

Hun startede med at skrive *Jane*. Så sad hun lidt og kiggede på det næsten tomme papir. Det havde været så oplagt i hendes hoved. Nu virkede det pludseligt som om hun ikke kunne formulerer sig. Nu må du fandme tage dig sammen, tænkte hun. Hvis hun havde ret i sin antagelse, at Jane var morderen, hvordan var hun så kommet i besiddelse af de remedier der var brugt. Skalpel, sprøjter, kanyler og bedøvelsesmidler? Internettet! Man kan købe alt på nettet. Hun søgte på GOOGLE på firmaer som solgte de ting. Det første der kom op var NettoMedical. Bingo! Mon ikke Jane bare havde valgt det første? Det ville hun selv have gjort. Hun ringede firmaet op, og præsenterede sig. Hun spurgte efter salgsafdelingen, forklarede sit ærinde, og i løbet af kort tid, havde hun navn og adresse på en Jane Hannson, Dirch Passers Alle, som havde fået leveret skalpel kanyler og sprøjter, men ikke bedøvelsesmidler. Det handlede firmaet ikke med, men æter kunne man købe i blandet Scandidact.dk fortalte de. Æter kunne købes helt lovligt, og blev brugt til insektbekæmpelse, og som brændstof til modelflyvemaskiner. Også her var der bid. Levering til en Jane Willis Hansson, Dirch Passers Alle, Frederiksberg. Berrit åndede lettet op. Nu turde hun fremlægge sin drømmeteori for de andre, når de skulle mødes næste formiddag hos Phil.

Præsis klokken 10.00, mødtes de alle sammen i briefingrummet. Gorm, Lind, Bo og Lone, hende selv, og selvfølgelig, Phil. De var alle spændte. Forhåbentlig var der nye informationer. Hun havde kun lige nået at orienterer Phil om, at hun havde noget nyt. Måske noget afgørende.

Heden var aftaget, mørke skyer truede ude i horisonten. Vinden var taget til, og havde godt fat i de store lamper som hang over kørebanen. De svingede faretruende frem og tilbage. Ligeledes ruskede vinden voldsomt i de få træer som stod i ensom majestæt på Otto Mønsteds Plads. Alt tydede på, at et gevaldigt uvejr, var på vej, tænkte hun, da hun kastede et blik ud af vinduet. Men der var stadigvæk meget varmt i bygningen, som ikke havde moderne aircondition, men blot en larmende blæser, som stod og snurrede i et hjørne. Phil gik hen og slukkede for den, inden han stillede sig foran whiteboardet.

"Tak fordi I kunne komme alle sammen," begyndte han. Det lignede ellers ikke ham, at takke sine folk for fremmøde. Det var vel, Gorm, og hans team, han mente.

Berrit rakte hånden i vejret, og trådte frem, da Phil nikkede.

"Jeg vil gerne fremsætte en teori," begyndte hun, og blev lidt nervøs for, at de andre ville synes, hun var lidt for vidtløftig.

"Ja, lad os høre," sagde Phil, utålmodigt.

"Ja, Lone og jeg fremlagde jo en teori om, at det kunne være en kvinde. Efter afhøringen af Hallandsens nabo. Det husker I, ikke?"

De andre i rummet nikkede, og så spørgende på hende.

"Jeg er blevet yderligere bestyrket i den teori," sagde hun, og hev sit papir frem, kiggede ned på det.

"Hvordan yderligere bestyrket?" spurgte Gorm, og strakte hals for at se hvad der stod på papiret.

"Jo, ser I. Det er lidt prekært. Men jeg var på RUST for en uges tid siden. Ja, det er altså en natklub. Bo grinede højt. Phil så misbilligende på ham. Berrit fortsatte; "og der mødte jeg en ung smuk lyshåret kvinde. Hun virkede umiddelbart sød og rar, men der var et eller andet med hendes blik. Jeg kan ikke forklare det, men altså, om natten havde jeg en drøm, hvor hun optrådte med en skalpel, og i drømmen ville hun dræbe mig. Ja, jeg ved at det lyder tosset, men jeg har før haft sådan nogle mærkelige drømme, og de har nogle gange båret frugt," sluttede hun, og kiggede rundt i rummet. Både Bo og Lind stod og smågrinede, mens Lone var helt alvorlig, og så på Berrit med en vis beundring.

"Og! sagde Gorm. Hvad kan vi bruge det til," spurgte han, lettere irriteret. Han virkede ikke særlig begejstret for hendes ide. Det havde hun nu heller ikke forventet.

"Jo, jeg opsøgte i går bartenderen på RUST, og spurgte ham ud om kvinden. Han kendte kun hendes fornavn, som jeg i øvrigt kendte i forvejen, da hun præsenterede sig den aften, jeg mødte hende. Men han fortalte noget meget interessant. Hun havde, for ca. fire måneder siden, forladt RUST sammen med en mand som hed Kristian. Jeg havde håbet på noget mere, men han kunne ikke bidrage med mere.

I stedet gik jeg her hen på kontoret og tænkte, og det bar frugt, sagde hun begejstret, og kiggede drillende på Bo, som kneb øjnene sammen, og stirrede tilbage.

Jeg tænkte, at morderen måtte have købt nogle af de

ting, som blev brugt til mordene, på nettet. Og Bingo! En kvinde ved navn Jane Willis Hansson, havde bestilt skalpel, kanyler og sprøjter hos NettoMedical, og fået det leveret på sin bopæl, Dirch Passers Alle, på Frederiksberg.

Alle stod måbende og stirrede på Berrit.

"Det var satans," sagde Phil. "Skide godt BB." han klappede i hænderne. Skal vi komme afsted. Han kiggede på Bo. "Du og Lars henter hende ind til afhøring."

Berrit var lamslået, og skulle lige til at protestere. Men Phil kom hende i forkøbet.

"BB og jeg forberede forhøret. Vi skal have taget fingeraftryk, når hun kommer ind. Det sørger du for at bestille, BB. Jeg orienterer Krog. Okay!"

Gorm nikkede og gik ud sammen med Lone. Han var skuffet. Nu tog Phil hele æren. Men det var jo også hans folk som var kommet med gennembruddet. Det måtte han modvilligt indrømme. De kørte slukørede tilbage til Lyngby. Ingen af dem sagde noget på tilbage vejen.

Regnen begyndte at falde i store dråber på forruden af Gorms Alfa. Vinduesviskerne startede automatisk. Det havde været en teknologisk nyhed dengang han købte bilen. Nu var det standard på næsten alle nye biler.

49.

Dirch Passers Alle
Frederiksberg

Thomas ringede på dørtelefonen, og Jane skyndte sig ud i gangen for at trykke ham ind. Hun hørte hans skridt på trappen, lod døren stå åben, så han selv kunne gå ind. Hun manglede lige at tørre håret helt færdigt. Heldigvis var heden aftaget, og temperaturen i lejligheden var nu mere udholdelig. Det var stadig varmt, men ikke hedt. Så hun havde bare et par denim shorts, og en tynd hvid bluse på. På fødderne, et par sandaler med blå remme.

"Halløj, er der nogen hjemme," lød Thomas stemme ud fra entreen. Han lød til at være i vældig godt humør.

"Jeg er herude!" råbte hun ude fra badeværelset. Et øjeblik efter stod han bag hende, tog hende på hofterne, og snusede til hendes nyvaskede hår. De kiggede på hinanden i spejlet. Han smilede, og hun besvarede smilet. Hun var glad.

"Uhm, du dufter dejligt," sagde han, vendte hende om, og kyssede hende. Hun gengældte hans kys, og i det øjeblik, elskede hun ham, indså hun nu. Det var nok første gang, at hun helt hengav sig til den følelse, og det var skønt. Det var så skønt, at hun fik tårer i øjnene. Men det så Thomas ikke, for i det samme slap han hende, og kiggede på sit armbåndsur.

"Vi skal gå nu, hvis vi skal nå filmen," sagde han, vendte sig og gik ud af badeværelset. Jane nikkede, tørrede øjnene forsigtigt med et stykke toiletpapir, så hun ikke ødelagde sminken, og fulgte efter ham.

De gik til Metrostationen, og tog metrotoget til Frederiksberg st. Herfra gik de til Nordisk Film Biografer Falkoner. De skulle se Flaskepost fra P. Thomas havde læst alle bøgerne om Carl Mørck, og var vild med dem. Jane havde hørt om dem, men ikke læst nogen. Hun kunne ikke koncentrerer sig om læsning. Men hun havde set Kvinden i buret, på TV2. Hun vidste ikke rigtig, hvad hun skulle mene om det. Krimier var ikke lige hendes favorit. Hun ville hellere have set en sjov film, som Klovn, for eksempel, eller Sex and the City. Men nu fik Thomas lov at bestemme. Han betalte også både billetter og popcorn, så det var vel rimeligt. Hun kunne jo også bare lukke øjnene, og holde Thomas i hånden, bare nyde at være sammen med ham.

De to timer gik forbavsende hurtigt, og hun var faktisk blevet grebet af filmen. Hun kunne godt lide ham Mørck, spillet af Nikolaj Lie Kaas, ham elskede hun at se. Og Thomas havde holdt hende i hånden hele tiden. De var blevet sultne og tørstige efter den megen dramatik, og gik ind på Wagamama for at få lidt at spise og drikke.

”Kunne du tænke dig en ferie til syden?” spurgte Thomas pludselig, med lidt mad i munden, så Jane troede hun havde hørt forkert.

”Hvad?” sagde hun blot, og så spørgende på ham.

”Vil du med på en ferie syd på?” spurgte han nu tydeligt. Han havde tygget af munden, tog sin øl og drak en tår, mens han kiggede spørgende på hende.

”Æh, ja, men det --- det har jeg altså ikke råd til. Men det kunne da være skæppe skønt,” svarede hun, lidt befippet, og overrasket.

”Jeg gir`--hvis du vil med.”

”Hvad! --- nej. Det kan jeg da ikke bare sådan tage imod,” sagde hun, men havde mest lyst til at råbe ja, ja, ja.

”Selvfølgelig kan du det. Når nu jeg insisterer.” sagde Thomas, tog hendes hånd, og aede hende på håndryggen. Det føltes så dejligt, at hun strakte sig ind over bordet, og kyssede ham på munden.

”Vil du så?” spurgte han leende.

”Ja, ja! Jeg vil elske det. Men jeg vil selv betale, i hvert fald fly og hotel,” sagde hun kærligt.

”Okay. Det siger vi så. Men hvor skal vi så tage hen? Hvor kunne du tænke dig?” spurgte han.

”Lad os tage hjem til mig, og kigge på computeren. Måske kan vi få en afbudsrejse,” sagde hun, og rejste sig ivrigt. Thomas rejste sig også, de betalte og gik udenfor.

Vejret var ved at slå om, kunne de mærke. Vinden var taget til, og mørke skyer var begyndt at tårne sig op ude i horisonten, mod vest. De gik raskt til, hen mod metrostationen, hoppede ind og satte sig på et par ledige sæder, men ikke ved siden af hinanden. Jane kom til at sidde med ryggen til Thomas, ved siden af en ung mand med ringe i ørerne, tatoveringer på armene, og op af halsen, kunne hun se. Hun brød sig ikke om overtatoverede fyre.

Han skulede til hende, men hun lod som ingen ting, og kiggede den anden vej. Men hun følte, at han kiggede på hende. Pludselig mærkede hun en hånd på sit venstre lår. Hun kiggede forskrækket ned, og så den tatoverede hånd ligge på sit lår. Hun tog fat i den, og løftede den væk, men han lagde den bare der igen, og denne gang gled den højere op, helt op til kanten af hende shorts. Hun lukkede øjnene et øjeblik, og overvejede, hvad hun skulle gøre. Men da han stak en finger op under kanten af buksebenet, og næsten rørte ved hende skede, reagerede hun pr. automatik, og knaldede en albue direkte ind i hans ansigt. Han blev fuldstændig overrumplet, og sank blot sammen i sædet. Hun rejste sig, og stillede sig i gangen, ved siden af Thomas, og blev stående der, indtil de skulle af.

Hjemme i Janes lejlighed, åbnede de hendes bærbare, og slog op på travelmarket. Der var masser af afbudsrejser, og Jane valgte Rom. Hun fandt et hotel nær Trevifontænen. Hun havde aldrig været i Rom, og betragtede byen som det ultimative sted for nyforelskede par. Nå, ja, Paris var også et godt sted for forelskede par, men nu blev det altså Rom. Paris kunne de jo tage til en anden gang. Hun havde set flere film om nyforelskede par, der rejste til Rom på bryllupsrejse, og det så altså fantastisk ud, syntes hun.

”Okay, godt valgt,” sagde Thomas, og gav hende kys og et stort kram.

”Synes du? Er du sikker? eller er det bare mig som, æh, er lidt for romantisk?” spurgte hun usikkert.

”Helt sikker. Jeg elsker Rom, Paris og London, eller hvad ellers du havde valgt. Når blot jeg kan være sammen med dig,” sagde han sødt.

”Jeg elsker dig,” sagde hun, og gav ham et kys.

”Jeg elsker også dig,” svarede han, og gengældte kysset.

”Jamen, skal vi så bestille?” spurgte hun.

”Ja, lad os gøre det,” svarede han, og hev VISA kortet frem. Jane gik til Køb Rejse, og trykkede på knappen, og fem minutter senere, havde de bestilt deres rejse. De skulle allerede af sted dagen efter. Men så fik de også 5 dage i Rom, to personer for 2.295 kr. inkl. fly og hotel.

”Det er billigt,” sagde Thomas glad.

”Ja, og et fint hotel i centrum,” supplerede hun.

”Nå, men så må jeg hellere gå hjem og pakke,” sagde Thomas, og gjorde mine til at rejse sig.

”Åh nej! Nu hyggede vi os lige så godt. Bliver du ikke i nat? Du kan sagtens nå at pakke i morgen. Vi skal først flyve klokken fem,” sagde hun skuffet.

”Okay. Jeg skulle bare lige teste dig,” lo han, ”giver du noget kaffe?”

Hun slog ham kærligt på skulderen, rejste sig, og gik ud i køkkenet for at lave kaffe.

”Vil du have latte!” råbte hun.

”Ja tak!”

Lidt efter kom hun ind med to glas med den skummende kaffelatte.

Hun satte dem på sofabordet, og tændte for fjernsynet. DR nyhederne var i gang, og de viste noget fra Syrien. Det var så deprimerende. Alle disse ødelagte huse i millionbyen Aleppo. Og synet af alle de flygtninge, der måtte forlade deres hjem. Hun havde ondt af dem, især af børnene.

Heldigvis var indslaget hurtigt forbi, og det blev tid til vejrudsigten. Vejrværten lovede fortsat lunt vejr, men også kraftige tordenbyger, og risiko for oversvømmelser. Især kældrene i København skulle folk holde øje med. Jane slukkede, og vendte sig mod Thomas.

”Vil du med i seng?” spurgte hun forførende.

Han nikkede, tømte glasset, rejste sig og satte begge glas ud i vasken. Jane var allerede ved at smide tøjet, da han kom ind i soveværelset. Han kom også hurtigt af med kludene, og lagde sig ind til hende.

”Elsk med mig,” hviskede hun, og tog fat om hans penis, som hurtigt blev kampklar.

”Gerne,” hviskede han tilbage, og gled langsomt op i hende. De elskede blidt og for første gang syntes hun, at det føltes helt rigtigt.

Næste morgen, da de havde spist morgenmad, tog Thomas hjem for at pakke til ferien.

Jane nynnede hele tiden, mens hun pakkede sin kuffert. Det tog temmelig lang tid. Pludselig syntes hun ikke hun havde noget ordentligt tøj at tage med. Skulle hun have pæne kjoler på om aftenen, når de skulle ud at spise? Hvor varmt var det egentligt? Hun slog det op; 28 gr. om dagen og ca. 18 gr. om natten. Okay, så skulle det være let tøj.

Bo og Lars stoppede ud for Andelsboligforeningen

Solhøj. Bo kiggede op ad bygningens grå facade.

"Skal vi?" sagde Lars, og åbnede hoveddøren. En ung mand kom i det samme ned ad trappen. Han nikkede til de to civilklædte betjente, og gik hen ad gaden med raske skridt. Bo og Lars tog trappen i hurtige skridt.

Bo mærkede at hjertet bankede lidt hurtigere, da han ringede på hos Jane Hansson. Der gik kun et øjeblik, så åbnede hun døren med et stort smil.

"Nå, du kunne ikke undv....." hun stoppede med et forbavset udtryk i ansigtet. Begge betjente havde deres skilt fremme.

"Er du Jane Willis Hansson?" spurgte Bo.

Jane nikkede. "Ja. Hvad drej......" Bo afbrød hende.

"Klokken er 11.12, og du er anholdt, mistænkt for mordene på Hanne Severin Wilke, Mette Thomsen og Helle Dam. Du har ikke pligt til at udtale dig." Jane hørte ikke resten af hvad der blev sagt. Hun var lamslået, hjernen lukkede ned, og hun var lige ved at besvime, men holdt sig stående ved at holde i dørhåndtaget. Lars gav hende håndjern på, de førte hende ned af trapperne, satte hende ind på bagsædet af bilen, og kørte hastigt ind mod Politigården. Bygningerne, træerne og mennesker på gaden, flimrede for hendes blik. Hun lukkede øjnene og tvang sig til at tænke rationelt. Hun havde jo ikke gjort noget kriminelt, havde ikke slået nogen ihjel. Hvordan i alverden havde politiet fundet frem til hende? Hendes far dukkede op i billedet. Hun måtte have fat i sin far. Havde man ikke ret til en opringning? Eller var det kun i amerikanske film? Hun var ikke sikker. Hun mente helt sikkert, at hun havde ret til en advokat, hvis hun skulle afhøres.

Men på den anden side. Da hun vidste hun ikke havde gjort noget kriminelt, kunne hun jo bare svare ærligt på deres spørgsmål, og så ville hun være ude i løbet af kort tid. Hun havde sgu ikke tid til at sidde her i flere timer. Hun skulle på ferie i dag, sammen med Thomas.

De kørte ind på polititorvet og parkerede ud for Politigården.

50.

Politigården
København

Jane blev ført op ad spindeltrappen til et forhørslokale på 1. sal. Der stod et firkantet bord, med fire stole om, to på hver side, og fire plastik kopper samt en thermo kande med koldt vand. Lars satte hende på en af stolene, og låste håndjernene op. Han stillede sig bag hende, uden at sige noget. Et øjeblik efter kom to politifolk ind i rummet. En smuk ung kvinde og en nydelig mand på omkring de 60 år. Da de satte sig ned overfor Jane, fik hun et mindre chok. Jane genkendte kvinden fra RUST, og hun kunne se, at politikvinden også genkendte hende. Hun sad med at lille triumferende smil på læberne. Manden tændte for en lydoptager, og sagde.

”Fredag d. 10.08. 2018, klokken er 11.48, tilstede er

kriminalkommissær Jonas Phil, og Kriminalassistent Berrit Bang. Afhøring af Jane Willis Hansson." Det lød som var det taget ud af en film, tænkte Jane.

"Dit fulde navn og person nummer, tak," sagde han. Jane sank med besvær sit spyt og rømmede sig. Berrit hældte vand i hendes krus, Jane drak en mundfuld og svarede, "Jane Willis Hansson. Født d. 12.10.1995, og de fire sidste, 2024." Phil kiggede hende hele tiden i øjnene, Jane stirrede trodsigt tilbage. Hun var kommet sig over det første chok, og var parat til at kæmpe. Første spørgsmål overrumplede hende alligevel.

"Hvor kender du Jesper Hansen fra?" Det var Berrit der spurgte. Jane rynkede brynene. "Hvem? Jeg kender ikke nogen Jesper."

"Hvorfor har du købt skalpel, sprøjter og kanyler på Nettomedicin?" spurgte Phil. Jane sank lidt sammen i stolen. Hvordan fanden var de kommet i besiddelse af de oplysninger? Hun besluttede at sige sandheden, og fortalte hele sin historie, om hvordan Rigshospitalet havde behandlet hende. Phil og Berrit hørte efter uden at afbryde. Deres ansigtsudtryk viste ikke nogen følelser, hverken modvilje mod hende eller sympati for hende.

"Så i min frustration, besluttede jeg at give dem samme behandling, som de havde givet mig," sagde hun og tog en tår at drikke. "Jeg bestilte ganske vist de varer, som I har nævnt. Men da de endelig kom, fortrød jeg, og de er ikke blevet brugt."

"Hvor er de så? I hvertfald ikke i din lejlighed. Vi ransagede din lejlighed lige eftcr du blev anholdt, og fandt ikke de omtalte varer." Phil så stift på hende med kolde øjne. Jane flyttede sig nervøst i stolen.

"De er forsvundet," hviskede hun næppe hørligt.

"Tal højere," sagde Berrit, og pegede på optageren.

Jane gentog med højere røst. "Kassen er forsvundet." De kiggede begge mistænkeligt på hende.

"Forsvundet! Hvordan forsvundet?" spurgte Phil. Jane trak på skuldrene. "Det ved jeg ikke. Jeg havde bestemt mig for at smide den, papkassen, i en affalds container, men så var den væk. Jeg undrede mig, og undersøgte låsen på min dør for indbrud, men det så ikke ud til at nogen var brudt ind. Så jeg forstår det ikke, men væk var den," sagde hun.

"Hvorfor indrømmer du ikke bare," sagde Berrit, og fortsatte, "Jesper Hansen voldtager dem, og du skærer i dem. Er det ikke sådan I gør?" Hun så koldt på Jane.

"Nej! Har jeg jo sagt. Jeg kender ikke nogen Jesper og jeg har ikke skåret i nogen," råbte Jane, og holdt hovedet i hænderne, mens hun forsøgte at få kontrol over sin vejrtrækning. Døren gik op, og ind kom en politiassistent med en kasse under armen.

"Vi skal lige have taget dine fingeraftryk, og en DNA prøve. Det har du vel ikke noget i mod, vel? sagde Phil. Jane rystede på hovedet og strakte hænderne frem. Det var hurtigt overstået, og assistenten forsvandt igen.

"Må jeg ikke ringe til en advokat? Min far er advokat, og jeg vil gerne have ham herhen," spurgte Jane.

"Så du mener at du har brug for advokat bistand," sagde Berrit sarkastisk. Jane rystede på hovedet.

"Jeg vil bare gerne have min far her."

Phil rakte hende en mobil telefon. "Værsågod. En opringning," sagde han. Jane ringede sin far op. Hun måtte lige tænke sig om lidt for at huske hans nummer. Hun var som alle andre, vant til bare at finde folks nummer i kontakter på mobile. Han tog den efter to ring. Jane forklarede ham hurtigt og kortfattet situationen. "Jeg kommer med det samme," sagde Henrik og afbrød.

”Skal vi gå videre?” spurgte Phil. Jane rystede på hovedet. ”Jeg siger ikke mere før min advokat er tilstede.”

”Okay. Vi holder en pause,” sagde Phil misfornøjet, de rejste sig og gik ud. I stedet kom der en uniformeret politimand ind, og stod foran døren. Jane hældte mere vand op fra thermo kanden.

En halv time efter, som føltes som flere timer, kom Henrik, Phil og Berrit ind i rummet. Phil tændte for lydoptageren, og nævnte de tilstedeværende.

”Er min klient sigtet?” var det første Henrik spurgte om. Phil rystede på hovedet. ”Nej, men hun er mistænkt for grove forbrydelser, som vi har efterforsket i nogen tid. Du har sikkert hørt om det i pressen.”

”Ja, jeg har hørt om det. Grufuldt! Men at min klient skulle være morderen, er helt tåbeligt,” sagde han og kiggede på sin datter.

”Er det?” sagde Berrit skarpt.

”Der var afsat fingeraftryk på et telefonrør hos en af de dræbte. En anden havde hud fra en ukendt person under neglene. Vi har taget fingeraftryk og DNA prøve på mistænkte. Hvis der er et match, beholder vi hende og sigter hende. Hvis ikke, så kan hun gå herfra, men ikke i dag, da DNA testen tager et par dage,” sagde Phil.

Jane åndede lettet ud. Hun vidste at det ikke kunne være hendes fingeraftryk. Og hun var ikke blevet kradset af nogen. Pludselig kom hun til at tænke på Thomas og Italien. Hun sank sammen i stolen, hvilket Berrit bemærkede og tog som tegn på at de havde hende i saksen.

”Pis!” udbrød Jane. ”Vi skal til Italien i dag. Vi skal flyve klokken fem.” De kiggede alle sammen forundret på hende. Phil lænede sig lidt frem i stolen.

”Hvem? Hvem skal du til Italien med?”

”Thomas. Han hedder Thomas. Vi er blevet gode

venner, en slags kærester, og han har inviteret mig med på ferie til Rom," sagde Jane opgivende. Hun vidste godt, at det ikke ville ske. Ikke i dag, i hvert fald. Hendes far lagde trøstende en hånd på hendes arm. Han så ømt på hende.

"I skal nok komme til Rom, min skat, bare ikke i dag," sagde han trøstene.

"Jeg bliver nødt til at ringe til ham, og forklare," sagde Jane bedende.

"Det skal vi nok gøre. Hvad hedder han til efternavn? Hvor bor han?" spurgte Berrit.

"Det ved jeg faktisk ikke, altså hans efternavn. Og jeg ved ikke præsis hvor han bor. Jeg har aldrig været hos ham. Det er altid ham som kommer hen til mig," svarede hun. Phil kiggede mistroisk på hende. Han syntes hendes forklaringer var langt ude. Kassen hun havde købt, var pist væk. Hun kendte ikke navnet på sin kæreste og vidste ikke hvor han boede. Det lød lidt for usandsynligt.

Der blev banket på døren, og Bo stak hovedet ind. Phil rejste sig og gik ud. Lidt efter kom han ind. Berrit syntes han så skuffet ud. Han rystede umærkeligt på hovedet. "Det er ikke mistænktes fingeraftryk på telefonen," sagde han stille. Jane kunne ikke lade være med at smile.

"Mon det så er mistænkes DNA? Var det under neglene på et af ofrene?" sagde Henrik skarpt.

"Det ved vi først om et par dage," svarede Phil spagt. Han var begyndt at tvivle på Berrits teori om at det var en kvinde som var morderen. De havde jo Jesper Hansen, og hans sæd fra det ene offer. Phil ville holde på ham som morderen, ind til videre.

"Kan min klient ikke få lov at gå i dag? Hun og kæresten kan stadig nå flyet," sagde Henrik. "Jeg garanterer at hun vender tilbage," lovede han.

"Det kan der overhovedet ikke....." Phil afbrød Berrit

med en håndbevægelse.

"Jo. Jeg tror ikke vi får en dommer til at varetægtsfængsle hende på dette grundlag. Så hun kan frit gå herfra. Men du skal være forberedt på at blive indkaldt igen." Jane følte i dette øjeblik at hun kunne flyve, så glad og lettet blev hun. Det var lige før hun havde lyst til at kysse Phil, men hun nøjedes med at kramme sin far. De fulgtes ud fra Politigården. Da de stod ved hans bil sagde han drillende. "Jeg var slet ikke klar over, at du havde en kæreste. Det må du fortælle lidt mere om."

"Ja, ja. Det gør jeg på vej hjem. Kør mig nu bare hjem. Thomas kan slet ikke forstå hvor jeg er."

<h1 style="text-align:center">51.</h1>

Rom Centrum
Italien

Flyet landede i Leonardo da Vinci International Airport til tiden. Landingen var perfekt, og flyet rullede langsomt hen til gaten.

Jane kiggede nysgerrigt ud af det lille ovale vindue. Hun havde fået vinduespladsen, det havde hun ønsket, og Thomas havde ikke protesteret. Han havde fløjet mange gange sammen med sine forældre, og ofte siddet ved vinduet.

De skulle bo på Hotel Trevi, som ligger midt i Roms centrum, hvorfra de nemt kunne komme rundt i byen med busser og metroen. Og Vatikanstaten lå lige på den anden side af Tiberen.

De måtte vente længe på bagagen. Derefter kunne de

gå til busstationen, ca 700 m. Bussen kørte til Roma Termini, og der tog de Metroen til Barberini, og gik de sidste 600 m. til hotellet.

Hotel Trevi er et gammelt hotel, men nænsomt restaureret, med nydelige lyse værelser. Jane og Thomas fik et lille dobbelt værelse oppe under taget, med fritliggende bjælker. De syntes det var meget charmerende, og gik glade og tilfredse i gang med at pakke ud.

Foruden dobbeltsengen, var der et lille skrivebord med telefon, et flad skærms tv, balkon med et lille bord og to stole.

Badeværelset var moderne med brusekabine med glas afskærmning. Alt i alt et dejligt værelse, syntes de.

Thomas tog den lille flaske champagne, som lå i minibaren. Efter at have skiftet tøj, satte de sig ud på balkonen. Thomas skænkede champagne i glassene og de skålede på en dejlig ferie.

Vejret var fint, 25 gr. klokken fem om eftermiddagen. De kunne sidde og se ned på gaden, og på Trevi fontænen, og alle de glade turister, som drev omkring på pladsen. Gadelygterne var så småt ved at blive tændt, og folk sad ved de små borde, nød de sidste solstråler, og et glas vin, inden aftensmaden.

Da Thomas og Jane havde drukket champagnen, blev de enige om, at tage en lur. De havde trods alt været tidlig oppe, og de havde ikke fået ret meget søvn natten før. Desuden havde forhøret taget temmelig hårdt på Jane.

Da hendes far havde sat hende af hjemme foran Solhøj, var hun spænet op til hendes lejlighed, for at se om Thomas var der. Det var han ikke, så hun skyndte sig at låse sig ind, finde mobilen frem og ringe til ham.

”Hvor fanden har du været henne?” var det første han sagde, og med vred stemme.

"Undskyld, undskyld!" begyndte hun. "Jeg skal nok fortælle dig det hele, senere, men vi skal vel se at komme ud til lufthavnen, ikke?"

"Jo, vi mødes på Lindevang Metro St. om et kvarter, okay?" sagde han tørt, og afbrød.

Thomas var skide sur, da de mødtes på stationen. Han trak sig tilbage, da Jane ville give ham et kram. Hun fik tårer i øjnene, det blødte ham lidt op, og han gav hendes arm et klem. De fandt en plads, lidt for dem selv, og Jane fortalte ham historien på vej til lufthavnen.

"Det var ligegodt satans!" udbrød han. Men Jane syntes ikke at han så særlig overrasket ud. Det tænkte hun over på flyet. Han havde ikke spurgt yderligere ind til episoden, og det undrede hende. Men hun slog det hen, og faldt i søvn. Hun vågnede først da piloten annoncerede at de var ved at lande, og fasten seatbelt lampen blev tændt med det lille bip.

"Vi kan spise her på hotellet, hvis du er for træt til at gå ud i byen," foreslog Thomas.

"Nå ja, lad os se, når vi har hvilet. Der ser hyggeligt ud der nede på pladsen, synes du ikke?" svarede hun.

"Jo, jo, rigtig hyggeligt, vi ser. Nu vil jeg lægge mig." sagde han, og gik ind.

"Jeg skal lige tisse, så lægger jeg mig også."

Thomas vågnede ved at hans mobiltelefon ringede. Det var hans far, kunne han se på displayet.

"Hej far!Hvor hyggeligt. Hvad så?" Det var ikke ofte hans far ringede til ham.

"Åh, jeg skulle lige høre hvordan det går. Er I kommet frem?" spurgte han, og lød lidt bekymret.

"Ja. Vi lå lige og hvilede os, inden aftensmaden."

"Og du har det godt?"

"Ja, far, jeg har det fint. Hvad er der med dig? Du lyder så underlig," sagde Thomas, og rynkede brynene.

"Nå. Men nej. Alt er i orden her. Vi tales ved når du kommer hjem. I må ha` en god ferie. Farvel min dreng," sluttede hurtigt faren af. Thomas sad lidt og undrede sig. Jane var vågnet, og kiggede på ham.

"Hvem var det?" spurgte hun søvnigt.

"Det var min far. Han lød så underlig. Gad vide hvad der er sket? Han sagde ikke rigtig noget," svarede han.

"Okay. Så er det sikkert ikke noget alvorligt," sagde hun beroligende.

Thomas trak på skuldrene, og gik ud i badeværelset, for at børste tænder. Han syntes pludselig, han havde en grim smag i munden, hvorfor kunne han ikke lige greje, men den var der. Hans far plejede ikke sådan at ringe, for at spørge til ham. Det var trods alt kun et par dage siden han havde været hjemme og besøge sine forældre.

"Er du ved at være færdig? Jeg skal på toilettet!" råbte Jane inde fra værelset.

"Jeg er færdig, og hunde sulten," svarede Thomas, og kom ud fra badeværelset. Jane smuttede ind, og lukkede døren efter sig.

Hun kom ud lidt efter. Thomas kunne se, at hun havde frisket sig op med ny sminke. Hun ser sgu alligevel godt ud, tænkte han, og humøret steg nogle grader.

"Er du klar?" spurgte han. Han havde selv skiftet til lange bukser og en let striktrøje. Det blev altid lidt køligt om aftenen. Og de ville helst sidde ude.

"Jeg er så klar!" bedyrede hun smilende, og drejede en gang om sig selv. Hun havde også lange bukser på, eller stumpebukser, hedder det vist, beige, en rød top, og en tynd dunjakke over skulderen. Hun havde en taske i hånden. Hun tog flade sko på. Der var mange brostens belagte gader i Rom, havde hun set.

De forlod værelset, og tog trapperne de tre etager ned. Der stod en ung kvinde i receptionen. Hun havde ikke været der, da de ankom om eftermiddagen, så hun havde nok aftenvagten, tænkte Thomas.

De trådte på gaden. Det var en lun og vindstille aften, lige som man gerne vil have det, og forventer det skal være i Sydeuropa, når man holder ferie. De kom ud på Vicolo del Puttarello, og gik mod Fontana di Trevi. Der lå en bar lige ved, Bar Fontana di Trevi. Bygningen var rødkalket, men trængte til en overhaling. Men der var mange mennesker på pladsen foran Trevi Fontænen.

"Skal vi ikke sætte os her, og få en drink?" spurgte Thomas, og gik hen mod et ledigt tomandsbord.

"Jo, lad os det. Her er så smukt og dejligt, og mange mennesker," nikkede Jane, og satte sig.
Bartenderen kom og modtog deres bestilling. De bestilte begge en Gin og Tonic med citron. Den er god før maden, fylder ikke så meget, mente Thomas, Jane nikke ivrigt, hun kunne godt lide Gin og Tonic.

"Hvor er her skønt," sagde Jane, og nippede til drinken, mens hun kiggede sig omkring. Hun var ellers ikke til mange mennesker. Når hun havde været på diskotek hjemme i København, havde det som regel haft et formål, og hun var aldrig blevet længere end højest nødvendigt. Men her var det noget helt andet. Hun nød at sidde her med alle disse glade turister omkring sig. At hun så tilligemed sad her sammen med den mand hun elskede, det var bare himmelsk, syntes hun. Det fik hende helt til at glemme episoden hos Københavns Politi. Det var fortid nu, et overstået kapitel. Troede hun.

"Ja, her er dejligt. Rom er dejlig. Bare vent og se. I morgen skal vi en tur i Colosseum, og i overmorgen i Vatican museet, og vi skal da også se Peterskirken, ikke?"

sagde Thomas entusiastisk.

"Jo, jo. Vi skal da se alt det vi kan nå," lo hun, lagde en varm hånd på hans arm, og blinkede lykkeligt til ham.
Han lænede sig ind over bordet, og kyssede hende let på munden. Et forbrødrende kys, antog hun, og blinkede koket til ham, mens hun nippede til drinken.
Efter de havde drukket ud, gik de hen på Piccolo Buco, og spiste. Det blev en herlig aften, med udsøgt italiensk mad og vin, og de gik trætte, men glade og veltilpasse, med hinanden under armen, hjem på hotellet.
De gik straks i seng. Det blev ikke til sex den aften. Der ventede en hård dag i morgen. De sov dog ikke længe næste dag. Da dagen gryede og lydene fra gaden nåede ind gennem de tynde vinduesglas, vågnede de.

Efter de havde spist morgenmad i hotellets restaurant, gik de op på værelset for at gøre sig klar til turen til Colosseum. De tog begge fornuftige sko på. De vidste at de skulle gå meget den dag. De gik til metrostationen Barberini og tog metroen til Colosseum.

De brugte meget tid på seværdigheden. De købte en guidet tur rundt i hele herligheden. Da det var Janes første tur til Rom, syntes Thomas, at hun skulle se det hele. Han havde været der før, men han kunne sagtens se det en gang til. Også selv om det var ret dyrt, især med guide. Men Thomas sagde, at de ville få meget mere ud af rundvisningen med en guide.
Jane var begejstret. Hun slugte det hele med stor entusiasme, både det visuelle, og guidens fortælling. Hun var tryllebundet af historiens vingesus. Hun kunne næsten se, Gladiatorernes kampe for overlevelse for sig. Men hun havde også set den der film, Gladiator, med Russell Crowe.

Om aftenen spiste de på en af de mange restauranter,

som ligger rundt om Fontana di Trevi.

De fik skaldyr med lokal hvidvin, til forret, og *Pasta Cabonara*, bagefter. Hertil en flaske god rødvin. Jane ville have en is, på hjemvejen. Hun var også blevet temmelig beruset af vinen.

De gik hånd i hånd, tilbage til hotellet, i Roms lune aften, hvor gadelygterne kastede et gulligt skær over de brostensbelagte gader, hvor folk bare slentrede rundt, nød vejret, hinanden og barernes fristelser.

Tilbage på hotelværelset, kom de hurtigt af tøjet, og kastede sig ud i en lang elskovsagt. Da de endelig, forpustet, lagde sig ved siden af hinanden, trætte, men også lykkelige, spurgte Thomas pludselig. ”Vil du gifte dig med mig?” han kiggede forventningsfuld på hende. Hun blev overrasket og lå længe uden at sige noget. Hun tænkte så det knagede. Kunne hun det? Gifte sig; uden at fortælle ham sandheden. At hun var født som dreng. Nej! De kunne ikke leve på en løgn. Hun måtte først fortælle ham sandheden. Men havde hun modet til det?

Thomas rejste sig op på albuerne, og kiggede nøje på hende. Han fik et skuffende udtryk i ansigtet.

”Du er tavs,” sagde han nervøst.

”Undskyld Thomas. Det kom bare som en uventet overraskelse,” svarede hun og kyssede ham let.

”Ja. Men hvad siger du så?” grinede han, ganske givet lettet over hendes svar.

”Ja- jo, det vil jeg da gerne. Men hvornår havde du tænkt dig det skulle være? Jeg mener – jeg havde slet ikke tænkt de tanker, ikke endnu,” svarede hun forsigtigt.

”Du lyder ikke særlig begejstret.”

”Åh Thomas! Du må ikke tage det på den måde. Jeg elsker dig og vil gerne giftes med dig. Det kommer bare lidt overraskende. Jeg må have lidt tid. Okay?” sagde hun, og kærtegnede hans kind blidt. Thomas vendte sig om på siden, med ryggen til hende.

”Godnat. Sov godt,” mumlede han.

”I lige måde.” hviskede hun. Det varede længe før hun faldt i søvn. Thomas snorkede.

Humøret var ikke hvad det havde været dagen før, da de gik ned til morgenmaden. De havde kun mumlet et halvhjertet, god morgen, til hinanden, mens de gjorde sig klar.

”Hør! Jeg var nok lidt halvfuld i går,” sagde Thomas, med mad i munden. Han kiggede undskyldende på Jane. ”Men jeg mente hvad jeg sagde.”

”Nå, ja, det var vi vel begge to. Men nu skal vi prøve at have en god dag i dag. Så taler vi om det andet senere, ikke?” sagde Jane, og lagde en hånd på Thomases hånd. Han nikkede, ”Okay.” Og åndede lettet op.

Igen tog de metroen, til Vatikanstaten, købte billet til museet, og fulgtes med en gruppe, med guide.
Det var stort og meget interessant, syntes Jane, som igen slugte det hele med stor begejstring.

På et tidspunkt stod de i det Sixtinske kapel, og fik fortalt om de forskellige kunstnere som har udsmykket kapellet, bl.a. Sandro Botticelli, Cosimo Roselli, Pietro Perugino og Domenico Ghirlandaio. Men den nok mest kendte er, Michelangelo, som har lavet loftmalerierne med scener fra skabelsesberetningen. Og altervæggen, som han malede 20 år senere, og forestiller Dommedag.

Jane mærker en hånd på sit yderlår. Hun har en kort let kjole på, og tror selvfølgelig det er Thomas, indtil hun kigger på ham, og ser, at han står med begge hænder foldet foran, næsten som i bøn. Hun drejer forskrækket hovedet. I det samme glider hånden helt op, til trusse kanten, på indersiden af låret. Hun kigger ind i et par mørke øjne på en mand i 30 års alderen, italiener, regner hun med, og han har et sjofelt grin om munden. Hun bliver både meget vred, og bange på en gang. Han har kolde tætsiddende, næsten sorte øjne, og glor liderligt på hende.

Men hendes vrede tager over, og afløses af et vældigt raseri. Ikke kun fordi han rager så åbenlyst på hende, men mest fordi han ikke fjerner hånden, da hun ser på ham, men i stedet griner fjoget, og prøver at komme til at stikke en finger ind under trussen. Hun drejer lynhurtigt rundt, og knalder sit ene knæ op i skridtet på ham med alt den kraft hun kan præsterer.

Han synker klynkende sammen på gulvet, mens han holder hænderne i skridtet. Jane hiver i Thomas, vil have ham med ud af kapellet. Han kigger undrende på hende, havde slet ikke lagt mærke til optrinnet. Guiden var slet ikke færdig med sin beretning. Folk stod med øjnene klæbet til hendes læber, og ørerne på stilke.

”Hvad sker der?” spurgte han lettere irriteret, da de er kommet udenfor.

”Der stod en klam stodder bag ved, og ragede mig på låret. Han prøvede sgu at få hånden helt op i kussen. Åndsvage idiot,” svarede hun vredt, og trak vejret heftigt.

”Hvad! Sikke et svin. Og så i en kirke!” fnøs Thomas og blev helt rød i hovedet af vrede.

”Ja. Hvad gir` du! Han fjernede sgu ikke engang hånden, da jeg kiggede på ham, han grinede bare åndsvagt. Så jeg gav ham et knæ i nosserne.” Hun trak vejret dybt ned i lungerne, for at få ro på sig selv.

Thomas begyndte at grine, og Jane grinede med. De fortsatte til Peterspladsen på egen hånd, og drev rundt hele dagen i Vatikanstaten. Peterskirken, med al sin udsmykning, tog pusten helt fra Jane, og hun glemte hurtigt episoden i det Sixtinske kapel. Da de blev sultne, og ikke mindst tørstige, var det ikke svært at finde et spisested. Vatikanstaten vrimler med restauranter. De gik ind på Amalfi Ristoranti Roma, og spiste en salat, bestående af gedeost, oliven, tomater, blandet salat og pharmaskinke, og koldt vand. De bestilte dog en 1/2 L. øl til deling, efterfølgende. Det var dyrt at spise og drikke sådanne steder.

Efter maden fortsatte de deres vandring rundt i Vatikanstaten, der var meget at se endnu. Man kunne bruge en hel uge, bare der, hvis man skulle nå at se det hele, sagde Thomas. Det troede Jane på, hun var dødtræt, og øm i fødderne, da de nåede hjem til hotellet, klokken ti om aftenen. De gik direkte i seng. Ikke nogen elskov, den nat. De skulle flyve hjem den næste dag.

Inden hun faldt i søvn, besluttede Jane sig for, at fortælle Thomas sandheden, om sit kønsskifte, næste dag. De skulle alligevel sidde mange timer i tog og fly, så der var rigelig tid.

52.

Politigården
København

Phil havde kaldt Bo og Berrit ind på sit kontor. Klokken var kun 09.00 om formiddagen, og Gorm og hans team kom klokken 10.00.

Efter afhøringen af Jane, havde de afhørt Jesper Hansen igen og han havde fortalt noget som havde sat gang i spekulationerne.

"Hvor kender du Jane Willis Hansson fra?" havde Phil indledt afhøringen med.

Ulven havde kigget uforstående på ham. "Hvem? Jeg kender ikke nogen Jane." Phil skubbede et fotografi af Jane over til ham. Han kiggede flygtigt på det, og rystede blot på hovedet.

"Har du set hende før?" igen rystede han på hovedet.

"Svar!" sagde Berrit skarpt. "Du skal ikke ryste på hovedet, men tale. Forhøret bliver optaget, ved du:"

"Nej."

Voldtager du kvinderne før, eller efter," prøvede Phil. Ulven så koldt på ham. Han rykkede sig lidt på stolen, rømmede sig og sank sit mundvand. Så kiggede han koldt på dem, og sagde tydeligt, med nærmest trodsig stemme. "Nekrofil! Jeg er nekrofil. Jeg knepper de døde! Er I så tilfredse?" Han så på dem med et udtryksløst blik.

De sad begge som forstenede. Berrit rejste sig så hurtigt at stolen væltede, og hastede hen til døren. Phil kiggede stift på Ulven, som nu sad med et lille ondskabsfuldt smil på læberne. Phil havde lyst til at knalde ham en knytnæve lige i smasken, men gjorde det selvfølgelig ikke.

Berrit løb hen til det nærmeste toilet, sank på knæ foran wc kummen og kastede op. Da hun havde tømt morgenmaden, og noget grøn galde i toilettet, rejste hun sig, åbnede for den kolde hane, og skyllede munden godt og grundigt. Hun tog et par dybe indåndinger, og gik roligt tilbage til forhørslokalet.

Ulven kiggede hånligt på hende, hun kiggede ham direkte ind i øjnene og stillede sit spørgsmål.

"Var det sådan din sæd kom i Helle Dam?"

Ulven rystede på hovedet, og sukkede højlydt. "Jeg har sagt det før, men gentager gerne. Jeg ved ikke hvordan min sæd er havnet i hende. Jeg har hverken voldtaget hende eller slået hende ihjel."

"Men du sagde lige....." Ulven afbrød Berrit.

"Ja, men jeg havde jo ikke adgang til hende. Hun blev vel kørt direkte til obduktion på Retsmedicinsk, ikke? Dem jeg knepper," sagde han udfordrende, og kiggede direkte på Berrit, "ligger på 6 timers stuen i Rigets kælder." Berrit måtte bekæmpe kvalmen. Ulven fortsatte, "nogle gange er de stadig varme, når jeg kører dem derned."
For første gang i sit liv, havde Phil lyst til at slå et menneske ihjel. Berrit sad ubevægelig og stirrede ind i vægen overfor. Hun måtte samle al sin viljestyrke for at fortsætte forhøret. Manden er syg i hovedet, tænkte hun, og den erkendelse gjorde det muligt for hende at kigge på ham igen.

"Men det fortæller os jo stadig ikke, hvordan din sæd er kommet ind i Helle Dam, vel?" sagde hun spidst.
Ulven trak på skuldrene. "Det er jo Jeres opgave at finde ud af, ikke?" han virkede aldeles ligeglad.
Phil trak vejret dybt og slukkede for lydoptageren.

Gorm og hans to efterforskere, Lars og Lone kom på slaget ti. Phil bød dem velkommen, og reciterede hvad Ulven havde fortalt dem under forhøret.

"Det var satans," udbrød de alle, nærmest i kor.
Lone rakte en finger i vejret. "Hvor mange af de ansatte i den afdeling på Riget, har I talt med?"

"Jeg har netop her til morgen fået fuld adgang til patient journaler og de ansattes personlige oplysninger, altså dem Rigshospitalet ligger inde med. desuden har vi tilladelse til at få alle telefon oplysninger. Det kan muligvis blive det som giver os gennembruddet," sagde Phil.

"Skide godt! Ja, undskyld udtrykket," Gorm gestikulerede udglattende med hænderne. "Men så kan vi forhåbentlig se hvor de forskellige personer har opholdt sig på de formodede gerningstidspunkter."

"Ja. Jeg tager Bo med hen på Riget efter mødet her, og henter alt det materiale vi har brug for," sagde Phil, og fortsatte da Gorm skulle til at protesterer. "Jeg kan jo ikke uddelegerer opgaver, før vi har materialet. Så skal I nok få lov til at være med," sagde han henvendt til Gorm, som nikkede samtykkende.

Berrit satte sig ind på sit kontor, og tænkte. Hun holdt fast, i teorien om at det var en kvinde. Hun tog et stykke blankt papir og begyndte at skrive. Hun inddelte papiret i felter, hvor hun skrev ofrene i den rækkefølge de blev myrdet. Hun lavede plads til kommentar og beviser under hvert navn.

Et par timer efter kom, Phil og Bo, tilbage fra Rigshospitalet. De så vældig tilfredse ud. Bo bar på en kasse med journaler og andre papirer. Desuden havde de en masse mobiltelefoner med i en anden kasse.

"Så kan vi komme i gang, og forhåbentlig knække gåden og fange gerningsmanden," sagde Phil tilfreds.

"BB, du får alle de ansattes papirer på afdelingen. Der er ansættelsespapirer, vagtskemaer osv." Bo gav Berrit kassen med alle papirerne. Hun forsvandt ind på sit kontor. Hun fandt sit skema, som hun tidligere havde lavet frem. Forhåbentlig kunne hun knytte flere personer sammen med Jane Hansson. Hun startede med Janes journal. I den stod hvem der havde deltaget i operationen. Udover de tre første myrdede, var der to operationssygeplejersker.
Ninna Touborg, 28 år, og Signe Degard, 32 år, begge ugifte og uden børn. Desuden en Thomas Martens, som var portør. Dem tilføjede hun til skemaet.
Derefter kiggede hun på vagtskemaerne, og fik samlet de

navne, som havde været på arbejde under og efter Jane Hanssons operation. Følgende folk kunne hun nu sætte i direkte forbindelse med lige netop denne operation.

Jesper Hansen, portør, havde kørt Jane til operation.
Thomas Martens, portør, havde kørt Jane fra operation.
Ninna Touborg, operationssygeplejerske.
Signe Degard, operationssygeplejerske.

Hanne Wilke, narkoselæge...dræbt
Mette Thomsen, kirurg................…........................dræbt
Helle Dam, narkosesygeplejerske............................dræbt
Berit Hallandsen, sygeplejerske..............................dræbt

Berit Hallandsen skilte sig ud. Hun havde ikke været på operationsstuen. Hvorfor skulle hun også dø? Hvad havde hendes rolle været? Berrit ledte videre i papirerne og opdagede, at Jane Hansson havde været på operationsbordet to gange, og det var drabelig læsning. For første gang tegnede der sig et billede af forløbet. Et billede der bestyrkede Berrits mistanke om hævn fra Jane Hanssons side. Og forståeligt nok. På en måde kunne hun godt forstå at Jane Hansson havde lyst til at hævne sig, selv om hun selfølgelig ikke kunne accepterer det.

Hun studsede over navnet Thomas. Var det ikke en med navnet Thomas, som Jane havde nævnt som sin kæreste, og rejsepartner, til Italien? Hun fandt forhørsudskriftet frem på sin PC. Jo, ganske rigtigt. Han hed Thomas. Gad vide om det er den samme, tænkte hun, og kiggede vagtlisten i gennem. Thomas Martens stod til ferie i denne uge. Kunne de to være i ledtog med hinanden? Hun rejste sig og gik ind til Phil og berettede hvad hun havde fundet frem til.

”Tag Bo med ud i lufthavnen og hent dem ind til afhøring, når de kommer tilbage fra Italien. Du må lige finde ud af hvornår der lander fly fra Italien. Prøv om du kan få passagerlister fra flyselskaberne,” sagde Phil.

”Det bliver vist ikke nemt,” bemærkede Berrit.

”Det skal de udleverer i en sag som denne.”

”Ja, ja. Jeg presser på.”

Berrit gik tilbage til sit kontor. Hun stak hovedet ind til Bo og orienterede ham. Han var kommet tilbage fra Lyngby, hvor han havde afleveret mobiltelefonerne til Gorm. Det var deres opgave at kortlægge de ansattes færden på mordtidspunkterne. Hun kastede et blik på sit skema.

Personer i berøring med Jane Hansson

Hanne Wilke, 1. offer. *Spor af sko.*	Mette Thomsen, 2 offer *DNA spor, hud under negle.*
Helle Dam, 3. offer *DNA spor, sæd.*	Berit Hallandsen, 4 offer *Fingeraftryk på telefonrør.*

Jane Hansson, Patient

Ninna Touborg, opsygepl.	Signe Degard, opsygepl.

Jesper Hansen, portør.

Thomas Martens, portør.

52.

Lufthavnen
Kastrup

Da Bo og Berrit kom ud til lufthavnen, legitimerede de sig hos lufthavns politiet, og gik ind for at spise lidt morgenmad. Der var næsten en time til det første fly landede.

Planen var, at stille sig ved bagagebåndet og se efter når passagererne kom ned for at hente deres kufferter. De havde et foto af begge to. Det af Thomas, var fra arbejdspladsen, og Janes fra forhøret.

De satte sig, bestilte kaffe og morgenbrød. Der var hektisk aktivitet ved check in skrankerne. Der stod folk i kø ved stort set alle check in.

"Der er tryk på," bemærkede Bo, og tog en bid brød.

"Hmm, det er også ferie tid. Der er mange børnefamilier, kan man se," svarede Berrit, og kiggede sig opmærksomt omkring.

"Det er guf for en terrorist," sagde Bo.

"Ja, for fanden! Håber sgu aldrig det sker her."

"Egentlig underligt, at det ikke er sket endnu."

"Det kommer! Vær vis på det."

"Tror du?"

"Kun et spørgsmål om tid." Bemærkede han tørt.

"Ja, det er det jo nok. Det er sgu sørgeligt, verden er af lave," sagde Berrit, og rejste sig.

"Nå, vi må hellere komme derned," sagde Bo, og tømte sin kaffekop.

De gik mod bagageudleveringen, i håbet om at Jane og Thomas var med det første fly fra Rom.

Jane syntes det havde været en dejlig ferie i Rom. Fyldt med spændende oplevelser, bortset fra ham den klamme der havde gramset på hende. Men ellers havde de fået set rigtig meget.

Der var godt nok kommet en lille kurre på tråden, med Thoma's frieri. Hendes umiddelbare afvisning, eller tilbageholdenhed, havde såret ham, kunne hun mærke, selv om han havde sagt at det var helt okay.

Hun var faldet i søvn på flyet. De havde været tidlig oppe. De skulle lette fra lufthavnen i Rom kl. 06.30 og ville lande i København kl. 09.45. Hun vågnede da kaptajnen proklamerede, at han lagde an til landing, og de skulle spænde sikkerhedsbælterne, hvilket hun havde haft under hele flyveturen.Hun havde fået talt ud med Thomas om sit kønsskifte. Han havde overrasket hende ved at afbryde hende med ordene. "Jeg ved det godt. Jeg har vidst det hele tiden. Det var mig der kørte dig til opvågningen fra operationstuen.” Hun havde set måbende på ham. ”Det kan jeg slet ikke huske,” sagde hun.

”Nej, du var jo sådan lidt groggy. Det er de fleste efter så stor en operation. Du lå og råbte noget om at du ikke havde været bedøvet,” sagde han, og smålo.

”Det var jeg heller ik.......,” hun stoppede sig selv. Hun gad egentlig ikke snakke mere om det. Det var jo ligegyldigt nu. Det var et afsluttet kapitel i hendes liv. Nu ville hun fokuserer på fremtiden og Thomas. For hun håbede på at de to kunne få en fremtid sammen.

”Så ved du også godt at jeg ikke kan få børn, ikke?” Han nikkede. ”Jo. Men vi kan adopterer. Altså hvis du vil have mig?” han så spørgende på hende. Hun fik tårer i øjnene, og kunne kun nikke.

Hjulene tog asfalten med et par små bump, men ellers var det en blid landing. Hun kiggede ud af det ovale vindue, mens de taxiede hen til gaten. Gråvejr!

Thomas havde rejst sig, han sad i midten. Den ældre dame som sad yderst, stod allerede ude på midtergangen, og var ved at tage sin taske ned. Hun var vist svensker.

Da de kom ned i kælderen, med alle bagagebåndene, så de på en skærm, at deres kufferter ville komme på bånd 33 om ca. et kvarter.

”Jeg går lige på toilettet,” sagde Jane.

”Okay, jeg venter her ude,” svarede Thomas. Han hentede en bagagevogn, og stillede sig hen ved bånd 33. De fleste af flypassagerene fra Norwegian maskinen fra Rom, stod rundt omkring båndet, utålmodige efter at få deres bagage.

Thomas lagde mærke til to mænd, helt sikkert politifolk, som stod ved en betonsøjle, hvor de havde godt udsyn med bånd 33, og kiggede intenst på passagererne.

Deres bagage var ikke begyndt at rulle endnu, og han kiggede efter Jane. Han var faktisk selv tissetrængende, og gik tilbage til toiletterne. I det samme kom hun ud, så ham, og kom hen til ham.

"Jeg skal også lige tisse, holder du øje?" sagde han.

"Ja, ja, det skal jeg nok," svarede hun.

"Og hold også lige øje med de to politi mænd, som står derovre," sagde han, for sjov, og nikkede over mod dem. Jane kiggede derover, og fik en underlig fornemmelse. Hun vidste ikke hvorfor, men hun fornemmede, at de stod og ventede på hende. Hun kunne genkende Berrit.

"Ja, ja," sagde hun og prøvede at le. Thomas gik ind på toilettet. Da han var ude af syne, gik Jane tilbage på dametoilettet. Fuck! Hvad gør jeg? Hvordan kommer jeg forbi dem, og ud, tænkte hun, og begyndte at svede af angst.

Hvad har jeg i min håndbagage? Hun åbnede den lille kuffert og hev et tørklæde op, som hun havde købt i Rom, mest for at støtte sælgeren, en gammel forslidt kone. Tørklædet var sort, og stort nok til at dække hendes lyse hår. Hun viklede det om hovedet, og kiggede sig i spejlet. Hun lignede ikke ligefrem en araber, men der var jo også danske kvinder, som konverterede til Islam, så det kunne vel godt gå an. Hun tog sin eyeliner, kom lidt sort på kinderne og smurte det ud i ansigtet. Effekten var fin, hendes hud, som var solbrændt i forvejen, fik et mere sydeuropæisk udseende. Med tørklædet, og et par solbriller, ville de ikke genkende hende, selv om de stod med et foto af hende. Gad vide hvem de havde fået det af? Hendes mor? Nå nej. De havde taget et foto af hende, da hun var taget ind til forhør, huskede hun nu. Gad vide hvad de nu ville med hende? Nu er du sgu ved at blive skør, sagde hun til sig selv. Det kan jo være en anden de er på udkig efter. En flygtning som prøver at komme uberettiget ind i Danmark.

Hvad ville Thomas sige, hvis han så hende sådan? Hun gik ud fra toiletterne, og mod udgangen. Hun var nød til at gå tæt forbi betjentene, men nu måtte det briste eller bære. Hun gik roligt hen mod de to betjente, som dog havde blikket rettet mod bagagebåndet, og de værdigede hende ikke et blik.

Da hun var kommet forbi dem, så hun sig tilbage, og så Thomas stå og spejde efter hende. Hun fortsatte ud i ankomsthallen med sin håndbagage, gik direkte ud, og prajede en taxa.

"Til hovedbanegården," sagde hun uden at tænke.

"Javel, frøken," svarede chaufføren. Han var indvandrer, eller--- nå ja, i hvert fald ikke dansker. Han kiggede underligt på hende, men sagde ikke noget. Han kunne sikkert godt se at hun ikke var araber, tænkte hun.

På vej ind mod København, begyndte hun at tænke på hvad hun nu skulle finde på. Hvor skulle hun tage hen? Hvis politiet virkelig stod og ventede på hende i Lufthavnen, ville de helt sikkert troppe op på hendes bopæl.

Thomas! Hun måtte ringe til ham og forklare sig.

"Hvor fanden blev du af!" råbte han. Jeg sidder i en politibil sammen med de to betjente der stod ved søjlen. Vi skal begge to til afhøring."

Undskyld. Jeg gik i panik. Jeg er ved hovedbanen nu, så jeg kommer hen på politigården om lidt," sagde hun, og afbrød. Hun betalte taxaen, steg ud og gik over mod polititorvet. I det samme holdt bilen med de to betjente og Thomas ind på en parkeringsplads og de steg alle tre ud. Jane genkendte kvinden, men mande havde hun ikke set før. Berrit henvendte sig til hende.

"Det var fornuftigt gjort. Altså at komme frivilligt." hun tog Jane let ved armen og førte hende med ind i bygningen. De endte i samme rum som sidst. Forhørsrummet.

"Sid ned!" beordrede Bo. "Jeg hedder Morten Bo Pedersen og det er min kollega Berrit Bang. Vi er begge kriminalassistenter og efterforsker mordene på fire kvinder. Ja du kender detaljerne," sagde han henvendt til Jane.

"Vil I have kaffe, vand?" spurgte Berrit. De rystede begge på hovedet. De ville bare have det overstået så hurtigt som muligt.

"Hvor står du i hele den her sag?" spurgte Bo og kiggede på Thomas. Thomas rynkede brynene.

"Hvad mener du?"

"Ja, hvad er din rolle? Er I reelt kærester, eller er I bare sammen om at myrde fire kvinder?" Bo kiggede fjendtligt på Thomas. Thomas rømmede sig. Han var helt rød i hovedet af vrede. Han virkede ikke spor nervøs, bare vred. Sådan havde Jane ikke oplevet ham før.

"Hør her. Jeg arbejder på Riget, og er selvfølgelig helt klar over hvad der er sket med de, *fire dræbte kvinder*, som du kalder dem. Jeg er bare portør. Det var mig der kørte Jane tilbage fra operationsstuen. Jeg blev lidt smålun på hende. Jeg syntes hun var sød og pæn, selv om hun talte lidt usammenhængende den dag. Hun lå der i nogle dage, og jeg så hende når jeg hentede andre patienter. Men hun blev jo udskrevet, og jeg glemte hende faktisk, indtil jeg helt tilfældig så hende en dag i Frederiksberg Have. Der begyndte vores venskab egentlig. Der var nogle misforståelser undervejs, men nu har vi fortalt hinanden hver vores livshistorie, været på ferie sammen, som I ved, og er blevet kærester. Det er det, og ikke andet. I er helt forkert på den med Jeres beskyldninger," sagde han helt forpustet og ophidset. Begge politifolkene kiggede intenst på ham.

"Okay. Så har du ikke noget mod at afgive en DNA prøve, og fingeraftryk?" sagde Berrit.
Thomas rystede på hovedet. "Nej. Det har jeg ikke noget i

mod." Bo rejste sig og gik ud af rummet. Fem minutter efter kom en betjent ind og tog DNA prøven og fingeraftryk på Thomas.

"Må vi så gå nu?" spurgte Jane. Berrit nikkede.

"Vi kontakter Jer måske igen, hvis vi har suplerende spørgsmål," sagde Bo. De nikkede lettet og rejste sig og forlod Politigården. Forhåbentlig for sidste gang.

"Jeg er hunde sulten, og tørstig. Skal vi lige stikke over på Hovedbanen og få lidt i skrutten," sagde Thomas. Jane nikkede. "Ja, lad os det. Vi trænger sgu til at fejre vores frihed," svarede Jane.

"Skål på vores fremtid," sagde Thomas, da de havde fået deres to store fadøl.

"Jeg vil godt," sagde Jane og hævede sit glas.

"Hvad vil du," spurgte han og rakte over og tørrede lidt skum af hendes mund med sin servet.

"Giftes. Jeg vil godt giftes med dig." En lille tåre trillede ned af hendes ene kind, en glædeståre. Thomas sagde ikke noget, men han så lykkelig ud, og det var nok for Jane.

53.

Politigården
København

Berrit sad med vagtlisterne og sammenlignede de ansattes vagter med mordtidspunkterne. Der var noget som sprang i øjnene. Ninna Touborg havde haft fri alle de dage hvor kvinderne var blevet myrdet. Der var dog, usikkerhed om dødstidspunktet, på Hanne Severin Wilke. Hun havde trods alt været død i nogle dage, før hun blev fundet. Det var selvfølgelig ikke sikkert at det betød noget. Hun måtte have fat i teleudskrifterne fra Gorms team. Med dem kunne hun se hvor Ninna Touborg havde befundet sig de pågældende dage, håbede hun. Hun ringede Gorm op.

”Nordsjællands Politi. Gorm Hansen,” sagde han formelt, da han tog røret.

”God dag Gorm. Det er Berrit Bang,” sagde hun også formelt, hun vidste at Gorm var af den gamle skole, og helst ville holde på formerne. Han brød sig ikke om, at man startede en tefonsamtale med et, Hej.

”God dag Bang. Hvad kan jeg gøre for dig?”

”Jo, ser du. Jeg sidder med vagtskemaerne fra Riget, og der er en som springer i øjnene. Hun har haft fri alle de dage hvor mordene er begået. Derfor ville jeg høre om I har fået tjekket deres mobiltelefoner.” Gorm brummede ,aha, indimellem. Berrit fortsatte, ”hvis jeg kunne få udskrifterne, kan jeg følge hendes færden, og sammenholde med hendes fridage. Ja, du ved hvad jeg mener.”

”Er det noget du har clearet med Phil?” spurgte han skeptisk. Berrit var ved at blive utålmodig, og måtte ligge bånd på sig, for ikke at lyde irriteret.

”Nej, men det gør jeg selvfølgelig. Vil du sende dem så?” spurgte hun og lød så ydmyg som muligt.
Gorm lukkede øjnene i og tvang sig til at være høflig. Han kunne næsten ikke klare den tøs, som førte sig frem med sine drømme og teorier. Han svarede dog. ”Jeg ber` Lone

om at sende dem til Phil, når hun er færdig." Han afbrød.

Berrit sad lidt og tænkte. Hun rejste sig, gik ind til Phil og orienterede ham. Han lovede at videresende oplysningerne så snart han fik dem. I øvrigt syntes han det var en god ide hun havde fået. Hvis det viste noget mistænkeligt, ville han tage skridt til at indkalde Ninna Touborg til afhøring, lovede han.

"Hvad laver Bo egentlig?" spurgte hun.

"Nå ja, han er kørt hjem. Kæresten er vist lige ved at føde, så han har bedt om orlov," svarede Phil.

Berrit var lamslået. Orlov! Midt i den groveste mordefterforskning i flere år. Ja, måske den værste forbrydelse, siden politi mordene begået af Palle Sørensen i 1965, hvor han skød og dræbte fire politibetjente i forbindelse med et røveri. Alle politifolk kendte den historie.

Men Bo havde jo sagsakterne på de ansatte, samt journaler på patienterne. Dem ville hun gerne have fingre i.

"Hvor langt er Bo nået?" spurgte hun Phil.

"Ikke så langt. Jeg sidder med patientjournalerne. Du må gerne tage dig af personalesagerne. Han nåede dog lige at se på et par klager over Mette Thomsen. Det er vist ikke første gang en operation er gået galt." han kiggede på Berrit og rynkede brynene. "Jeg undrer mig over at hende Jane Hansson aldrig indgav en klage. Synes du ikke det er mærkeligt? Hendes far er jo advokat." Han trak på skuldrene. "Du kan bare gå ind på Bo´s kontor og hente papirerne," sagde han og rettede blikket mod de papirer han sad med. Berrit nikkede og gik ud.

Tilbage på sit eget kontor sad hun nu med en bunke papirer omhandlende personalesager. Der var selvfølgelig alle ansættelses papirerne, dem lagde hun til side i en bunke. Så var der klagesager, dem lagde hun i en anden bunke. Ved en af dem, Mette Thomsen, havde Bo sat en gul

Post-it på. Hun åbnede sagen og begyndte at læse. Det var ret interessant læsning. Der var fem klagesager, hvoraf patienterne havde fået ret i de tre. En havde ført til en reprimande overfor Mette Thomsen. En hændelse som gik fire år tilbage. Fjernelse af en livmoder på en patient, som døde af infektion efterfølgende. Berrit fik hjertebanken da hun så navnet; Karen Touborg Nielsen. Var det Ninnas mor? Det måtte hun have sikkerhed for. Hvis det var rigtigt, sagde hendes intuition hende, at hun havde fat i noget.

Men der var ingen sammenhæng med de tre andre dræbte. Så hvis det var Ninna Touborg der havde dræbt Mette Thomsen, hvorfor så de andre? Hvis det altså var hende, som var drabsmanden?

Der var mange ubesvarede spørgsmål. Hun trommede utålmodigt med fingrene i bordpladen. Åh! Havde hun dog bare fået de mobiltelefoner. Hvorfor skulle Gorms team også blandes ind i hendes efterforskning?

54.

Dirch Passers Alle
Frederiksberg

Da Jane havde lukket sig ind i sin lejlighed, følte hun sig pludselig meget ensom. Det var en underlig følelse, syntes hun. Thomas var taget hjem til sig selv. Han

skulle på arbejde allerede næste morgen, og skulle lige nå at handle lidt ind, vaske tøj og hvile. Han havde med et grin sagt, at han var i søvnunderskud efter en uge sammen med hende. Hun kunne godt, på hans ansigt se, at han mente al det sex. Så meget syntes hun nu heller ikke de havde elsket. Hun satte kufferten ind i soveværelset, og sorterede tøjet. Hun skulle også vaske tøj og handle ind, men havde svært ved at komme i omdrejninger. Hun trængte til at snakke med nogen. Hun måtte fortælle nyheden om deres beslutning til sin mor. At de skulle giftes.
Hun ringede sin mor op. Det varede lidt før hun tog den.

"Hej skat," begyndte hun, som hun plejede. "Er I kommet hjem? Var det en god ferie?"

"Ja mor, til begge dele. Men jeg har en nyhed. En god nyhed," sagde Jane og holdt en kunstpause. "Vi skal giftes. Er det ikke dejligt?" Hun kunne høre sin mor sukke sagte i den anden ende. "Jo, det er det vel. Jeg mener, det er da fantastisk, hvis det er det du vil. Jeg troede bare at du skulle til at tage en uddannelse," sagde Henriette.

"Det ene udelukker vel ikke det andet? Jane blev skuffet over morens manglende entusiasme.

"Nej, nej skat. Det gør det vel ikke. Hvornår? Har I bestemt en dato? Brudekjole! Jeg sørger for kjolen. Altså, jeg betaler kjolen. Så må din far betale festen," sagde hun og var pludselig meget ivrig. Jane kunne ikke lade være med at grine. Typisk hendes mor.

"Rolig nu mor. Vi har ikke bestemt noget som helst. Thomas spurgte mig i Italien og jeg sagde jeg ville tænke over det. Da vi kom hjem havde jeg tænkt, og svarede ham, at jeg gerne ville gifte mig med ham. Længere er vi ikke nået. Måske vi skal giftes på Rådhuset, i et par cowboy bukser," sagde hun, mest for at forarge sin mor. Det lykkedes til fulde. Hun lirede den ene svada af efter den anden, om hvad man kunne og ikke kunne.

"Åh, hvor er du egentlig gammeldags," lo Jane og afbrød. Det ringede på ude i gangen. Hun gik ud for at åbne, håbede det var Thomas. Det var det, han kom springende op ad trapperne. Forpustet tog han hende i sine arme og kyssede hende.

"Har du savnet mig?" spurgte han leende.
Hun nikkede. "Ja," sagde hun oprigtigt. "Bliver du så i nat?" Thomas nikkede. "Jeg bliver alle nætter. Jeg har sagt min lejlighed op, og flytter ind. Hvis det altså er ok?"

Jane blev varm om hjertet. Hun nikkede, kunne ikke rigtig sige noget. Hun var bare glad og lykkelig. Det ville blive så godt at være to hver dag. At lave mad til to, at have en at dele bord og seng med, som man sagde. Det lød så forfærdelig gammeldags, men det var lige hvad hun havde ønsket sig, siden hun besluttede sig for at transformerer sig fra mand til kvinde.

Hun følte nu, at hun kunne lægge alt det dårlige der var sket bag sig. Et nyt kapitel i hendes liv skulle til at udfolde sig.

55.

Politigården
København

Phil kom ind til Berrit med en stak papirer. Han smed dem på skrivebordet.

"Hvordan går det? Mon ikke du skulle holde lidt fri," sagde han og kiggede på sit armbånds ur. "Klokken er seks, jeg kører hjem nu. Vi ses i morgen." han forlod kontoret. Berrit sad lidt og så på den lukkede dør. Hvad skulle hun tage hjem for? Ingen ventede på hende. Det var snart længe siden hun havde hørt fra Tom. Han havde nok travlt med at lave nye køkkener for enlige kvinder, tænkte hun med et smil, og mindedes de dejlige stunder med ham. Han havde været et dejligt knald og en fin fyr, men hun var ikke til lange forhold, og det havde hun ikke lagt skjul på. Så han havde sikkert fundet en anden at opvarte.

Berrit tog den udskrift af Ninna Touborgs mobiltelefon, som Lone havde sat en gul lap på. Hun åbnede dokumentetmappen. Der lå fire sider med udskrifter, minut for minut over hvor hendes mobiltelefon havde været. Berrit skimmede hurtigt den første side. Hun kunne hurtigt sammenligne vagtplanen for sygeplejersken og udskrifterne fra Tele Nord. Når hun havde vagt, var telefonen på Rigshospitalet. Man kunne selvfølgelig ikke se hvor på Riget hun befandt sig. Og dog. Når hun havde fri, kunne Berrit faktisk se hvor hun tog bussen. Hun stod på en bus fra Rigshospitalet Syd, 1A på Blegdamsvej. Berrit tjekkede hvor den gik hen, og holdt vejret. Hellerup St. hurtigt fandt hun Ninnas ansættelsespapirer frem. Adresse: Ehlersvej Hellerup. 1A holdt lige ud for. Det var satans, tænkte hun højt. Okay det er ikke noget bevis på noget som helst. Men hvorfor havde Lone sat en gul seddel på chartekket. Berrit skulle til at ringe hende op, men kom så til at tænke på hvad klokken var, 19.45, okay det går vist ikke. Jeg må hellere se at komme hjem, mumlede hun, og mærkede pludselig sulten. Hun havde ikke fået noget at spise siden klokken halv et. Kun en masse kaffe i løbet af dagen. Hun forlod kontoret. Der var jo en ny dag i morgen.

Straks Berrit var kommet ind på gården næste morgen, gik hun direkte hen og bankede på døren til Phils kontor. Der blev ikke svaret, så hun tog i dørhåndtaget. Låst! Det var mærkeligt, syntes hun, drejede omkring og gik i stedet op til Krogs kontor som lå en etage op.

"Kom ind," svarede han omgående, da hun bankede, som om han havde ventet hende. Hun åbnede og trådte ind. Krog sad bag sit store skrivebord og talte i telefon. Han vinkede hende ind og pegede på en af stolene foran hans skrivebord. Hun satte sig, og lyttede.

"Ja, jo. Det er jeg ked af at høre."....... "Jo, jo, selvfølgelig."...... "Okay. Du må hilse ham." Krog lagde røret på og så på Berrit med bekymret mine.

"Det var Viola, Phils kone. Han er blevet indlagt på Riget her tidligt i morges. Han er faldet ude på badeværelset og har slået hovedet ned i toiletkummen. Han ligger på intensiv. De mener vist at han fik en blodprop, at det var derfor han faldt. Satans!" sluttede han af.

"Hvad så? Hvordan har han det? Hvad med efterforskningen? Bo må komme tilbage. Han kan sgu da ikke tage barselsorlov nu." Berrit var helt oppe at køre. Krog holdt en hånd i vejret. Han tog en dyb indånding.

"Det var mange spørgsmål på en gang. Viola holder mig orienteret vedr. Phil. Bo har ret til orlov. Det kan jo ikke gøres om, vel? Jeg overdrager sagen til Gorm, i første omgang. Du fortsætter, æh, med det du nu er i gang med, okay?" Berrit sukkede, rystede på hovedet. Krog blev vred. Og skulle til at give hende en reprimande. Berrit kom ham i forkøbet.

"Jeg har brug for din hjælp, nu! Jeg skal bruge en arrestordre på Ninna Touborg. Jeg er ret sikker på at hun er gerningsmanden. Hun har, ifølge hendes mobiltelefon, været på gerningsstederne omkring mordtidspunktet. Hendes mor blev opereret af Mette Thomsen, og døde efterfølgende," sluttede hun helt forpustet af.

"Okay. Det gør hende ikke nødvendigvis til gerningsmanden, vel?"

"Nej. Men jeg vil gerne afhøre hende, og få taget fingeraftryk og DNA test."

"Du kan jo bare tilsige hende til et forhør. Det behøver du ikke nødvendigvis en arrestordre til," sagde Krog.

"Kun hvis hun nægter. Jeg vil gerne have beføjelse til at tvinge hende," svarede Berrit. Krog slog opgivende ud med hænderne, og smilte for første gang under deres samtale. Hun giver sgu ikke så let op. Det er sådanne folk vi har brug for. Terriere! Tænkte han. De bider sig fast.

"Okay. Det får du. Og så håber jeg der er bid denne gang. Forresten, hvad med ham, Ulven, er det ikke det I kalder ham, som sidder i varetægt? Jeg kan ikke blive ved med at forlænge fængslingen, medmindre der kommer afgørende nyt i sagen mod ham." sagde han.

"Men så længe han, eller vi, ikke kan forklare hvorfor hans sæd var i Helle Dam, er han vel stadig mistænkt, ikke? Og så længe kan vi vel beholde ham?"
Krog nikkede. "Jeg laver den arrestordre til dig nu, og sender den digitalt, okay?" sagde han, og audiensen var forbi.
Berrit gik tilbage til sit kontor, satte sig i stolen og tænkte.

Gorm som efterforskningsleder! Hvad havde hans team egentlig fundet ud af? Ikke en skid! Og Gorm var så skide gammeldags, og han var totalt uenig med Berrit. Han havde kun hån tilovers for hendes teorier. Nej, hun måtte klare sig selv. Med Krogs opbakning, skulle hun nok fælde morderen. Det var hun overbevist om.

Hun kiggede ud af vinduet. Sommeren var kommet tilbage. Man talte om indian summer. Hun blev i lidt bedre humør. Der var mail fra Krog. Hun åbnede den og printede den vedhæftede fil ud. Arrestordren på Ninna Touborg. Med et tilfreds smil på læberne, rejste hun sig, forlod kontoret og tog trapperne ned med hurtige skridt, satte sig ind i tjenestebilen og kørte mod Rigshospitalet.

56.

Kronprinsensvej
Frederiksberg

Det gav et sæt i Henriette da det ringede på døren. Hun gik ud i entreen og åbnede. Udenfor stod Jane med en høj flot fyr i hånden. Hun trådte smilende tilbage.

"Hej skat. Kom indenfor." Hun rakte Thommas hånden. "Henriette," præsenterede hun sig.

"Thomas. Thomas Martens."

"Kom ind og sæt Jer. Hvad vil I have at drikke? Det er blevet varmt igen, ikke? De lover indian summer. Er det ikke herligt? Sommer i september måned," kvidrede Henriette, og vimsede rundt. Hun ville gøre et godt indtryk på datterens kæreste og snart mand.

"Bare et glas koldt vand," sagde de i kor.
Henriette forsvandt ud i køkkenet efter drikkevarer.

"Hun bor flot, din mor," sagde Thomas.

"Gør hun? Det har jeg ikke rigtig tænkt på," svarede Jane. Hendes mor kom ind med vandkaraflen og tre glas.

"Jeg er så glad på Jeres vegne," sagde hun mens hun skænkede op. "Hvornår skal brylluppet så stå?"

"Det var egentlig det vi ville tale med dig om," sagde Jane forsigtigt. "Der bliver ikke noget bryllup. Vi går bare op på Rådhuset og så er det det. Ingen hvid kjole."
Hun så skuffelsen stå malet i morens ansigt. En enkelt tåre listede sig langsomt ned af hendes kind. "Okay. Bare det?"
Thomas nikkede. Henriette så med blanke øjne på ham. Han syntes han så vrede. Hun er sikker på at det er mit påhit, det med Rådhuset. At det er min skyld hendes datter ikke skal stå hvid brud i en kirke, tænkte han.

"Det er mig der har besluttet at det skal være sådan," sagde Jane. Hendes mor så mistroisk på hende. "Med det jeg har været igennem, med operationen, transformationen, så synes jeg ikke jeg orker et stort bryllup med hele den pukkelryggede familie. Hvad tror du ikke mormor og morfar vil tænke, ja måske endog sige? Hvis de i det hele taget ville komme."

"Ja, ja, hvis det er sådan I vil have det," sagde Henriette bittert. Først havde hun været imod brylluppet, så havde hun accepteret det, og glædet sig til at forære Jane en flot hvid brudekjole, og nu faldt det hele til jorden. Hun sukkede. Unge mennesker, tænkte hun.

"Mor! Se ikke så bedrøvet ud. Dig og far skal selvfølgelig komme og overvære vielsen på Rådhuset. Så går vi ud og spiser bagefter, okay?" Jane lagde en trøstende hånd på hendes arm. Hendes mor nikkede. "Ja, jo, selvfølgelig. Hvad med Linda? Skal hun også med?"

"Det ved jeg ikke. Det må far bestemme."

"Har Thomas forældre? Hvor bor de? De skal vel

med?" sagde Henriette. Thomas rømmede sig. "Mine forældre bor i Tårnby, og kommer selvfølgelig også. De ved det dog ikke endnu. Vi har jo heller ikke sat en dato endnu," sagde han. Pludselig lyste Henriette op.

"Vi kunne jo holde det her. Jeg mener, når nu vi ikke bliver så mange, kan vi jo godt være her. Det er mere hyggeligt herhjemme, synes I ikke?" Jane kiggede på Thomas.

"Det taler vi lige om, okay. Vi behøver ikke bestemme noget lige nu," sagde Jane.

"Nej, selvfølgelig ikke. I finder på noget," svarede moren. Hun var sunket lidt sammen i stolen. Optimismen var forsvundet igen. Jane havde lidt medlidenhed med hende, men hun orkede ikke alt den festivitas. Hun vidste, at hvis først hendes mor fik, bare lidt indflydelse, ville hun overtage hele herligheden, og inden de fik set sig om, var hele familien inviteret. Nej det ville blive som de selv havde besluttet, eller som hun havde besluttet.

57.

Rigshospitalet
København

Berrit kørte ind i parkeringshuset, og gik ind i opgang 2. og tog elevatoren op på 10. sal. Anholdelsen skulle foregå så lidt opsigtsvækkende som muligt. Ingen håndjern, hvis det var muligt. Da Berrit kom op på afdelingen, henvendte hun sig i noget der lignede sygeplejerskernes vagtværelse. Hun spurgte efter Ninna Touborg, og fik at vide at hun var ved at gøre klar til en operation. Berrit gik lidt hen ad gangen og stod pludselig ud for medicinrummet. Han havde billedet af Ninna Touborg i hovedet. Døren ind til medicinrummet stod lidt på klem. Berrits hjerte slog et slag over. Inde i medicinrummet stod hun og var ved at låse et glasskab. Hun vendte sig om, og gav Berrit et smil. Det var ikke lige den reaktion Berrit havde forventet. Det var tydeligt at se hun var fra politiet. Hendes skilt hang synligt på skjorten, hun havde sorte bukser og sorte sko på, og med pistolhylstret spændt fast i bæltet.

"Kan jeg hjælpe med noget?" spurgte hun venligt. Hun så ikke helt ud som på billedet. Hun var nok ti år ældre, men stadig en flot kvinde, med brunt halvlangt hår, som var bundet med en rød hårelastik, ingen sminke eller smykker. Øjnene udtrykte intelligens og der var en ro over hende. Berrit blev pludselig i tvivl om sin egen intuition. Havde hun helt fejlbedømt Ninna Touborg?

"Jeg vil gerne have dig med på stationen og stille dig nogle spørgsmål. Du ved sikkert hvad det drejer sig om," sagde Berrit, og betragtede sygeplejersken, som nikkede, låste ind til medicinrummet og gik hen ad gangen med en plastikkasse under armen.

"Jeg bliver lige nød til at afleverer det her," sagde hun og åbnede døren ind til et andet rum. "Vi har en operation om en halv time. Jeg må også lige tale med afdelingssygeplejersken, så hun kan finde en afløser." Hun gik ind i rummet, Berrit fulgte efter. Ninna gik hen mod en dør hvor der stod KUN FOR PERSONALE.

"Jeg klæder lige om," sagde hun og forsvandt ind og lukkede døren bag sig. Berrit blev fik en underlig fornemmelse i maven. Havde hun begået en fejl? Hvad hvis Ninna smuttede? Man lod normalt ikke en mistænkt være alene. Det var mod alle regler, men på den anden side ville hun helst ikke vække for meget opsigt. I det samme gik døren op, og Ninna kom omklædt ud, med en sort mellemstor taske i den ene hånd, og sagde.

"Så er jeg klar. Skal jeg lægges i håndjern?" Hun strakte grinende hænderne frem. Berrit rystede på hovedet. "Nej, det er fint, hvis du stille og roligt følger med."

De gik hen til elevatorerne og tog en ned. De fulgtes ad hen til parkeringshuset, mens de småsludrede. Det vil sige, at det mest var Ninna der sludrede. Inde i det lidt dunkle parkeringshus, tog Berrit nøglerne til bilen frem, og Ninna faldt en smule tilbage, så hun kom bag ved Berrit. For sent blev Berrit klar over sin fejl. Hun mærkede et lille stik i baglåret. Resolut vendte hun sig om, men Ninna var allerede på vej ud af parkeringshuset. Berrit forsøgte at sætte efter hende, men kroppen ville ikke det som hendes hjerne sagde den skulle. Benene eksede under hende, og hun faldt omkuld. Hun blev nu klar over at Ninna havde givet hende et skud mivacurium, det samme som hun havde brugt til at lamme sine ofre. Hun blev fuldstændig lam i hele kroppen, kunne hverken røre sig eller råbe. Øjnene faldt i og hun lå som bedøvet, bortset fra at hun kunne høre og tænke. Hun hørte en bil køre ind i parkeringskælderen og tænkte om føren mon kunne se hende. Jo, bilen standsede og hun hørte bildøren blive åbnet, og hørte skridt hen mod hende.

"Hvad fanden er der sket her?" blev der sagt, og en hånd ruskede let i hende. "Hej! Er du vågen. Kan du høre mig?" Han råbte højere og ruskede endnu kraftigere i hende. "Satans! Hjælp!" råbte han og nu hørte hun at der kom en løbende hen mod dem. Underligt som høresansen skærpedes, nu hvor hun ikke kunne bruge sine andre sanser.

"Hvad er der sket?" spurgte den nyankomne.

"Hun lå bare her, da jeg kom."

"Jeg ringer efter en ambulance."

"Ja. Den må sgu da hurtigt komme, så tæt på hospitalet," grinede den anden.

"Der er ingen tegn på vold. Gad vide om hun har fået et blackout?" sagde den anden.

"Hun er sgu da ikke ret gammel. Hun burde da være sund og rask."

"Så tag dog den telefon!" råbte ham der ringede.

"Hej. Jeg ringer fra parkeringshuset. Der ligger en bevidstløs politibetjent på gulvet!" sagde han ophidset. Pause. "Okay. Ja, vi venter. Om ti minutter! Jamen vi er jo lige ved hospitalet." pause. "Okay."

"Utroligt! Selv om man nærmest er på hospitalets grund, tager det lige så lang tid, som hvis det var på Rådhuspladsen vi stod," sagde han indigneret.

Lidt efter kunne Berrit høre ambulancen komme ind i parkeringshuset. Hurtigt blev hun lagt op på en båre og kørt til traumecentret. En læge kiggede hende i øjnene som det første, efter han havde taget puls og konstateret at hun ikke havde nogen skader. Langsomt begyndte hun at komme tilbage til virkeligheden og kunne endelig begynde at tale. Hun fortalte hvad der var sket og fik en ny indsprøjtning som helt ophævede lammelsen, og kunne køre tilbage til Politigården.

Det var med tunge skridt, hun måtte gå til Krogs kontor, og meddele ham at hun havde mistet sin fange.

58.

Efter Ninna havde stukket Berrit, og efterladt hende på gulvet, havde hun taget den første bus ud til Christiania. Det første hun gjorde var, at gå ind på CA Lune Hjørne.

En kvinde i 40 års alderen, med piercinger i ansigtet stod bag disken. Det var et ret stort lokale med røde sofaer ude langs væggene og en bardisk. Ninna bestilte en lille frokost ret og en Grøn Tuborg. Hun satte sig ved et vindue og kiggede ud på omgivelserne. Hun kunne se over på Fredens Ark. Gad vide hvorfor den hedder det, tænkte hun, hun havde kun været på Christiania en gang før, og vidste ikke meget om Fristaden. Hendes mad kom, og hun skænkede hurtigt op i glasset og drak begærligt. Hun var meget tørstig og fortrød nu, at hun ikke havde bestilt en flaske vand i stedet. Nå det var for sent nu, hun var ved at løbe tør for penge, og turde ikke bestille mere. Da hun skulle betale tog hun mod til sig og spurgte tjeneren. "Kan man få arbejde her i Fristaden, tror du?"

"Ja. Sagtens, afhængig af hvad slags arbejde du tænker på," svarede hun lidt kryptisk.

"Alt. Jeg tar` hvad som helst. Jeg har også brug for et sted at bo. Hvordan ser det ud med det?" Kvinden kiggede undersøgende på hende. "Alt, siger du." Hun bøjede sig ned mod Ninna og spurgte hviskende, "Vil du sælge hash? Her i Pusher Street? Det kan du tjene godt på, bare du ikke bliver taget af politiet.”

Ninna tænkte sig om lidt, før hun svarede. Hun havde sådan set ingen problemer med at sælge hash. Men risikoen for at blive taget af politiet i en razzia var for stor, og skræmte hende. Hun rystede på hovedet og sagde, ”Nej, det tror jeg ikke lige er mig. Men ellers alt andet.”

”Okay. Så må du rundt og spørge, men du skal vist være heldig. Mange herinde arbejder ude i byen, forstå du. Men held og lykke.” Ninna betalte og gik ud. Der var ikke andet for end at gå ind alle steder og spørge. Der var alligevel mange butikker i Fristaden. Hun startede med Sunshine Bakery, et nej. Derefter Woodstock Christiania. Her sagde ejeren at de havde mest travlt om sommeren. Det var et spillested, deraf navnet, og nu her om efteråret og vinteren var der lidt stille. Så hun var velkommen til at forhører sig til foråret. Det kunne hun ikke rigtig vente på, så hun fortsatte. Christiania Bryghus. Kan du brygge øl, blev der sarkastisk spurgt. Nej. Så kan vi ikke bruge dig. Videre til Månefiskeren, en cafe med morgenmad på menuen. Den serverede også kaffe og alle muglige slags kager. Den havde åbent fra kl. 10 om formiddagen til 22-23 om aftenen. Her var Ninna heldig. De stod og manglede en til aften vagten. Det var indehaveren selv som stod i butikken om dagen, en sød dame på et halvt hundrede år.

”Har du stået i butik før?” spurgte hun venligt.

”Ja. Min mor har en tøjbutik på----ja, det har jeg.” hun blev pludselig klar over at hun var ved at afsløre sig.

”Okay. Du har stået i en tøjbutik. Ja, ja, men du kan blive ansat på prøve. Hvornår kan du starte?”

”I aften, hvis det er i orden,” svarede Ninna og var fuld af glæde. Endelig havde hun lidt held i sprøjten.

”Fint. Klokken seks, nej du må hellere komme klokken fem, så jeg kan vise dig til rette, okay?”

”Ja, det er fint. Ved du et sted jeg kan bo? Altså det er ok med et værelse, i første omgang,” spurgte Ninna.

”Det bliver svært,” begyndte hun. ”Men jeg ved at der er en ledig bolig i Grisestien. Noget med at tre unge skal bo sammen. Men du skal indsende en ansøgning og godkendes. Det tager lidt tid. Har du ikke noget sted at bo lige nu?” Ninna rystede på hovedet, og sagde, ”Nej, jeg kommer faktisk fra Jylland. Min far du ved, vi kan ikke rigtig sammen. Ja, jeg er kommet til København i dag, så....” Hun begyndte at blive nervøs for at skulle sove på gaden i nat.

”Ja, det kan jeg godt høre. Forresten, vi har slet ikke præsenteret os. Jeg hedder Vera, og du?”

”Ninna Tou...æh, Skovgård,” svarede hun.

”Okay, Ninna. Du kan godt få en seng hos mig et stykke tid,” tilbød Vera. ”Bare indtil du får en lejlighed. Jeg synes du skal byde ind på den i Grisestien.”

”Flot! Tusind tak. Ja, men det vil jeg så gøre. Altså søge om den i Grisestien. Hvorfor hedder det egentlig Grisestien?” spurgte hun lettet. Vera trak på skuldrene.

”Ved ikke. Det har heddet sådan lige så længe jeg har været her. Og jeg kom for 13 år siden.”

”Okay. Det er også ligegyldigt. Æh, hvor?” Ninna tog sin taske i hånden. ”Øjeblik.” Vera viste vej til en gang bag butikken. En trappe førte op til loftet. Der var en hel lejlighed oven på butikken, hvor Vera boede. Vera låste sig ind, og de kom ind i en gang med fire døre. ”Du kan tage det værelse der,” hun åbnede en dør ind til et pænt, men lille værelse. Ninna kunne se at der havde boet en pige i værelset. ”Ja, det er, eller har været min datters værelse. Men hun er flyttet sammen med en fyr nu,- så,” sagde Vera lidt trist, og trak på skuldrene.
Ninna gik ind og satte tasken på gulvet. Der var en fin

seng, med sengetøj på. Et skrivebord og en stol, og et klæ-
deskab.

"Du kan bare hænge dit tøj i skabet. Bibi, ja det er
min datter, har taget alt sit tøj med," sagde Vera og pegede
på klædeskabet. Ninna nikkede, åbnede skabet og kiggede
ind. Hun havde jo ikke noget at hænge ind, udover sin
regnfrakke, og en kort paraply, som hun altid havde i ta-
sken. Derud over lidt småting, toiletsager, som hun lagde
på skrivebordet.

"Nå, jeg må vist hellere ned i butikken igen. Åh, for-
resten, badeværelset er der," hun pegede på en anden dør.
"Du kan bare bruge det. Men behold dine ting her inde på
værelset,okay." Ninna nikkede. "Tak. Det skal jeg nok,"
sagde hun. Vera forsvandt nedenunder og Ninna faldt ud-
mattet, men tilfreds om på sengen. Den duftede dejligt. I
aften skal jeg så have min første rigtige arbejdsdag, på
Christiania, tænkte hun.

Minderne begyndte at køre som en film for hendes
indre blik.

Hjemmet i Vestjylland, hvor hun voksede op, i en
familie, bestående af mor, far og hendes lillebror, foruden
hende selv. Forældrene var Jehovas Vidner, og børnene
dermed også. Hendes far og mor var meget hellige, når de
selv skulle sige det. Ninna havde nu en noget andeledes
opfattelse af dem.

Det startede da hun var omkring seks år gammel.
Det var en aften, hvor hendes far lagde hende i seng. Efter
han havde læst lidt i Bibelen, begyndte han at klynke lidt.

"Hvad er der far?" spurgte lille Ninna. "Er du ked af
det?" Hun strøg ham kærligt på kinden. Han snøftede igen.

"Ja, lidt. Jeg er syg, har lægen sagt." Ninna blev ban-
ge. Faren syg, det lød ildevarslende.

"Hvor er du syg henne, far?"

"Her," sagde han, og tog hendes hånd, og lagde den på sit skød. "Kan du mærke noget hårdt?" spurgte han hende. Ninna nikkede. Jo, hun kunne mærke noget hårdt.

"Gør det ondt, far?" Han nikkede med et ynkeligt udtryk i ansigtet. Ninna blev endnu mere bekymret.

"Hvad er der galt?" spurgte hun.

"Betændelse. Der er betændelse i min tissemand."

"Kan lægen ikke lave det?" Faren rystede på hovedet, og sagde, "nej, det skal bare ud, sagde lægen." Han lynede bukserne ned og knappede op, og ud sprang hans stive lem. Ninna rykkede lidt tilbage. Godt nok havde hun da set både sin far og sin bror nøgne før, men deres tissemand hang altid slapt ned. Den her så godt nok meget stor ud syntes hun. Hun rørte forsigtigt ved den. Faren lukkede øjnene, og lagde sig ned på sengen. Han tog hendes hænder, og viste hende hvordan hun skulle holde på den.

"Lægen sagde, at hvis du gned på den, så ville betændelsen komme ud, og så kan jeg blive rask," sagde han. Ninna begyndte at gnide på den, og efter lidt tid, rykkede det voldsomt i den, og ud sprøjtede en gullighvid væske. Hendes far gryntede tilfreds, rejste sig op, og tørrede sig med sit lommetørklæde. Han så helt glad ud.

"Var det godt at få det ud, far?" spurgte Ninna, nu lidt mindre bange. Han strøg hende kærligt på håret, og smilede. "Du er godt nok en god læge. Hvis det bliver galt igen, vil du så hjælpe mig?" Ninna nikkede. "Godnat, min pige, og sov godt," sagde han og gik ud.

Den nat havde Ninna sit første rigtige mareridt.

Den næste morgen, efter faren var taget på arbejde, spurgte hun uskyldigt sin mor om faren ikke mere var syg i sin tissemand. Hun fik en lussing, og moren sagde vredt.

"Sådan noget snakker man ikke om." Ninna nævnte det aldrig mere for sin mor. Overgrebene fortsatte i årevis.

Jævnligt kom faren ind til hende, og klagede over sin sygdom, og hvergang kurerrede Ninna den.

En gang i skolen, da hun gik i 2 klasse, faldt snakken i klassen på noget med sygdom, og Ninna rakte hånden i vejret, og fortalte om hendes fars sygdom. Hun blev sendt uden for døren af lærerinden.

Da Ninna skulle i gymnasiet, fandt hendes far en værtsfamilie,hun kunne bo hos, i Århus. De var selvfølgelig også Jehovas Vidner, og manden led af samme sygdom som Ninnas far. Ham kurerede Ninna også jævnligt. Hun vidste selvfølgelig godt hvad det handlede om, men havde fundet ud af, at hun kunne få næsten hvad hun ønskede, lommepenge, nyt smart tøj og bo gratis, når bare hun efterkom mændenes ønsker. Så det gjorde hun. Konen, hvor hun boede var ikke særlig venlig over for hende, men turde ikke gøre noget ved det. Det samme skete da Ninna flyttede til København, for at læse til sygeplejerske. Igen en værtsfamilie, Jehovas Vidner, som hendes far kendte. Den samme sygdom, den samme medicin. Han endte dog med at voldtage hende. Konen vidste hvad han gjorde, men greb ikke ind. Ninna flyttede på kollegie, så snart hun kunne få et værelse.

Ninna udviklede et stærkt antipati mod kvinder. Hverken hendes mor, eller kvinderne hvor hun havde boet, havde grebet ind overfor deres mænd. Tværtimod, havde de givet hende skylden for overgrebene. I deres øjne, var det Ninna som syndede.

Hun omgikkes kun dem som hun var nødt til, i forbindelse med sit studie, og senere arbejdet, som hun virkelig elskede.

Hun udviklede også en stærk modvilje mod religion. Hun så den kun som et middel, mændene brugte til at holde kvinderne nede.

Derfor havde hun set rødt, da hun så hvad de fire kvinder var skyld i, da de opererede Jane Hansson, som hun faktisk var blevet forelsket i. Om det var fordi han havde været en dreng, og nu blev til en pige, kunne hun ikke forklare. Hun havde stillet sig selv spørgsmålet mange gange, uden at finde et rationelt svar.

Da hun vågnede, var det blevet mørkt udenfor. Hun stod op. Det var tid til at gå på arbejde.

59.

Pilestrædet
København

Tom havde holdt sit ord, og var nu i gang med at rive Berrits gamle køkken ned. Berrit var sendt på ufrivillig ferie, efter fadæsen med den mistede fange. Krog var blevet godt og grundig sur på hende. Han havde overdraget sagen helt til Gorm. Sagen, *Klitorismorderen,* som de nu kaldte den, var jo sådan set opklaret. Nu skulle de bare fange hende. Hun, Ninna Touborg, var efterlyst i hele landet. Hendes billede havde været i alle landets store aviser og i TV nyhederne flere gange. Så måtte tiden vise. Berrit var fortrystnings fuld, de skulle nok få fat i hende, var hun sikker på. Problemet var bare, at medierne hurtigt mistede interessen for en sag. Der var ikke begået flere mord, ikke af den karakter, i lang tid, og der var hele tiden andre nyheder som bankede på. Den tørre sommer var stadig et godt emne, for diskussioner, blandt politikere, som var begyndt for alvor at tale om klimaforandringer, og hvad man skulle gøre ved det. Det kunne de til gengæld ikke blive enige om. Som sædvanlig, tænkte Berrit.

"Kommer du ikke her ind lidt!" råbte Tom ude fra køkkenet. Berrit gik der ud.

"Du må godt begynde at bære ned," sagde han til hende. Berrit tog et af de gamle køkkenskabe og gik ned til tømrerbilen, som holdt nedenfor ejendommen, med en stor firhjulet trailer hægtet på krogen. Hun smed skabet op i traileren, gik op igen og hentede et til. Det var hårdt arbejde, men det havde været aftalen, at Berrit skulle hjælpe så godt hun kunne. På den måde sparede hun flere tusinde kroner.

Da hele det gamle køkken lå nede på traileren, kørte de sammen på genbrugsstationen og læssede af. På vej tilbage hentede de det nye køkken, og ved fælles hjælp fik de båret det hele op i lejligheden før det blev mørkt. De satte sig i stuen og delte to øl, mens de pustede ud efter det hårde slid. Godt man ikke er tømrer, tænkte Berrit. Men hun havde alligevel nydt at arbejde sammen med Tom. Han var en rar mand, og Berrit syntes bedre og bedre om ham, efterhånden som hun lærte ham at kende.

"Vi går ud og spiser,ikke?" sagde Tom.

"Jo. Det er lidt svært at lave mad her," lo hun.

"Jeg gir`, nu du har arbejdet så hårdt. Men jeg er nød til at køre hjem og sætte traileren. Den kan ikke stå her i nat," sagde Tom.

"Hvem siger du skal blive her i nat," sagde Berrit med et glimt i øjet.

"Spurgte du mig ikke om det tidligere?" lo han.

"Det mindes jeg ikke," sagde Berrit og gav ham et

kærligt klap på låret.

"Nå, men så må jeg have hørt forkert, ha, ha. Men hvor skal vi egentlig spise henne?" spurgte han drillende. "Jeg gider ikke Raw Food."

"Hvad med Restaurationen i Møntergade? Det plejer at være godt. Jeg har været der flere gange. Virkelig god mad," sagde Berrit.

"Okay. Så mødes vi der, skal vi sige klokken syv?" Berrit kiggede ud af vinduet. Det var begyndt at regne. Hun så på ham og spurgte. "Åh, nej. Kommer du ikke og henter mig. Det pis regner. Og du må godt blive i nat." hun gav ham et kys på munden. "Tja, nu må vi se," drillede han. "Jo selvfølgelig vil jeg hente dig, og blive i nat. Jeg er her halv syv, okay?"

"Ja, okay. Vi ses. Jeg skal i bad."

"Det håber jeg. Du lugter af sved," grinede han og rejste sig for at gå.

"Og du lugter af øl," sagde Berrit efter at have kysset ham igen. Hun vinkede da han gik ud af døren.

I badet tænkte hun igen på Ninna, og gyste. Det kunne have gået helt galt. Hvis Ninna ville, kunne hun have slået hende ihjel så let som ingenting. Hvordan skulle de få hende lokket ud af hendes skjulested. For hun måtte være gået i skjul et eller andet sted. Berrit havde i efterforskningen fundet ud af at hun stammede fra Vestjylland. Var hun taget derover? Nej, det troede hun ikke. Det var alt for risikabelt at tage tilbage til så lille et samfund. Derovre kendte alle hinanden. Nej, hun var sikker på at Ninna stadig var et sted i København.

Berrit trådte ud af badet, tørrede sig og tog lækkert lingeri på, et par stramme sorte jeans og en nedringet cremehvid bluse, som hun havde købt for nylig, efter hun havde fået kontakt med tømren igen. Hun gik ind i stuen og lukkede en flaske Amarone Classico 2016 op, skænkede godt op i et glas og tog en tår. I det samme ringede dørtelefonen og hun åbnede. Tom kom hurtigt op ad trapperne. Han så godt ud, syntes hun, og viste ham glasset.

"Vil du have?" Han rystede på hovedet. "Nej tak. Jeg venter til maden. Jeg skal jo køre."

"Altså! Vi kan da osse ta` en taxa, hvis du synes."

"Ok så. Det gør vi. Lad mig få et glas, det har vi sgu fortjent, som vi har knoklet i dag." Berrit skænkede op til ham, og de skålede. Han gav hende et kys, som hun besvarede villigt. Hendes hjerte begyndte at slå hurtigere. Hun trak sig tilbage og sagde, "vi kan godt nå et hurtigt knald inden hvis...."

"Åh, skal vi ikke vente? Jeg er hundesulten."

"Jo okay. Det er jeg faktisk også. Jeg ringer efter en vogn," sagde hun, en smule skuffet.

De fik et bord ved vinduet. Tjeneren kom og modtog deres bestilling. Tavlen. En Tavlemenu både mad og vin. Kort efter kom han med et glas velkomst vin, snacks og kande vand.

"Det er ikke ligefrem billigt her," bemærkede Tom, mens han kiggede på menukortet. "820 kr. for mad, og 500 kr. for vinmenu."

"Nå nej. Men så får du også fire retter, med forskellig vin til hver. Og alt sammen er virkelig godt," sagde Berrit. "Jeg har været her før."

"Hum, lad os håbe det. Men alligevel. Jeg tror ikke jeg har spist så dyrt før," sagde Tom, og skænkede et glas vand. Berrit tog velkomst vinglasset, løftede det og sagde.

"Lad os skåle på en hyggelig aften."

"Og en fortryllende nat," grinede Tom frækt, og blinkede til hende.

Berrit grinede med, og lavede trutmund. Deres forret kom.

Sandwich med røget laks, rogn, æg og julesalat. En anden
tjener kom med et glas hvidvin, og fortalte lidt om både
mad og vin. Da han var gået kastede de sig over maden.

"Hvor kommer du egentlig fra? Jeg kan høre du ikke
er københavner," spurgte Tom.

"Nej. Jeg kommer oprindelig fra Slagelse. Mine for-
ældre bor der stadig, i det samme hus som de byggede for
over 30 år siden," svarede Berrit med mad i munden.

"Hvad med dig? Er du født her i København?"
spurgte hun, efter hun havde tygget af munden.
Tom rystede på hovedet. "Nej. Jeg er født på Fyn, Odense.
Men mine forældre flyttede til Christianshavn da jeg var 4
år. Min far var maskinarbejder og arbejdede på Lindø
Værftet, men fik tilbudt job på Marinestationen i et af
deres værksteder.
Ak ja, alt det er væk nu. Skål!" sagde han.

"Hvad laver din far så nu? Eller er han gået på pen-
sion?"

"Det er de begge to. Min far er folkepensionist og
min mor er lige gået på efterløn. Hun var lærer."

"Min mor arbejder stadig. Hun nægter at stoppe.
Hun vil fortsætte til hun bliver 70, siger hun. Hun er præst
og skàl stoppe når hun fylder 70 år. Det synes hun er for-
kert. Hvis man er rask, hvorfor skal man så stoppe med at
arbejde, hvis man ikke har lyst, siger hun. Min far er gået
på pension. Han var også politibetjent. Han er jo tjene-
stemand, eller var," sagde hun. Deres hovedret kom og
igen en kort beskrivelse af vin og mad. De spiste lidt i
tavshed. Skålede og blev efterhånden en smule berusede.
Da de var færdige med hovedretten spurgte Berrit Tom.

"Bor dine forældre så stadig på Christianshavn?"

"Ja, ja. De flytter aldrig derfra. De har boet der i 27
år nu, og føler sig hjemme her. De er blevet københavnere,

eller rettere, christianshavnere, der er skam forskel," grine-
de han.

"Ja. Det har jeg godt hørt," lo Berrit. "Skål du," jeg glæder mig til vi kommer hjem," sagde hun og blinkede til ham.

De tog en taxa hjem, da det stadig regnede, og det var også begyndt at blæse. De skuttede sig noget da de steg ud foran Berrits lejlighed. Hun skyndte sig at tage nøglen op af tasken, og låse dem ind.

"Hold kæft hvor er det blevet koldt," sagde hun, og skyndte sig op ad trapperne.

"Ja, man mærker sgu ikke meget til den globale op-varmning," bemærkede Christoffer.

"Det skal blive godt at komme ind under dynen," lo Berrit og låste op ind til lejligheden.

"Ah, hvor er det dejligt at komme ind i varmen. Mine tæer er helt frosne," klagede hun.

"Det var måske heller ikke de bedste sko, du har taget på i det her vejr," svarede han.

"Vil du ha` noget?" spurgte hun.

"Ja, dig," svarede han, tog hende om livet, og gav hende et kys. De skyndte sig ind i soveværelset, kom hurtigt af tøjet og elskede heftigt. De sov længe næste dag.

60.

Christiania
København

Det gik efterhånden godt for Ninna på Christiania. Hun havde farvet håret lyst, og klippet det kort. Hun havde også fået linser, så hun nu havde blå øjne i stedet for brune. Vera havde kigget spørgende på hende, men ikke sagt noget. Hun så selvfølgelig også nyheder, men synes ikke at koble Ninna sammen med *Klitorismorderen*.

Hun havde lært hvordan hun skulle betjene kunderne i butikken, og hun havde fået sin lejlighed i Grisestien. Det var både hun og Vera glade for, selv om det var gået gnidningsløst, mens hun havde boet på datterens værelse. Men alting skal jo have en ende, som Vera udtrykte det.

Ninna havde været rundt i Fristaden og købe ind til lejligheden. Alt brugt selvfølgelig. En seng, et lille spisebord og to stole til. En to personers sofa, og et sofabord lavet af paller. Lidt køkkengrej til fælleskøkkenet. Alt sammen smadder billigt. Men der var ikke meget tilbage af månedslønnen efter hun også havde betalt husleje og aconto varme, vand og el. Hun havde ikke penge nok til mad i en måned. Så hun skulle skaffe flere penge. Men hvordan?

Hun var gået gennem Pusher Street mange gange efterhånden, og havde set penge skifte hænder, mange penge. Hvad nu hvis? Hun turde næsten ikke tænke tanken. Men det kunne være fristende at forhøre sig, om hun kunne blive dealer, bare lige til hun kom oven på. Hun besluttede sig for at tage kontakt i aften. Noget skulle der ske, hvis hun skulle holde skindet på næsen måneden ud.

Da hun havde spist aftensmad, tog hun sin varmeste jakke på, et par lidt slidte jeans og en strikhue hun også havde købt på Christiania. Hun gik ned i Pusher Street, gik et par gange frem og tilbage, indtil en af pusherne henvendte sig til hende. Han ville selvfølgelig prøve at sælge noget til hende.

"Hej smukke! Vil du have noget rigtig godt Pot, Skunk, eller du er måske mere til Hash?" kværnede han løs. Ninna stoppede op og granskede ham nøje. En lille splejs som så ud til at ryge selv. Han stod i hvert fald med en joint i kæften.

"Nej tak!" Skuffelsen sås tydeligt i hans øjne. Han stod og frøs, han rystede som et espeløv, men måske var det fordi han var junkie, det kunne Ninna ikke lige afgøre.

"Men jeg vil spørge dig om noget," sagde hun.

"Okay, spørg løs." Han forsøgte at rette sig lidt op og ligne en med overskud.

"Hvordan bliver man dealer?"

"Dealer! Er det ikke noget man er i en bank," grinede han og hostede fælt.

"Nå, men så det du er," svarede Jane.

"Okay. Du vil være pusher. Ja så-- Det er ikke et job for sådan en lille sød dame som dig. Kan du se hvordan jeg står og fryser. Det er et skide hamrende koldt og farligt job," sagde han og forsøgte at virke stærk, men hostede igen, og sendte en spytklat ud på jorden. Der var blod i kunne Ninna se, selv om belysningen var dårlig.

"Det ku være at du skulle holde en pause, og lade mig sælge for dig i stedet," foreslog hun. Han lo en hæs latter.

"Nej min pige, det går vist ikke. Jeg skal jo tjene til livet ophold, ikke? Du må hellere skride."
Ninna opgav at snakke mere med ham og gik videre. En kvinde i 30 års alderen var ved at gøre sin hashbod klar, og Ninna besluttede sig for at spørge hende.

"Hej," sagde hun venligt til kvinden, som hun nu godt kunne se var yngre, måske ikke mere end 25. Kvinden så hurtigt og sky op på hende.

"Hej. Hvad kan jeg hjælpe dig med? Jeg har pot, skunk og olie......" Ninna afbrød hende.

"Jeg er ikke interesseret i at købe. Jeg vil være sælger. Hvordan bliver jeg det?"

"Åh. Ja, så skal du have en leverandør. Jeg kan sætte dig i kontakt med min. Det er altså et farligt job. Det er du vel klar over?" sagde hun og hostede.

"Ja, ja, det ved jeg. Men jeg må altså tjene nogle hurtige penge. Jeg har ikke til mad i hele måneden. Og man vil jo også gerne more sig lidt en gang imellem, ikke?" svarede Ninna

"Jamen så er det her det helt rigtige. Altså hurtige penge," lo pusheren. "Her er hans telefon nr. Bare sig at du har det fra Karin, så ved han hvem det er."

"Hvor kan jeg så slå min bod op? Altså her i Pusher Street. Skal man have tilladelse, eller sådan noget?" spurgte Ninna naivt. Karin grinede ad hende.

"Hør her! Vi er her slet ikke. Det er altså ulovligt, ved du vel. Eller er du lige kommet ind med firetoget? Du finder bare en plads, slår din bod op, og skynder dig væk, hvis politiet kommer, hvilket de gør jævnligt. Så du skal ikke have for meget liggende fremme ad gangen. Forstår du det? Ellers holder du sgu ikke ret længe?"

"Ja, det tror jeg nok. Og tak," sagde Ninna og hastede hjemad. Hun ville ringe til forhandleren, eller hvad fanden han nu var, eller skulle kaldes, hjemme fra sin lejlighed, der var i det mindste varmt.

"Mike," sagde en hæs stemme, da hun ringede op.

"Hej, mit navn er Ninna. Jeg har dit nummer fra Karin, og jeg ville høre om jeg kan købe noget af dig........" Mike afbrød hende. "Købe noget hvad?" spurgte han arrigt. Ninna blev lidt paf, men tog sig sammen. Det skulle lykkes det her. "Jo du ved, sådan noget hash, pot eller hvad det nu hedder," sagde hun, og forsøgte at lyde sikker.

"Ha, ha," grinede Mike hæst og hostede fælt. "Du ved dårligt hvad det hedder, og så skulle jeg handle med dig? Hvem fanden tror du du taler med? Mike! Det er Mike du taler til, og ham har man respekt for, forstår du det? Åndsvage kælling!"

Ninna mandede sig op, selv om hun blev lidt skræmt af det tonefald Mike overfusede hende med.

"Ja, ja, jeg forstår. Og jeg vil gerne handle med dig, okay?" sagde hun med fast stemme.

"Du er da godt nok en stædig rad. Men ok. Kom hen på Admiralen klokken 20.30, værelse 104," sagde han, nu lidt mere venligt. "Og husk penge, jeg giver ikke kredit."
Shit! Det havde hun slet ikke tænkt på. Hun havde under 1000 kr. i kontanter. Hun måtte lige konfererer med Karin. Hurtigt var hun ude af lejligheden og henne i Pusher Street. Åh, skide godt. Heldigvis var hun der endnu. Karin genkendte hende og gav hende et venligt smil.

"Nå, har du talt med Mike," spurgte hun med et underfundigt udtryk i ansigtet.

"Ja. Det er i orden. En selvhøjtidelig fyr, hva`? Men jeg skal mødes med ham om en halv time på Admiralen. Hvor ligger den? Og hvor mange penge skal man købe for ad gangen?" Hun var helt forpustet, både af løbeturen og af at snakke. Karin grinede.

"Du er sgu noget for dig selv. Admiralen er et fint hotel som ligger lige bag ved Skuespilhuset. Over Knippelsbro, til højre og følg havnefronten, så kan du ikke undgå at se det. Og du kan købe for det beløb du vil. Men han bliver sur hvis du køber for under 500 kr. han vil sige at du spilder hans tid, så. Men du må hellere se at komme afsted. Han bliver nemlig også sur hvis du kommer for sent." Ninna vendte sig om for at gå. "Tak," sagde hun og skyndte sig mod Admiralen.

Det var et flot gammelt hotel, Admiralen, og sikken beliggenhed. Ninna tog elevatoren op og bankede på døren til værelse 104.

"Døren er åben!" blev der råbt der inde fra. Hun åbnede forsigtigt døren, og gik ind. Mike stod midt i rummet, kun iført en spraglet badekåbe, som stod åben og viste at han var nøgen indenunder. Han var en høj ranglet sort mand, og lignede en junkie. Ninna fik bange anelser.

"Så det er Ninna, som vil købe et eller andet," lo han. "Kom og sæt dig." han pegede på sengen. Ninna gik modvilligt hen og satte sig på sengen. Mike satte sig ved siden af hende og begyndte at ae hende på kinden.

"Du er sgu da en sød lille en," sagde han, og lod en hånd glide op af hendes ene lår. Hun rykkede sig lidt væk fra ham. Han rejste sig og slog hende hårdt i ansigtet. Det kom så overraskende, at hun ikke nåede at reagerer. Han væltede hen om på sengen og hev bukserne af hende med den ene hånd, mens han holdt hende om halsen og pressede hende ansigt ned i madrassen med den anden. Hun var lige ved at kvæles. Hun mærkede en hånd i sin anus, noget vådt, og et sekund efter mærkede hun at han trængte langt op i hendes endetarm. Han kneppede hende voldsomt, gryntede et par gange, og kom kort efter. Han rejste sig og sagde. "Så kender vi lissom hinanden og kan begynde at handle." Han gik ud på badeværelset og vaskede sig, kunne hun høre, selv om det suste i hendes øre, og hjcrtet bankede så hårdt i hendes bryst, at hun var lige ved at tro hun ville få et slagtilfælde.

Hun rejste sig, trak bukserne op og ventede på en chance. Hun så der stod en flaske whisky på bordet. Hun tog den i hånden og gjorde sig klar. Der stod to glas på bordet, og hun lod som om hun ville skænke op til dem.

Nå, hvor meget vil du så købe?" spurgte Mike, da han kom ind i værelset igen, helt uanfægtet af hvad han lige havde gjort.

"Åh, skal vi sige tusind?" svarede hun. Mike lyste op i et lille smil, rejste sig og hentede en taske. Han satte sig på stolen ved skrivebordet, åbnede tasken, stak en hånd ned efter varerne, og her slog Ninna til. Lynhurtigt rejste hun sig og slog ham oven i hovedet med flasken. Han faldt ned af stolen, men var ikke gået helt ud, så hun slog igen. Han spjættede lidt med kroppen, og lå så helt stille. Hun fandt en saks i skrivebords skuffen, og klippede gennem syningen på lagenet, så hun kunne rive strimler af. Hun bandt Mikes hænder på ryggen og til skrivebordets ben. Det samme gjorde hun med hans ben, bandt dem sammen ved anklerne og trak dem op mod de bundne hænder med endnu en strimmel lagen, så han lå svinebundet. Så satte hun sig på stolen og ventede på at han skulle komme til bevidsthed. Der gik nogle minutter, så åbnede han øjnene, kiggede sig forvirret og vantro omkring, så på Ninna, og nu gik det op for ham hvad der var sket.

"Hva` satan! Jeg slår dig ihjel! Hører du! Din lille luder! Du overlever ikke det her!" kvækkede han med hæs stemme. Jane sad med en saks i hånden, og viste ham den. Han spærrede øjnene op og skulle til at sige noget. Ninna satte spidsen hen til hans ene øje.

"Nu skal du høre, din store idiot! Det er mig som slår dig ihjel, forstår du det. Det er dig der ligger svine-bundet, og ikke mig. Men først skal du lide, som du lod mig lide, da du voldtog mig," sagde hun og åbnede hans morgenkåbe, tog fat i hans pung, og klippede lidt i huden, så der kom en lille smule blod. Det gav et voldsomt ryk i ham, og han åbnede munden på vid gab for at skrige. Men i samme øjeblik stoppede Ninna en sammenrullet lagenstrimmel ind i hans mund, så skriget bare blev til en hul klynken. Han slappede lidt af igen, men sveden var sprunget frem på hans pande.

”Gjorde det godt? Kunne du mærke det?” han nikkede med vidt opspilede øjne. Ninna kunne se frygten i dem.

”Fortryder du at du voldtog mig?” igen nikkede han villigt. ”Har du voldtaget andre kvinder?” spurgte hun og holdt saksen mod hans pung. Han rykkede på sig som om han troede han kunne undvige hende. Hun spurgte igen.

”Har du voldtaget andre kvinder end mig? Og du må hellere være ærlig.” Han nikkede igen, og forsøgte at sige noget gennem kneblen. Hun tog godt fat om pungen, trak i den så huden var helt strammet ud, og klippede den af. Mike vendte det hvide ud af øjnene, bed hårdt i kniplen, og besvimede. Blodet fossede ud og farvede det pæne gulvtæppe rødt.

Ninna kiggede i hans taske. Hun fiskede en blok hash op, den lagde hun i sin egen taske. Hun fandt også en pakke med hvidt pulver, hun regnede med det var coke. Det ville hun ikke have med, i stedet dryssede hun det ned i ansigtet på Mike. Han lå med sammenknebne øjne, og et forbitret udtryk i ansigtet. Som om han, i selve dødsøjeblikket, ikke kunne tro på, at en kvinde ville blive hans banemand. Han havde, sikkert regnet med at blive skudt, af en mand, i et drabeligt narko opgør. En rigtig mandschauvinist!

”Okay Mike. Nu er tid til at du skal dø,” sagde hun til den bevidstløse mand. Hun tog sin jakke på, hankede op i sin taske og forlod værelset. Hun regnede med at politiet ville betragte drabet som et narko opgør. Hvilket det jo egentlig også var.

61.

De var kaldt ind på Gården. Berrit var taget til nåde, og Bo`s barselsperiode var forbi. Politiinspektør Ulrik-Krog stod i Phil`s kontor og så meget bekymret, nej trist ud, syntes Berrit. Bo stod og så uforstående på Krog, og derefter på hende. Krog rømmede sig.

"Det er med sorg jeg må meddele jer, at Phil desvær-re er afgået ved døden i nat." Et "Gud nej," undslap Berrit, Bo stirrede blot på Krog, som fortsatte. "Han blev jo ind-lagt med en blodprop i hjertet for en uge siden, og døde, trods lægernes anstrengelser, klokken 03.30 i nat. Ja, det er en sorgens dag. Han blev kun 56 år, og skulle jo have haft mange gode år endnu."

"Hvad så nu? Hvem skal overtage her?" spurgte Bo.

”Det skal jeg lige overveje,” svarede Krog synlig berørt. ”Stillingen skal jo slås op;” fastslog han.

”Hvornår er der bisættelse?” spurgte Berrit.

”På fredag, i Dragør Kirke. Klokken 11.00,” svarede Krog, og så venligt på Berrit, som nikkede.

Bo og Berrit kiggede på hinanden og gik til hver deres kontor. Bo kom ind til Berrit lidt efter. Han virkede beklemt, men spurgte så. ”Har du tænkt at søge stillingen, altså efter Phil?” Berrit så lettere fortørnet op på ham. Hun syntes, ikke det var helt passende, at begynde at tale om dette endnu før Phil var lagt i graven, men sagde alligevel.

”Det ved jeg ikke. Jeg regnede ikke med at Phil ville dø nu, så det er jo ikke noget jeg har gået og tænkt på.”

”Nå nej,” begyndte Bo. ”Men nu hvor det er sket. Jeg mener, vi har vel alle ambitioner, ikke?”

”Skal vi ikke vente med det der til på mandag. Jeg har arbejde der skal gøres. Har du ikke? Vi har altså ikke fanget hende *Klitorismorderen* endnu, vel?” svarede hun spidst. Bo nikkede og forlod hendes kontor.

Berrit var efterhånden blevet godt irriteret på Bo. Hun syntes han var for anstrengende. Han var ikke særlig arbejdsom, og ikke nogen speciel dygtig politimand. Hun kunne ikke forestille sig at Krog ville ansætte Bo som Phil`s efterfølger. Men der skulle udpeges en konstitueret efterforsknings leder, indtil en ny kriminalkommissær var antaget. Og den stilling ville Berrit godt have. Selvfølgelig havde hun ambitioner, og sådan en midlertidig stilling ville gavne hende senere. Men hun syntes bare det var upassende at snakke om det før Phil var blevet bisat.

Hun kunne ikke slippe sagen med Ninna Touborg. Krog havde godt nok nærmest lukket efterforskningen, hvilket vel også var klogt nok. Som han havde udtrykt det. Sagen var sådan set opklaret. De var næsten 100% sikre på

278

at hun var morderen. Nu skulle hun blot fanges, og det ville formodentlig ske ved et tilfælde, havde Krog sagt. Og det var Berrit for så vidt enig med ham i. På et eller andet tidspunkt ville Ninna Touborg begå en bommert, og blive pågrebet.

Krog kaldte Berrit og Bo ind på sit kontor. Da de havde lukket døren sagde han. "Vi har lige fået en melding fra Hotel Admiralen. Rengørings personalet har fundet en død mand på værelse 104. Det tyder på et mord. Der var en del blod." Han kiggede på dem. "Afsted," sagde han utålmodigt. Bo rømmede sig. "Hvem skal lede efterforskningen?" spurgte han forhåbningsfuld. Berrit kiggede forundret på ham. Hvad fanden bildte han sig ind. Prøvede han på at tilrane sig stillingen allerede. Krog så også undrende på ham, men rykkede sig så lidt i stolen.

"Ja, jo. Jamen det kan du jo gøre, indtil videre, okay? Og se så at komme afsted," sagde han.
Bo lyste op, kiggede på Berrit og sagde så myndigt han kunne. "Kom. Vi må hellere få lidt fart på." og skyndte sig ud af Krogs kontor. Berrit nåede lige at se Krogs misbilligende blik, da hun lukkede døren efter sig.

"Jeg kører," sagde Bo, da de kom ned på parkeringspladsen. Berrit nikkede blot, og satte sig ind.

"Nu skal du ikke få storheds vanvid. Det her er bare midlertidig. Det ved du godt," sagde Berrit irriteret.

"Ja, ja, vi må se," svarede Bo højtideligt, startede bilen og kørte ud fra parkeringspladsen. Berrit fik bange anelser. Men det måtte vente. Der var arbejde som skulle gøres.

62.

Hotel Admiralen
København

Liget lå på gulvet og var svinebundet med lagenstrimler, kunne de umiddelbart konstaterer, da de kom ind i værelset, som stank af lort og urin.

Retsmediciner Bergstrøm var også tilstede, samt nogle af politiets teknikere. Bergstrøm var ved at undersøge liget, mens teknikerne sikrede spor.

"Hvad har vi?" spurgte Berrit mens hun sad på hug, ved siden af Bergstrøm, og holdt sig for næsen.

"Mand, sort, ca. 30 år. Formentlig død af blodtab, forårsaget af dette," han pegede på den afklippede pung, som lå mellem benene på liget. "Føj for den lede. Hvem fanden kan finde på sådan noget?"

"Hvad er det han har i ansigtet?" spurgte Bo og pegede på det hvide pulver.

"Jeg vil tro det er kokain. Men når jeg får ham ind så bliver det analyseret," sagde Bergstrøm.

"Det ligner et narko opgør," sagde Bo og kiggede på Berrit, som nikkede. Hun henvendte sig til lederen af teknikerne. "Har I fundet noget? Hår for eksempel?" Han nikkede, og pegede på sengen. "Ja, vi har fundet hår, og det er ikke ofrets. Men det kan jo være fra rengøringspersonalet. Men det finder vi ud af," svarede han. "Og vi tager også tasken med. Måske er der DNA spor i den. Eller på den." Han stod med tasken i hånden. Berrit rakte ud efter den.

”Må jeg lige se?” spurgte hun, og fik den. Hun kiggede i den, og så at der lå en kniv, et spejl, med rester af coke på, og noget brunt papir, som lignede den slags papir man pakkede hash ind i. Der havde været hash i tasken. Var det en handel, som var løbet af sporet? Højest tænkeligt. ”Tak,” sagde hun og rakte tasken tilbage til lederen af teknisk, som samlede holdet og forlod værelset.

”Så kan I godt køre ham til instituttet,” sagde Bergstrøm til de to ventende Falck folk.

”Vi er vel også færdige,” sagde Bo, henvendt til Berrit. Han var på vej hen mod døren. Berrit fulgte efter. De kom ned i receptionen, og Berrit gik hen til skranken. Der stod en ung mand bag disken. Berrit viste sit skilt.

”Hvem havde vagt her i aftes?” spurgte hun.

”Det havde Doreen, men hun har fri i dag.”

”Hvor kan jeg få fat i Doreen?”

”Tja, vel hjemme,” svarede han, ligegyldigt.

”Og hvor er det?” spurgte hun. Han kiggede på hende og trak på skuldrene. ”Ved jeg ikke.”

”Så find ud af det. Hurtigt!” beordrede hun ham.

”Okay, okay. Jeg skal se hvad jeg kan gøre,” sagde han og skyndte sig ind bag ved. Et øjeblik efter kom han ud med et stykke papir, som han rakte Berrit. Bo havde ikke mælet et ord. Han skottede til papiret.

”Hvad fanden!” røg det ud af Bo. ”Christiania! Hun bor sgu i Fristaden,” sagde han.

”Det ser sådan ud. Tak,” sagde Berrit, og gik mod udgangen. Hun kiggede på Bo.

”Vi kører der ud med det samme.”

”Jeps.”

De satte sig ind i bilen, og kort efter trillede de lige så stille ind på Christiania.

63.

Bo holdt ud for et sortmalet hus på Refshalevej i Nordområdet. Der var et rødt hegn ud mod gaden. Huset var i to etager. Mange af husene var sammenbyggede, og havde ikke husnumre. De så ret faldefærdige ud, syntes Bo. De steg ud af bilen. De var begge i civil, og kørte også i en civil udseende bil. Men christianitterne var eksperter i at spotte politbetjente, så de gjorde sig ingen forhåbninger om at forblive anonyme civile. Berrit vidste, at så snart de stillede det første spørgsmål, var de afsløret. Det var om at gå forsigtigt til værks, hvis de skulle have oplysninger.

Bo åbnede lågen, og de gik op til hoveddøren, bankede på, og ventede. Et øjeblik efter kom en ung pige ud og lukkede op, iklædt morgenkåbe og med mørkt morgenhår. Hun var omkring 30 år, skønnede Berrit, og ganske køn. Hun kiggede forvirret på dem.

"Ja," sagde hun.

"Undskyld vi sådan kommer brasende," begyndte Berrit. "Vi søger en Doreen, som skulle arbejde på....."
Pigen afbrød hende. "Det er mig."

"Okay. Godt, må vi komme ind? Vi har nogle spørgsmål angående i aftes," sagde Bo og viste hende sit skilt. Det var gråt og koldt udenfor. Tunge skyer hang over byen og varslede regnvejr. Doreen åbnede døren, og viste vej. Op ad trappen og hen ad en gang, hvor gulvbrædderne knirkede højlydt når man gik. Det må sgu være svært at sove her, med den larm, tænkte Bo. Doreen åbnede en dør ind til et lille, men pænt og ganske hyggeligt værelse.

"Ja, det er så mit rum. Lille men godt og billigt," sagde hun og viste dem hen til to stole, som stod ved et lille bord. Hun satte sig på sengen.

"Hvad vil I vide om i går aftes?" spurgte hun åbent.

"Jo, ser du. Der blev fundet en død mand på værelse 104 i morges." Doreen spærrede øjnene op. Berrit fortsatte. "Og vi fik at vide, at du var i receptionen i aftes. Er det korrekt?" Doreen nikkede.

"Så du den manden, han er sort, som lejede værelset?" spurgte Bo. Hun rykkede lidt på sig.

"Ja. Han kom ved seks tiden og lejede værelset for en nat. Han havde ikke nogen kuffert, bare en taske," fortalte hun. "Jeg syntes der var noget lusket ved ham. Kender I det? Bare en fornemmelse." Bo og Berrit kiggede på hinanden og Berrit smilede. Jo den fornemmelse kendte hun udmærket.

"Ork, ja. Det kender vi alt til. Fik han besøg? Jeg mener, så du om han fik besøg? Var der nogen som spurgte efter værelsesnummeret?" spurgte Berrit.

Doreen tænkte sig lidt om. "Nej, det mindes jeg ikke."

"Kan man smutte ubemærket ind? Altså uden receptionisten se en?" spurgte Bo.

"Ja, jo. Det kan sagtens lade sig gøre. Hvis folk tager deres nøgle med, når de går ud, og det gør mange, ja så går de bare op, når de kommer tilbage. Det lægger vi ofte ikke mærke til," forklarede hun. Berrit rejste sig, og gav hende hånden.

"Tak. Vi henvender os måske igen." Bo havde også rejst sig, de gik mod døren.

"Vi finder selv ud," Doreen blev på værelset.

På vej ned ad den knirkende trappe så de en kvinde på vej ud af hoveddøren. Der var noget bekendt ved hende, syntes Berrit. Hun satte farten op. Pludselig udbrød hun. "For satan! Det er hende." Hun skyndte sig ned og ud, med Bo lige i hælene. Ude på vejen gik kvinden med raske skridt ad Refshalevej i retning mod Christianshavn. Berrit gik raskt efter hende. Bo hoppede ind i bilen, vendte og fulgte efter. Han var ikke helt klar over hvad der foregik. Men Berrits udbrud fik ham op på mærkerne. Hun må jo mene noget med det hun gør, tænkte han. Berrit nåede kvinden, lige da hun kom til svinget ved Fabriks området. Berrit lagde en hånd på kvindens venstre skulder. Hun vendte sig forskrækket om, og kiggede forbavset på Berrit.

Hun genkendte straks Berrit, rev sig løs og spurtede hen ad vejen, med Berrit i hælene. Bo satte fart på bilen, indhentede Ninna og kørte ind foran hende. Ninna havde ikke mulighed for at undslippe. De er lige ud for en stor rød murstensbygning med et højt grafittimalet hegn på den ene side og kanalen på den anden. Berrit griber igen fat i hende.

"Ninna Touborg! Du er hermed anholdt, mistænkt

for mord på.....” Ninna river sig med et ryk, løs igen og styrter ud i vandet. Hun forsvinder under overfladen og Berrit tænker på hvad de skal gøre. Hun råber til Bo. ”Kør om på den anden side. Hvis hun svømmer over, kan du fange hende der.” Bo nikkede, sprang ind i bilen og kørte om til Prinsessegade og ned af Arsenalvej og parkerede bilen ved Det Danske Spejderkorps hus. Berrit stod og kiggede efter Ninna. Hun må sgu da snart dukke op til overfladen, tænkte hun. Og pludselig så hun et hoved dukke op ca. 100 m. længere nede af kanalen, på samme side som Berrit stod. Hun satte i løb, og nåede frem til Ninna, da hun vadede i land. Berrit trak sin pistol, og råbte, ”Læg dig ned på jorden, med armene sprede ud.” Ninna som havde indset, at spillet var ude, gjorde som der blev sagt, og lagde sig fladt ned.

Bo, som havde set hvad der foregik, hoppede ind i bilen igen, og kørte tilbage til Berrit. Han hoppede ud af bilen, tog sine håndjern frem, bøjede sig ned for at give Ninna dem på. I en lynhurtig bevægelse, vendte Ninna sig, og Berrit så en sprøjte i hendes højre hånd. Hun måtte have taget den frem før hun kravlede op på bredden, uden Berrit havde set det.

”Pas på!” råbte Berrit, men for sent. Ninna hamrede nålen i overarmen på Bo, som forskrækket tabte håndjernene på jorden, og tog sig til armen, hvor sprøjten stadig sad og strittede i en vinkel på 45 gr. hans ben gav efter, og han sank om på jorden. Ninna satte i løb væk fra dem. Berrit råbte, ”holdt, eller jeg skyder!” Ninna fortsatte, og Berrit skød et varselsskud op i luften. Det standsede ikke Ninna. Berrit tog sigte, og skød igen. Ninna udstødte et smertens skrig, og faldt om på asfalten. Hurtigt var Berrit fremme, stadig med pistolen klar. Ninna lå og hulkede på vejen. Berrit kunne se, at hun havde ramt hende i højre lår,

Hun havde muligvis brækket lårknoglen, men ikke ramt pulsåren. Berrit ringede efter en ambulance. Ninna ville overleve og få sin velfortjente straf.

Bo var ved at komme sig, der havde vist ikke været ret meget mivacurium tilbage i sprøjten.

64.

Politigården
København

Krog var i godt humør. Phil`s bisættelse var overstået, og *Klitorismorderen* bag lås og slå. DNA spor havde vist at det også var hende, som havde dræbt manden på Admiralen. De havde ikke kunnet fastslå hans identitet.

Ninna Touborg havde kaldt ham Mike, under forhøret, og indrømmet at hun dræbte ham. Hun påstod han havde slået og voldtaget hende.

"Hvad havde hun lavet der sammen med ham?" Havde Berrit spurgt hende. Hun skulle købe hash. Hun var gået tør for penge, og skulle tjene penge på hash handel, fortalte hun.

"Hvad havde været begrundelse for at dræbe de fire

286

kvinder," ville Bo gerne vide.

Ninna havde kigget på ham med tårer i øjnene, og var begyndt at fortælle.

Ninna var blevet betaget af Jane Hansson, da hun så hende første gang. Hun havde haft uendelig ondt af hende, da hun erfarede at bedøvelsen ikke havde virket, og man havde opereret hende alligevel. Hun begreb simpelt hen ikke at det kunne forekomme. Og da så både Hanne Severin og Mette Thomsen nægtede at det havde fundet sted, var hun blevet meget vred på dem. Dertil kom så at der gik infektion i såret, og Jane måtte opereres igen, det havde fået Ninna til at se rødt. Hun følte meget for Jane Hansson, kunne ikke glemme hende. Hun var vel blevet forelsket i hende. Hun havde haft dårlige erfaringer med mænd. Hun havde aldrig haft en kæreste. Men da hun mødte Jane Hansson, var der tændt en gnist. Hun havde aldrig følt så meget for noget menneske, som for Jane.

Så hun besluttede at straffe dem som havde gjort Jane ondt. De fortjente at prøve deres egen medicin, sagde hun hårdt.

"Hvorfor Helle Dam?" Havde Berrit spurgt hende.

"Hun var jo anæstesisygeplejerske, og var den som skulle holde øje med patienten under operationen. Og hun havde tilsyneladende ikke opdaget noget. Derfor."

"Hvordan var Jesper Hansens sæd kommet op i Helle Dam?" ville de gerne vide.

"Er I klar over hvad det svin foretager sig?" De nikkede begge to. "Ja, det har han fortalt."

"Han skulle skydes!" sagde hun med afsky. "Jeg tog ham i det en dag. Jeg sugede sæden op i en sprøjte, da han var gået ud af rummet, og brugte på Helle Dam. Mest for at forvirre Jer. Men hvis han var blevet dømt for mordet på hende, ville jeg ikke have haft ondt af ham. Det svin," gentog hun ophidset.

"Hvad havde Berit Hallandsen gjort, siden hun skulle myrdes?" spurgte Bo.

"Den møgfisse! Hun var så led, over for Jane. Lod hende ligge, og lide, uden at give hende smertestillende medicin efter operationen. Hun kunne faktisk ikke lide patienterne. Hvorfor fanden var hun blevet sygeplejerske?" sagde hun med foragt.

Ulven var blevet løsladt. Dog skulle han regne med at blive anklaget for usømmelig omgang med lig. Han blev omgående fyret, da sygehusledelsen erfarede det.

Ninna ville sikkert få en anbringelsesdom, mente Krog. Hun var blevet mental undersøgt, og erklæret, uegnet til normal fængselsstraf. Hun kunne i princippet komme til at tilbringe resten af sit liv i fængsel. Men hun kunne også komme ud efter 8-10 år. Det kom an på psykiatrikerne. Det var lidt uhyggeligt at tænke på. Men sådan var straffeloven indrettet.

Bo kom ind på hans kontor. Krog havde indkaldt både Bo og Berrit. De havde gjort et godt job. Nu skulle der udpeges en ny kriminalkommisær, og Krog havde en af dem i tankerne.

"Sid ned," sagde Krog venligt til Bo. "Kommer Berrit ikke?" Han rynkede brynene i irritation. Han brød sig ikke om, at hans underordnede kom for sent. Det bankede på døren, og Berrit trådte ind.

"Kommer du ofte for sent?" bjæffede Krog.

"Undskyld! Der kom lige noget i vejen," Berrit satte sig ved siden af Bo.

"Hmm," brummede Krog. "Nå, men vi skal jo have en ny kommisær. I har begge to søgt stillingen, og efter megen overvejelse, udnævner jeg Bo som ny kriminalkommissær. Han starter til den første, og fortsætter som

konstitueret ind til da. Tillykke!" sluttede han, og gav Bo
hånden. Bo skævede til Berrit, som sad lamslået på stolen.
Det må sgu være en joke, tænkte hun rasende, rejste sig
hurtigt, gav Bo hånden og gik ud. Hun kunne ikke tro det,
hun var målløs. Det var fandme hendes skyld, at Ninna
Touborg nu sad bag tremmer. Ikke Bo, ikke Gorm og hans
team. Nej det var hendes fortjeneste. Hun havde knoklet
med denne sag. Hun var endda blevet stukket og efterladt
lammet i en parkeringskælder. Og så var det her var tak-
ken! Hun var på grådens rand, da hun gik ind på sit kontor.

Næste morgen lagde hun sin opsigelse på Krogs
skrivebord.

65.

Dronningensvej
Frederiksberg

Brylluppet blev holdt hjemme hos Henriette. Tho-
mas havde syntes, at hun skulle have den fornøjelse. Jane
havde strittet imod, men til sidst givet sig. Henrik ville ab-
solut betale festen. Det unge par havde ikke for mange
penge, så de tog imod hans tilbud.

Henriette havde selvfølgelig inviteret hele familien,
og de endte med at være 23 mennesker i stuen. Ekstra bor-
de og stole var lejet. Maden kom fra et kateringfirma,
Henrik havde selv købt vin. Så er man sikker på at få det
man kan lide, havde han sagt. Der manglede ikke noget.

Henriette havde også fået sin vilje med kjolen, dog
var den cremefarvet, efter Janes ønske, og ikke hvid, som
hendes mor havde insisteret på. Men selve vielsen havde

været på Frederiksberg Rådhus. Det havde de begge stået fast på, så der måtte Henriette også give sig, selv om det pinte hende. Hendes forældre fra Nordjylland meldte afbud. De var for gamle til at rejse så langt, havde mormoren sagt til Henriette. Men hun troede nu nok, at det var alt det med Jannik/Jane, de bare ikke kunne takle.

Henrik rejste sig og slog på glasset, der blev stille.

"Jeg vil gerne sige et par ord til det unge smukke brudepar," begyndte han, og kiggede med et faderligt blik på Jane og Thomas. "Nu kender jeg jo ikke dig, Thomas, særlig godt endnu. Det håber jeg at fremtiden vil give mig lejlighed til. Forhåbentlig får jeg lov til at inviterer dig med til FCKs kampe. Det kneb jo lidt da Jane, som dengang var Jannik, var dreng." Han lo lidt og fortsatte. "Jeg forstod ikke dengang, hvad der foregik i dit hoved," han kiggede på Jane. "Det undskylder jeg for. Det er forældres pligt, at sørge for deres børns trivsel, og det var vi ikke gode nok til. Jeg håber du kan tilgive os," her kiggede han på Henriette som sad med tårer i øjnene. "Jeg synes at vi alle skal rejse os, og udbringe en skål for brudeparret." Alle rejste sig og råbte tre gange hurra. Derefter rakte Henrik Jane en kuvert. Hun åbnede den og måbede.

"Tak far," fik hun fremstammet. "Hvad er det?" Blev der råbt fra flere af gæsterne. Jane rejste sig op og holdt indholdet op over hovedet, så alle kunne se den farvestrålende brochure. "En rejse til Maldiverne. Er det ikke vildt? 14 dage på Maldiverne. Tak far." Thomas rejste sig og gav Henrik hånden. "Tusind tak." Han havde vist også en tåre i øjenkrogen.

EFTERSKRIFT

Denne bog er ren fiktion. Skulle nogle navne passe på rigtige personer, er det ren tilfældighed.
Stednavne passer nogle gange med virkeligheden, men har ikke noget med historien at gøre.
Fejl i bogen hviler udelukkende på forfatteren.
Det er ikke fordi jeg har noget i mod Jehovas Vidner, det passede blot ind i historien, syntes jeg. Jeg skulle gøre morderen syg i hovedet, og så blev det sådan.

Grønningen 24, er en park.
Annasvej 33, eksisterer ikke.
Mimersgade 120 eksisterer ikke

KILDEHENVISNING

Transperson.dk

En guide for transkønnede, af Malene Andreasen

Ekstrabladet: Vågnede af narkose, da lægen skar.

Videnskab. dk : Læger opdager ikke, hvis du vågner under narkosen

Politi.dk-Obduktioner

Statistik-viden eller tilfældighed. DNA-test- hvor sikker er metoden

Tak til.

Læge Helle Andersen Harkjær
Sygeplejerske Tove Marie Harkjær

De har begge bidraget med medicinske fakta.

Forlag: Books on Demand – København, Danmark
Fremstilling: Books on Demand – Norderstedt, Tyskland
Bogen er fremstillet efter on-Demand-proces

ISBN 978-87-4301-524-6